標的はひとり

新装版

大沢在昌

角川文庫
19967

1

部屋の大きさは八畳だが、これは団地サイズの畳が普及する前に造られた建物であるから、さほどの狭さを感じない。加えて、家具が少なく、ベッドにかわるソファと小さなテーブル、本棚と電話機があるだけなのでドアを開いて入った瞬間は実際より広く感じる。

ここで身長一メートル七十八センチ、体重六十八キロの人間がひとり暮らしている。滅多《めった》に外出することはない。最低限の食料品の買い出しをのぞけばすべき用事もないのだ。

部屋において、時間をすごす方法は限られている。テレビも新聞もない。本を読むか、ただすわり、あるいは寝そべって考えるだけである。

そうして数日間を一歩も出ずにすごしたとする。部屋の内容に苦痛を強《し》いるものはない。しかし空間そのものに飽きを感じる。

電話が鳴ったのは午後一時だった。

私はベッドの状態にしたソファに寝そべり、この空間の中で可能な行為に没頭してい

ことだった。アメリカのコラムニストが書いたその本は、帯によると抱腹絶倒《ほうふくぜっとう》請けあいだという

た。

ページは全体の半ば過ぎまで進んでいる。私は、自分にはユーモアを解するセンスが乏しいのだ、さもなければこの帯を書いた人物がひねくれたユーモアの持ち主なのだ、と結論した。受話器を取ると、女の滑《なめ》らかな声が「もしもし」といった。即座に間違い電話だと思った。しかし、この方の結論は私の誤りだった。そもそも、電話に出るべきではなかったのだ。

「加瀬《かせ》……さんのお宅ですか」

「そうですが」

名乗られるまで気づかなかった。

「三津子《みつこ》です」

気まずいと形容できるほど、濃密な何かを感じさせる沈黙ではなかった。あるにはあったが、古すぎて、香りも感触も失われた過去である。

「それで?」

「小切手受け取った?」

「ああ」

「どうして?」

「どうもしない。ここにある」

私は読みかけの本にはさんでいた封筒を取り上げた。中に入っているのは、額面十万円の小切手と、一通のメッセージである。

「五月十五日PM三時、Tホテルロビーにお出乞《いでこ》う筈見《はずみ》」

五月十五日は昨日だ。

「行かなかったのね」

「筈見というのは君の新しい恋人か」

「いいえ、ちがうわ」

「では新しい持ち主か」

三津子の声が鋭くなった。

「の、秘書よ」

「今頃《いまごろ》、私に会ってどうする」

「会いたがっているのはわたしじゃないわ。あなたに頼みたい仕事があるからなのよ、損《そん》な仕事じゃないわ」

「小切手はまだ金に替えていない。送り返す先を教えてくれないか」

「話だけ聞いて」

「駄目《だめ》だ。いきなり小切手を送りつけるというやり方も好きじゃない。君の新しい持ち主となれば尚更《なおさら》だ」

「あの人はあなたにできる事を知っていて、頼もうとしているのよ」

「よせ」

「御免なさい。わたし、変わったのよ」

「悪い変化じゃない。思ったことをはっきりいっている」

「五年あった、から……」

「その話は聞きたくない」

「じゃあ会って」

「君にか」

「わたしに、それから今のわたしの持ち主に」

「……………」

「どこに住んでいるかはわかってる。一時間したら迎えに行くわ」

私に断わる暇を与えぬよう素早く切った。

切れた受話器が音を発するまで持っていた。深呼吸して部屋を見回した。今の本を放棄すれば、私に残された行為は考えることだけだ。考えたくはなかった。

立ち上がって着替えた。


迎えにやってきた車はとてつもない代物《しろもの》だった。メルセデスのリムジンで、ウインドウには偏光シールが貼《は》られ、中をのぞくことができない。もっとも、三津子の持ち主であるということを考えれば頷《うなず》けなくもない。

彼女の恋人になる資格は、それなりの誠意と愛情を与えることができる男なら誰《だれ》にでもある。まして三津子を知れば、ホモセクシュアリストでない限り、愛情を注《そそ》ぐことがさほど困難でなくなるに違いない。

派手やかな華美さにはほど遠い、しかし一度見れば簡単に目をそらすのが難しくなる。しっとりした瞳《ひとみ》と笑《え》みを含んだ口元を、自分だけのものにして、二人きりの場所で見つめたくなるものだ。

五年間の時間は、彼女に潤《うるお》いと翳《かげ》りを与え、外見から知る限り魅力を奪ってはいなかった。五年間あれば、男の女に対する価値観も変化する。彼女の変化は、私の価値観を裏切らなかった。

襟《えり》の深い、ニットのワンピースを彼女は着けていた。茶の靴は、長身の彼女を必要以上高く見せぬよう、踵《かかと》を短くしてある。他の女性がはけば、野暮《やぼ》ったく見える靴だろう。彼女がそれをジョルダンに、彼女のためにデザインさせたと聞いても私は驚かない。

色が白いのは白系ロシアの血が混じっているからである。年齢は三十を幾つか越しているはずだが、唇と眼の動きが充分にその年齢をカバーできる。

実際、二十四、五に見える。肌の荒れもなく、厚いファンデーションの偽装とは無縁の存在である。

長い髪を無造作《むぞうさ》にかきあげると、車から降りたち、アパートの模造大理石の階段を降りる私を見ていた。あるいは私の出てきた建物を。

運転手は髪をひっつめた、女教師のような四十代後半の女性であった。濃紺のスーツは男物のように、曲線に乏しい彼女の体を被《おお》っていた。ベンツのドアに手をかけたまま、無表情に、三津子の後ろ姿を見つめている。

なるほど、と私は思った。三津子の持ち主になることができ、そのためにベンツのリムジンをあつらえる余裕のある男なら、ミッションスクールの寄宿舎監《しゃかん》のような運転手を雇うのも可能なわけだ。異性として三津子に下心《したごころ》を抱くこともなく、同性としては嫉《しっ》妬《と》を上手《じょうず》に殺せるだけの人間を。

「いいところにあるわね」

リムジンをはさんで向かいあった。

「外観と場所だけはいい。酒を飲みたくてたまらなくなっても、自動販売機を捜す必要がない。朝までやっている酒場がいっぱいある」

三津子は微笑《ほほえ》んだ。

「飲むの？」

「いや。そんなには飲まない」

「そうね。あなたは深酒をする人じゃないもの」

三津子の背後に控える女運転手が気になった。彼女のそんな喋《しゃべ》り方を、雇い主に伝えれば、三津子の持ち主は喜ばない。私がそんなことに気を使う必要はまったくないのだが。

私と三津子は本革のシートにすわった。

ドアを丁寧に閉じた運転手は、リムジンを発進させた。スムーズな運転であった。

女性であることと、秀《すぐ》れたドライバーであることを両立させた場合、その女性は完全に近いといったのは、チャンドラーだっただろうか。

あるいは、運転手は最早、女性であることを放棄しているのかもしれない。

三津子は小さな皮のバッグから煙草《たばこ》を取り出した。ほの暗い車内で、それがケントのロングサイズだと知れた。煙草の好みは変わっていない。

勧められ一本抜くと、火をつけた。私は一日に数本程度しか煙草を吸わない。

自分の煙草は、ツイードのジャケットに入っていた。しかし彼女がさし出さなければ、自分の煙草に手を触れることはしなかったにちがいない。

「どこへ行くんだい」

「持ち主のところよ」

「大邸宅か」

「いいえ、マンション。庭が嫌いな人なの」

「ほう」

私は背中をのばした。三津子の肩ごしに、運転手の小さな頭が仕切りのガラスにあった。

「住居？」

「の、ひとつ」

答えてから、三津子は煙草の灰を落とした。どうやら持ち主の話題を好まないようだった。髪をかきあげると、私を見上げた。

きれいな額《ひたい》が私の目前にあった。

「何をしていたの、ずっと」

「あそこに引っ越してきたのが半年前だ。それからは何もしていない」

電話番号は電話帳に載っていない。また、電話局に登録された名も加瀬ではない。

「…………？」

「毎日、本を読んで、部屋にいる事に飽きると映画を見た。食事を作るのも覚えた」

「あなたが」

「才能があったことに気づいた。どんな料理でも、食べてみると味つけに何を使っているかわかる」

「仕事はしてないの」

「していない」

きっぱりといった。

「やめた。しばらくこうして暮らすつもりだ。それができなくなったら、何か仕事を捜す。別の仕事を」

「よく、やめられたわね」

「自分にやる気がなければ勤まらない。問題が生じれば、自分のものだけではすまなくなるからだ」

「いつまでも、そのまま放っておいてもらえると思う？」

「そうではないことを君が証明した。ひとつすれば、また戻らなくてはならないかもしれない」

「じゃあ、仕事を頼まれてもひきうける気はないということ」

彼女の目を捉《とら》えて答えた。

「そうだ」

「きっと、別の仕事が来るわ。わたしからでなく」

それは考えていた。その場合、断われぬかもしれない。

「もし、今度の仕事をすれば、それが最後になるとわかったら？」

「そんなことができるのかい」

「あなたさえ、そのつもりならば」

私は暗い窓から流れる東京を見つめた。車は首都高速を横浜に向かって走っている。

ウィークデイの下り線はさほど混《こ》んではいなかった。車に乗りこんでから一時間とたたぬうちに、私は横浜に到着していた。

リムジンは横浜公園ランプで高速を降りると、東に向かって丘を昇《のぼ》り、次いで南の方角に走り始めた。女学生の多い一角を走り抜けると、急に左折して下った。

周囲が暗くなったことから、建物の駐車場にすべりこんだことがわかった。わずかの慣性も体に感じさせることなく停車した。

ドアはまず、三津子の側から開かれた。私は女性運転手に手間を与えず降りたった。

巨大なマンションの地下駐車場だった。外車の展示会のような様相を呈している。

運転手が先に立ち、エレベーターボタンを押した。

一階に上昇すると、そこはホテルを思わせるロビーだった。ホテルよりよそよそしく、上品に構えている。小さいが値の張りそうなソファとモザイク模様の壁があった。

ロビーの正面は厚いガラスの扉で仕切られていて、隣にインタフォンが並んでいた。三津子がバッグからキイを取り出すと、インタフォンの横に作られたスティールの壁の穴にさしこんだ。

音をたててロックが解け、扉が内側に開いた。扉の内側は空調がきいていた。

管理人室には目もくれず、三津子は進んだ。

制服のガードマンがガラスの小窓から、彼女に見とれていた。

エレベーターが四基設置されていて、三津子はそのうちの中央右寄りに乗りこんだ。

「金で買える最高の安全か」

「この建物は部屋別には売られなかったの。階別《フロア》の値段だったわ」

私は答えなかった。

エレベーターはボタンの示す最上階、九階まで上昇した。

九階で、女運転手は留まったが、三津子の目的地はそこではなかった。厚いカーペットがしかれた、暗い廊下の正面に再びガラスの扉があり、そこを抜けると専用エレベーターが一基あった。

今度のエレベーターはまるで病院のもののようだった。幅と奥行きがあり、腰の高さに手すりが付いている。

「このエレベーターは誰のものだい？」

私の皮肉に気づいたように、三津子は小さな溜息《ためいき》を洩《も》らした。

「あなたを待っている人よ」

エレベーターが到着したところが、既にひとつの部屋だった。おそらく十階と十一階を住居用に、九階を使用人のために使っているにちがいない。

扉が開くと、視界をさえぎるように二人のがっしりした男が待ちうけていた。肩幅と胸に同じぐらいの厚みがあり、百七十八センチの私を見おろす身長を持っている。二人とも、女運転手と同じ濃紺のスーツに揃《そろ》いのネクタイを結んでいた。

「お帰りなさい」

年上と覚しき左側の男がいった。自衛隊か警察官あがりにちがいない。髪が短くて、妙に清潔な雰囲気と無遠慮な視線を持っている。

その視線が私の体を隅々まで探《さぐ》った。

一歩退《さが》ると、どちらにともなく男はいった。

「お待ちです」

その部屋は格子縞《こうしじま》のカーペットと、横浜港の半分を見おろせる窓の他は何もなかった。西陽《にしび》を遮断するようブラインドの羽根が調節されている。

もうひとりの男が正面左手にある厚い樫《かし》の扉を小さくノックした。

「どうぞ」

低い声でいって開く。

細長い部屋だ。まるで教室のようだった。

左側の壁一面は窓だがブラインドが降りている。右側の壁には百号クラスの油絵が一枚かかっていた。

正面の、十メートル以上奥にデスクがあり、その間何も置かれていない。デスクに一人、その傍らのソファに一人、男がかけていた。

三津子が先に入り、私の背後で扉を閉じた。

デスクが置かれている部分は、およそ六畳ほどあるだろう、一段高くなっている。この部屋だけで、私の住居が四つ入る。

「連れて来ました」

三津子がいった。彼女の声音《こわね》が緊張していることに私は気づいた。

罠《わな》か、一瞬思ったが、私に対する恨みを晴らしたがっている人間ならば、このような手間をかけない。そう思い直した。

「どうぞ、こちらへ」

ソファにかけていた男が立ち上がっていった。四十七、八だろう。白髪《しらが》が半分ほどの髪を嫌《いや》らしくない程度にのばしている。茶のスーツにグレイのヴェストを着けていた。精力的な雰囲気を感じさせる。

顔立ちは整い、温厚ですらあるが、気は許せぬ何かがある。

デスクにすわっている男はもっと高齢だった。六十を越えているにちがいない。細い面に染《し》みが浮かび、ネクタイをしめた白いシャツに毛糸のプルオーヴァーを羽織っている。

五月の気候を考えれば厚着をしすぎている。だが、そんなことよりも、その老人の雰囲気を決定しているのは、細い眼と唇だった。

若い時は切れ長で涼し気な眼元だったのだろうが、今は残忍さすら感じる。

瞬《また》きもしないで私を見つめていた。

デスクは巨大で、老人はその中にすっぽりとおさまっているように見えた。皮をしいた机上には、書類と覚しき紙の束と、ペン立て、クリスタルのベルが置かれていた。老人のすわる椅子《いす》の背もたれは、彼より頭ひとつ分高かった。

私は段差のところで立ち止まり、それらを見上げた。

部屋の中は奇妙に湿った空気が澱《よど》んでいる。ソファの男が腰をかがめた。

「お手紙をさし上げた筈見です。こちらの出雲《いずも》会長の秘書をつとめております」

「加瀬です」

「どうぞ、おかけ下さい」

「わたしは失礼させていただくわ」

三津子がいうと、老人は初めて眼球を動かした。物体のように、私の顔をよぎり、視線を彼女に向けた。

「熱いコーヒーを持ってきてくれ。三人に」

細い体からは想像もできない張りのある声だった。

「はい」

部屋には、入ってきたのとは別の扉があった。三津子は私に目もくれずに、その扉の向こうに姿を消した。

私は筈見の向かいに腰をおろした。

「あなたを推薦されたのはあの方です」

それが前置きであるかのように筈見がいった。私は上衣から小切手の入った封筒を取り出した。

「折角《せっかく》ですが今のところ、私はどんな種類の仕事もひきうけるつもりはありません。ここに来たのは、その意志を伝えるためと、これをお返しするためです」

筈見は手を触れようともしなかった。

「誠に失礼なやり方だったと思っています。しかし、それは私共にお会いいただくために御足労をおかけしたことに対する御礼です。どうぞお納め下さい」

押し問答をすることを愚かしく思い私は無言で、彼を隔てるセンターテーブルの上に封筒を置いた。

センターテーブルの中央から、やや彼よりの位置だ。

筈見はそれに視線を落とすと、再び私を見上げた。困惑と哀願の混じった表情をうかべている。無論、演技にちがいない。部屋に入った私を迎えたときの厳《きび》しさとはあまりにちがいすぎる。

「勿論《もちろん》、無理強《じ》いをいたすつもりはありません。ですが話だけでも聞いていただけますか」

「内容によります。うかがった結果、私がそちらの『仕事』に関《かか》わってしまうようならばお断わりだ」

老人が咳《せき》ばらいをした。口を開きかけた筈見が振り返った。

「加瀬くん、だったたな。私はあんたを知っとる……」

私は無言で老人を見つめた。

「知っておるというのは、あんたのことを調べたからだ。あんたの仕事も、今までの生活もだ。簡単にはできない——そう思っているのではないかな。簡単ではなかった。もしあんたが普通の人間ならば、私にはた易《やす》かった。金と時間をつかえば大抵の人間についてた大抵のことがわかる。人を調べるというのはそういうものだ。だが、あんたはちがった。時間もかかったが、金の他に幾つか骨を折らなくちゃならんかった。知っている人の何人かに、私は頭を下げた。それでもなかなか、あんたのことを調べるのは大変だった。皆、口が固くてね」

老人が私を見おろすように告げると、筈見は体を乗り出した。

「私共は、今では加瀬さんが従事されていた特殊な仕事について存じ上げております。その上でお願いを――」

私はそれをさえぎった。

「もし、お二人が私のしていた仕事を御存知なら、私が他から依頼を受けぬことも御存知の筈《はず》だ。それに、そういった申し出があった場合、私がどうするかも」

文書による報告が義務づけられている。だが、毛頭《もうとう》それを守るつもりはない。

「知っております」

筈見はきっぱりと頷《うなず》いた。

この男は法律関係の仕事をしていたのではないだろうか。私は思った。このように表に出る感情を自在にコントロールできる人間は、弁護士に多い。あるいはキャリアの長い臨床医に。白衣が似合うようには見えなかった。

「金銭ではおそらくお引き受けにはならないと思っていました。ですがもうひとつの条件があります」

扉が開き、盆を持った三津子が入ってきた。

湯気のたつデミタスカップを老人の前から始めて、私、筈見の順に置いてゆく。ガラス板の上に置くときも、カタリとも音をさせなかった。無駄な仕草《しぐさ》はひとかけらもない、それでいてリズムのある動きだ。

筈見は私の顔《おもて》を見すえていた。

「すべてを除去できます」

「すべてを？」

「すべてです。保管され、毎年更新される筈のあなたの記録をすべて」

「不可能だ」

「出雲会長にはできます」

「政治力、資金力、何と呼んでも構わん。私にはできる。加瀬くん、あんたの記録を消せるのだ。もし必要なら、首相からでも法務大臣からでも念書を取ることができる。おそらく、そうなればあんたには自由が保証される。今でも自由だ、などとはいわんだろうな。週二度、あんたが電話をかけねばならんことも、私は知っている。それも、必要なくなる」

老人が背をそらしていった。小柄な体から威厳がにじみ出ていた。

出雲――聞き覚えのある名だ。

「疑う必要はありません。本当です。出雲会長のひと言で内閣は大きく変動します」

筈見がたたみかけ、私は思い出した。

今でも有限会社の形をとり、重要幹部には同族の者しか採用していない。スタートは石油会社だが、現在は貿易、重工業、そして電力供給にまでその企業の枝を拡《ひろ》げている。四十年近く前、この老人が中古のタンカーに乗って自ら中東に買いつけに行った、何がしかの石油が、今の繁栄と権力をもたらしたのだ。三津子の持ち主になるのに充分つりあうものを持っている。

「なるほど」

私はいってコーヒーをひと口味わった。三津子は入ってきたのと同じ扉から退出していた。コーヒーは私には熱く、濃すぎた。私はニコチンを必要と感じ始めていた。珍しいことだ。

車中で三津子の煙草を吸ってから、一時間とたってはいない。

「加瀬さんは、いつ元の仕事に復帰させられるかわからない。その虞《おそれ》はいつでもある。けれども、もし私共の仕事を引き受けて下さればそれはなくなります。しかも、相手が約束をたがえるような事態が将来において起きれば、いつでもお力になることを、ここで確約できます」

カップを受け皿に戻していった。

「私が復帰することを望んでいないとどうしてわかります?」

「調べた、と申し上げた筈《はず》です。どうして、加瀬さんが辞《や》められたかも」

コーヒーの苦味が口中に広がるような不快感を味わった。軽い吐《は》き気《け》に襲われ、脇《わき》の下に汗が噴き出た。

筈見の表情には、私のショックを楽しんでいるような節《ふし》はなかった。だがこの男なら、目の前で自分の娘が結婚を申しこまれても、無表情でいることができるにちがいない。

「五千万です。相手は一人だけ」

うまいタイミングだ。こちらに立ち直るきっかけを与えない。

「犯罪者です。しかも」

「人殺しだ」

老人が低くいった。瞬間、筈見が緊張した。私に、その言葉がショックを与えるのを恐れたのだ。

私が変化を示さなかったことに安堵《あんど》したのか言葉を続けた。

「やっていただけますね」

「いやだと答えると、別の圧力がかかる？」

「私にはわかりません」

安堵が、ためらいを含んだ笑顔に変わった。私はぴしりといった。

「あなた方は何か途轍《とてつ》もないことを私に期待しているのではないかな。たとえば、出雲会長、あなたが『あの男を』と指名するや、私が影のように近よってその人物の喉《のど》をかき切ってくる、というような」

「とんでもないことです」

筈見が大真面目《おおまじめ》で首を振った。額に薄く汗がにじんでいた。

「そんな簡単なことならば、他にも手はあります。加瀬さんをわずらわさなくとも、幾らでも仕事をしてくれる人間はいたでしょう」

本当にこの男たちは知っているのだ。私のしてきた仕事について。だが、私の能力については知らない。現在の私が、どれほどやれるかという点について知らない。それが最も重要なのだ。

「ではその人間たちに頼んでみてはどうです、ヤクザか、あるいは隣の部屋にいるような手合いでもいい」

「彼らにはできません」

「私にもできない」

「あなたならできます。どうして認めようとしないのですか」

いってから筈見は驚いた。

私は静かにいった。

「何を？　自分が優秀な人殺しであることを？」

「失言でした」

「加瀬くん……」

出雲老人がいい、私は筈見から目をそらした。視界のすみで彼が煙草をとり出した。

「筈見が不用意な言葉遣《づか》いをした。珍しいことだ。だが勘弁《かんべん》していただきたい。彼はまっとうな男だ。弁護士として二十年、私の役に立ってくれたのだ。会社を潰《つぶ》す相談をした経験はあっても、殺人の相談をしたことはないのだ」

「慣れるかもしれない。私の次の候補者にはもっとうまく話を持ちかけられるでしょう」

「あんたに頼まなければ、どうしようもないことなのだ」

「………」

私が答えないでいると老人は私を見すえて喋《しゃべ》り始めた。声は単調で抑揚に乏しい。といって、すべての感情を殺しているわけではないことが、瞬きの気配でわかった。

「成毛《なるも》泰男《やすお》という男だ。私は資料を見なくともその男について詳しくあんたに話せる。暗記しとるんだ。

成毛泰男、元K大生。今年三十六になる筈だ。十四年前に警視庁から指名手配を受けておる。容疑は、警察官に対する傷害致死。簡単にいえば過激派だな。十一年前に国外に脱出し、ちょうどその頃《ころ》ヨルダンを追われた、レバノンのPLO（パレスチナ解放機構）本部に身を寄せたのだ。ベイルートのパレスチナゲリラ基地だ。

そこで訓練を受けた。

成毛の他にもベイルートで訓練を受けた日本人はいる。一九七二年の五月、イスラエルのロッド空港で大量殺人を犯した三人組もそうだ。二人が自決し、一人がイスラエルの刑務所に服役している。イスラエルは死刑がない。だから一生、刑務所で暮らすだろう。成毛はその三人のような役割をあてられなかった。三人はいわば使い捨ての駒《こま》だ。だが成毛はちがう。フランス語、英語が堪能《たんのう》で武器を扱わせれば天才的なのだ。しかも、自分でテロ用の爆弾や銃を考案し、製作する。アラブ人の行動が厳しく監視される国でのテロ活動にはうってつけの人物なのだ。今では一級のテロリスト、ということだな」

私は上衣から煙草をとり出した。逮捕された三人の日本赤軍の兵士については新聞で読んだ記憶があったが、成毛という男については初めて聞くことばかりであった。

言葉を切り、コーヒーをすった出雲老人は再び話し始めた。

「国際刑事警察機構の資料によると、成毛はこれまでに十六件のテロ活動に、直接、間接的に関係している。その被害者は死者だけで二十八人に上っているのだ。無差別テロ行為であり、死者のうち、パレスチナゲリラの当面の敵であるイスラエル人は四人だけだ。日本人はうち二人。一人が先に話した警察官だ。そしてもう一人は、葉村浩《はむらひろし》という出雲興産の社員なのだ」

老人の話を聞く間に吸う煙草はまるで味がなかった。健康を考えて本数を減らしているわけではない。煙草一本一本を楽しんで吸うのが目的なのだ。もしかすると私の選択した一本が特別まずい調合をされたのかもしれない。ありえないことを考えながら、チェーンスモークした。出雲コンツェルンの総帥《そうすい》と殺人者の話をしているのだ。日本たばこの過《あやま》ちに、目をつぶってやっても良い気分だった。

出雲老人が次の言葉を押し出したとき、瞬きが止まった。視点が宙にすわる。

「一九八一年九月十七日、ベルギーのブリュッセル空港でイスラエル航空機をハイジャックしようとした五人組がいた。彼らは失敗し、警官隊と銃撃戦になった。巻き添えをくった旅行者が十名以上重傷を負い、病院に収容されたのち一人が死んだ。それが葉村浩だ。テロリストグループはアラブ人三名が射殺され、西ドイツ人一名が自決した。そして東洋人一名が逃亡した。葉村浩はたまたま、その逃走路を知らず塞《ふさ》いだために、発砲され、銃弾を頭に受けたのだ。葉村浩は、病院で二週間近く生き続けた。だが、結局死んだ」

出雲老人はゆっくりと目を私に向けた。

鋭い視線とは裏腹に、口元に刻まれた老いがあった。

「私は忘れられん。悲劇とか、災難とか、そんな言葉は他人が偽りの悲しみをつくろうために使うものだ。私は忘れられん……」

「葉村浩氏は、会長のお孫さんでした。お嬢さまの御子息です」

筈見が、聞き逃してしまいそうなほど低い声でいった。

「犯罪者と、私は先ほど申し上げましたが、正義のためだなどと申すつもりは毛頭ありません。会長がお考えになっているのは復讐《ふくしゅう》です——私も浩さんを小さなときから存じ上げておりました。二十六歳だったのです、未《ま》だ」

覚悟はできている、といいたげだった。

「加瀬くん」

出雲が再び声の力を取り戻していった。

「私は成毛の記録を幾度も読んだ。あの男のことは、ようく頭に入っておる。奴《やつ》は逃走の名人だ。どんな事態が起きても、冷静に、自分だけは助かる手段を択《えら》ぶ。私は日本の警察を信じておらんわけじゃない。だが、あ奴は一《いっ》と悧口《りこう》なのだ。賢くて、決して尻尾《しっぽ》を摑《つか》まれるような真似《まね》をせん。あ奴の考えていること、次の行動を予測できるのは刑事なんかじゃなく、あんたのような人間だと、私は思っとるのだ」

「今頃はベイルートにでもいるでしょう。出雲さん、あなたは私に、ベイルートに行けと……？」

「奴の息の根を止めるためなら、私は世界の果てまでも行く。だが、その必要はないのだ」

どういうことだ。口をつぐんだ出雲のかわりに、私は筈見を見つめた。

「まだ発表はされておりませんが、近く日本で非公式な国際会議が開かれます。外務省レベルを超えた規模で、今後の中東情勢の緩和をはかるのが目的です。アラブ側から秘《ひそ》かにエジプト代表が参加し、イスラエル代表と、エジプトの孤立をさけつつ中東に恒久的な平和をもたらす手段に関する話し合いが行われる筈です。事前に洩《も》れれば、他のアラブ諸国からの非難は必至なので、この国際会議について外務省は厳重な緘口《かんこう》令をしいています。開催地に日本が選ばれたのも、アメリカ、フランスに比べてテロの脅威にさらされる可能性が低いという理由からです。万一、パレスチナゲリラが会議のことを知れば、まちがいなくテロリストを送りこんで来ます。アメリカ、エジプト、イスラエルの代表は格好の標的です。絶対に見過ごす筈はありません」

私は思わず話にひきこまれていった。

「あなた方がどうやってその会議についての情報を入手したのかは訊《き》きません。出雲興産の会長ならば、どんなことも可能でしょうからね。しかし、その成毛という男がどうして日本にやって来るとわかるのです？　テロリストグループは横のつながりが強い。日本人テロリストを敢《あ》えて使わず、ドイツの『バーダーマインホフ』やウルグアイの『ツパロマス』のゲリラグループがやって来るかもしれない。世界に冠たる観光国になりつつある日本のツアーをよそおってね。それとも、もうこの成毛という男は日本に来ているのですか？」

「いえ、まだ入国したという情報は聞いておりません。それにおっしゃる通り、パレスチナゲリラは他の国のグループとの交流、連絡が強く、共同戦線をはる場合もあります。それでも成毛は来るという確信がこちらにはあるのです。理由は、一人の男です」

私は深入りしすぎてしまったことに気づいていた。孫を失った老人の復讐《ふくしゅう》の駒《こま》に仕立てられようとしている。

「イスラエル代表は、ベギン首相の片腕であるヤコブ・シャミールが予定されています。そして、そのシャミールと共に来日する予定であるのが、ラファエルという男です。ベン・ラファエル大佐。イスラエルでは、情報機関の所在地、高官名などは公表されません。しかし、このラファエル大佐はイスラエル情報機関モサドの幹部であることが知られているのです。彼は、かつてモサドの長官であったザミール少将が失敗した作戦を継承し、実績を上げたことを買われて、副長官の座についた男です。それは『神の怒り』と呼ばれた、パレスチナゲリラ暗殺です」

それについては私も知っていた。一九七二年に、「黒い九月」と呼ばれるテロリストグループがミュンヘンのオリンピック村でイスラエル人を殺戮《さつりく》したことに対する報復作戦である。ザミールは暗殺チームを編成し、ヨーロッパ各地で十人以上の「黒い九月」のメンバーを暗殺した。しかしミュンヘンでの「黒い九月」のテロ活動を演出し、ヨーロッパでの指揮者と目されていたアリ・ハッサン・サラメの暗殺に失敗したのだった。ノルウェーで彼らは標的を誤り、無関係のアラブ人を殺したことにより、国際世論の矢面に立たされた。

「ラファエルはザミールよりも、もっと狡猾《こうかつ》で確実な暗殺作戦を展開してきています。過去六年間に彼は六十名近い、テロリストの暗殺に成功したといわれています。その殆《ほと》んどは『神の怒り』のときとは違い、世論に暴《あば》かれることはありませんでした。

そして、一昨年の彼の犠牲者の一人に成毛和男《かずお》という男がいます。成毛泰男の弟です。兄の思想に影響され、PLOの人間と接触を持ったために、パリにいたところ、そのPLOの連絡員と一緒に射殺されました。日本では過激派としてマークされた若者でしたが、実際のところ人を殺した経験もない、兄と比べたらまったくヒヨコ同然の人間でした」

「弟の仇《かたき》をうちにくるというのですね」

「そうです。成毛は必ずラファエルやシャミールを殺すために日本にやって来ます。日本人である彼にとって、日本での活動はさほど難しくない筈です。武器の手配さえつけば」

「だが来ないかもしれない。それに来たとしても、警察のような情報網を持たない私がどうやって、それを知るのです？」

「方法については、協力してさしあげられると思います。もし、加瀬さんが引き受けて下さるのなら」

「とても無理ですね。それだけのテロリストならば当然、警察も厳重な警戒をするにちがいない。彼らより先に成毛を見つけるなど不可能だ」

「加瀬くん、私に息子はいない。娘が二人いるだけなのだ。浩は私の初孫でただ一人の男の子だった。私があんたに頼みたいのは、成毛を見つけ出すことではない。見つけ出し、殺すことなのだ」

「できません。私の能力をはるかにこえているし、私には仕事を――人殺しをするつもりはもうない」

私はいった。

「加瀬さん、お願いです。成毛はまちがいなく日本に来ます。成毛を仕止められるのはあなたしかいない。どんな事態になってもフォローは必ずします。そして、あなたの現在の状況を改善することをお約束します」

筈見は手をつかんばかりにしていった。冷徹な弁護士といった印象を受けたこの男の内側に、確かな怒りがあるのを感じた。そして出雲老人にあるのは憎しみ、殺意である。

「二日後に御連絡します。どうかお考え下さい……」

私は無言で立ち上がった。

「会議は二週間後です。イスラエル代表はその前日に来日します。成毛はそれまでに必ず日本に戻ってくる筈です」

老人が鋭い視線を向けてきていた。異様に眼が輝いている。

事業家としては、驚くほど深い内容の情報を収集したものだ。孫を殺され、かつて事業を成功させるために注いできたエネルギーを再び奮《ふる》い起こしたにちがいない。

復讐《ふくしゅう》のためである。

そして気づいた。筈見は、会議の開催がアラブ側に洩《も》れれば必ずテロリストがさし向けられる、といった。

洩れれば、である。

あるいは洩らされれば。

2

帰りは巨大なリムジンに一人だけであった。運転手はひとことも話しかけることなく、車を操りつづけた。

私の住む建物に到着したのは、午後五時を回った時刻だった。車を停止させ、素早く扉を開いた彼女にいった。

「君は三津子の運転手なのか」

正面から見ると、ひっつめた髪が意外に長いことに気づいた。

「はい」

顎《あご》を下げて頷《うなず》いた。細い眼が私を見つめていた。三津子と私の関係に興味を感じているのかもしれないが、うまく隠している。

「どのぐらい彼女を運んだ？」

質問の意が理解できないように私を見つめた。口が開きかけ、閉じた。

「どのくらい前から、という意味で」

「……二年半ほどです」

私が黙って頷くと、つけ加えた。

「優《やさ》しい方です」

確かに優しい。それが私たちを駄目にした原因だった。

「どうぞ」

扉を促《うなが》すように引いた。

「ありがとう」

「どういたしまして」

きまりきった台詞《せりふ》を、一語一語、きちんと発音する。こういった仕事をする日本人には珍しい。といって、チップを渡そうというつもりがあるわけではない。向こうにはそれはわかっているようだった。さっさと運転席に乗りこみ、舗道に私を残したまま発車した。

背後から近づいていたタクシーが減速しながらクラクションを鳴らした。意に介する様子もなくぐいとベンツの鼻先を右に出し、容赦なく割り込んだ。

階段を昇り、部屋に戻った。横浜のマンションを訪ねたあとでは、押し入れのようにせまく感じる。

ベッドを立て、ソファに戻すと腰かけた。

軽い空腹を感じていたがキッチンに立ち何かをしようという気にはなれなかった。腕時計を見て、六時までの数十分、読書を続けようときめた。

六時に電話をかけた。

呼び出し音が二度続くと相手が出る。いつもの通りである。

「天気がいいね。どうしていた？」

質問をする相手は、穏やかで落ちついた声だ。四十代後半から声の若い五十代といったところだ。会ったことはない。

「何も。部屋にずっといた。十四日、一昨日買い物に出た。スーパーを一軒、それから本屋だ」

「そう」

初めて聞いたようなあいづちを打った。彼の手元には昨日までの私の行動を記録した報告書がある筈だ。

「誰《だれ》か知り合いに会った？」

「いや。ずっと一人だ」

「そう」

今日の分は、次回の報告に回される。今日私がどこで何をしたかを彼が知るのは三日後だ。

「部屋にずっといて飽《あ》きないかね」

「別に。料理を作ったり、本を読むのは楽しい。やったことは？」

逆に訊《たず》ねかえした。

「読書はもちろんある。料理は……」

「奥さんに任せきりか。一度やると意外に重労働で充実感のあることがわかる。皿に盛って、テーブルに並べたときが最高だ」

「わかった。では特別な変化はなかったのだな」

よけいなお喋《しゃべ》りをこれ以上続けたくはないようだった。ふと思いついて訊いた。

「このあと電話は？　何本ぐらいかかる予定だ」

相手の男がためらい、答えた。

「一本もない。今日、ここにかけてくるのは君一人だ」

「御苦労なことだ。それじゃあ――」

「三日後に」

電話を先に切るのは私だ。相手は待っている。私が切るのを。素早く切ろうとすれば、そこに理由があると見る。

ゆっくりと受話器をおろした。

横浜まで行き、出雲老人や筈見と会ったことよりも、一本の電話の短い通話が疲労感をもたらした。

煙草を吸おうかと迷った。

普通の愛煙家なら一本の煙草に迷ったりはしない。無意識に手がのび、くわえ、火をつけている。

結局、吸わぬことにした。煙草が好きでも、喫煙の衝動を押さえることに苦痛は感じない。訓練がもたらしたものだ。

電話が鳴った。

どこかの小さな部屋にいる、あの男がかけてきたのかと思った。今日の私の行動に関する報告が早く届き、その意味を知ろうと、かけてきたのだろう。

受話器を取った。

「――帰っていたのね」

三津子だった。

「四十分ほど前に」

「よかったら……」

黙った。

「会いたい？」

「そう。会って話をしたいの」

「出雲老人に頼まれたのじゃないか。会って私を説得しろと」

素直に認めた。

「ええ。でもそれだけのためなら会わないわ。あなた変えないもの、自分の気持ちを」

「じゃあ何だ」

「食事、お酒、昔話」

「昔話はいらない」

「でも将来の話もしたくないでしょ」

いつも先回りしている。私の考えを読むのだ。

「現在は？」

「どちらでも」

「いったわね。少し遅くなるけど、よかったら迎えに行くわ」

「彼女と？」

「彼女？ ああ、島野《しまの》さんのことね。いいえ、私ひとりで」

「わかった」

じゃあ、というと彼女は受話器をおろした。確かに変わった。そう思い、煙草に火をつけた。彼女も自分からは決して電話を切らない人間だった。理由は、私の監察官とはちがう。

苛立《いらだ》たしさを感じた。

彼女が変わったことに？

それとも、そんなことを考えている自分に？

それでも待つことの苛立たしさよりはましだった。落ちつかない一時間を過ごした。

七時二十分にドアがノックされた。

昼間とはちがう服を着て三津子が立っていた。当然だ、嫌味《いやみ》のないブレザーとスカートの組み合わせを見て思った。

彼女と私が釣りあうのは年齢と身長ぐらいのものだ。

「仕度は？」

「できてる」

頷《うなず》いて、さりげなく室内を見回した。

「あなたらしいわ。さっぱりした部屋」

「本が増えた、少しは賢くなったかもしれない」

「だったら——」

いいかけて呑《の》みこんだ。出雲老人の仕事を引き受けるべきだといいたかったのだ。

「行く？」

頷いてドアをロックした。

階段を降り、違法駐車の増え始めた街に出た。街が、昼とはまったくちがう輝きを放っている。

気づくと私の左腕に軽く手がかけられていた。五年前、いわれたことがある。それと同じ言葉を再びいった。

「あなたの左の横顔が好きなの」

適当な言葉が見つからず黙っていた。

「何を食べに行く？」

「何でも、君の好きなものでいい」

「自分で料理を作っているというのは本当？」

「ああ」

「外で食べるものにはこだわらないのね」

考えたことがなかった。昔から、何かがどうしても欲しいと思ったことはない。食べ物でも煙草や酒のような嗜好品《しこうひん》でも。

煩《わずら》わしいと思うことはある。ある種の押しつけ、干渉。だがそうされ続けることに慣れてしまうと、あたり前な状態になってくる。

たとえば監察官がそうだ。

三津子の意見で小さなフランス料理店に入った。私の住居からさほど遠くないのに、存在すら知らなかった店だ。

料理の品もワインも彼女が決めた。

「あいかわらずこだわるものがないのね」

料理があらかた出つくし、デザートを待つ間、三津子がいった。

「こだわるのはひとつだけ、仕事よ」

「やらないということに」

「そう。やらないということにこだわっている。出雲はあなたがどうして仕事をやめたか知っているといったわ」

二度目なので、さほど驚きはしなかった。彼女と会って以来、初めての煙草に火をつけて訊《き》いた。

「君は聞いたのか」

「いいえ。あの人はよけいなことをいわない。そういう点ではあなたと同じよ」

「彼はいくつだ」

「七十二」

「もっと若いかと思った」

三津子の口元に笑みがうかんだ。

「去年まで、もっと若々しかった。五十代に見えたわ。でも、浩さんが死んで変わった」

「いつから、君と……」

「二年半ほど」

「それまで、赤坂に？」

「ずっとよ。青山に支店を出す計画もたてていたわ。彼の持っているビルのひとつを使わせてもらおうと思ったの。それが知りあうきっかけ」

最後に会ったとき、三津子は赤坂の小さなブティックのオーナーをしていた。どちらかといえば地味な種類のスーツやワンピースが多かったと記憶しているが、それでも客は少なくなかったようだ。高名な舞台女優の名などを顧客に聞いたことがある。

「怒《おこ》っていないのね」

「なにを」

「あなたの名を挙げたこと。出雲は、私が話さなければ、あなたのことを知らずにいたわ」

「怒ってはいない。だが……」

私はゆっくりと喋《しゃべ》った。初老のウェイターが小さなコーヒーカップを運んできた。

小さな店だ。カウンターがバースタイルで、ボックスが四つ。全部合わせても、二十人も入るまい。シャンソンらしい音楽が、耳をそばだてなければ曲名もわからぬほど低いヴォリュームで流れている。

「私の名を知らなければ、あの老人は復讐《ふくしゅう》を考えなかったかもしれない」

「そんなことはないわ」

カップをおろして三津子は首を振った。髪がゆれ、小さな黒い石のはまったイヤリングがのぞいた。

「家族愛のとても強い人よ。でも溺愛《できあい》するほど愚かではないの。初孫として男の子が生まれても、厳しく接していたそうよ。甘やかすまいとしたのね」

「だから今後悔している」

はっとしたように私を見つめた。

「ひどいいい方だわ」

「彼は私を救うために私を呼びつけたのじゃない。人殺しをさせるためだ」

「そうね。でも彼はもう動き始めているわ」

「何を」

「あなたに与えられている束縛を解くために」

「馬鹿な」

「いいえ、本当よ。あなたが帰ってすぐ、官房長官に連絡をとらせていたわ」

「それこそ、何も知らずにいる蜂《はち》の巣を突つくようなものだ。私と彼の関係を知ろうと躍起になる連中が出てくるにちがいない」

「そんな……」

「彼は実業家としては一代で何もかも手に入れた男かもしれないが、この世界については何も知らない。阿呆《あほう》だ」

不意に三津子は声をたてて笑った。

「御免なさい。でもあの人のことを阿呆なんていった人は初めてよ」

現在、週二度の電話が私に対する干渉だ。しかし、もし上層部に出雲老人の意志が伝われば事態は大きく変わることになる。

今のところ私の電話は盗聴されていない。

盗聴は行為自体が違法で、発覚する危険性を、継続期間中、常にはらんでいるため容易には行われない。だが、蜂の巣を突つけば開始されることになる。

目に見える形の干渉から、目に見えない危険な形に変わる。

それを三津子に話した。

「そんなことになれば、老人も私も何もできなくなる。指一本動かせば、逐一報告がゆくにちがいない」

「ではどうすればいいの。出雲はあなたにどうしてもやって貰《もら》いたがっているわ」

「彼が孫を失ったとき、君はそばにいたのだな」

「ええ。ショックで心臓の発作《ほっさ》をおこしかけたわ」

彼女がそばにいるということは、そういった点でも心強い筈だ。看護婦の資格と経験を持っている。

「彼に、あきらめるよう説得したまえ」

「できないわ。彼はこの件が始動したら出雲興産の会長を辞任するつもりよ。万一、何か予測のつかない事態が起きた場合に備えて」

「筈見という弁護士もか」

「彼は出雲に私淑《ししゆく》しているわ。どんなときも運命を共にするつもりでいる」

「とにかく、出雲の妻に話してでもやめさせることだ。彼一人ではどうにもならない」

「だからあなたに頼もうとしているのよ。それに彼の前の奥さまは八年前に亡くなったわ――」

「前の？　では……」

「そう。彼の現在の妻は、あなたの前にいるわ……」

三津子は微笑《ほほえ》んでみせた。

「想像したこともなかったよ、君が結婚するとはね」

「そう？」

首を傾けて私の表情を読もうとした。

「お酒飲みにいきましょ」

私はうぬぼれ屋ではない。彼女が私の変化に何を望んだかは知らない。どちらにしても感情の動きは表われなかった筈《はず》だ。

　と、信じながら席を立った。勘定は私が払い、次にどこへ行くかの決定権を手に入れた。

そこは空中に浮かんだ小さなバーである。

実際は坂の中腹にたつビルの最上階なのだが、丘のつきあたりの袋小路《ふくろこうじ》から渡り廊下で店内に入るため、入り口がそこ一か所のバーは空中にあるように思える。ビルそのものは四階建てで、他の階下の店は反対側の坂の方から入る仕組みになっているのだ。

古い木製テーブルと真鍮《しんちゅう》の金具で統一され、そのどちらもが磨きこまれている。キャンドルのかわりに小さなスタンドをテーブルに備えているところも気に入っていた。カウンターは六人もすわれば満員で、無口なバーテンダーが二人いるきりだ。二人とも白いシャツにヴェストとバタフライを着けている。一人が五十過ぎでもう片方はその息子のような年齢である。

滅多《めった》にすわることのないボックスにかけ、向かいあい、私がウイスキーを、三津子がブランデーを手にした。

グラスを口にあてる直前、目が合った。

「あなたにやってほしいの」

三津子がいった。

「将来の話か？」

頷《うなず》いて私を見つめた。

「あなたが今の状況に本当に満足していると、私が思ってるなら、この仕事をやってとは頼まないわ」

「君は思っていないのか」

「変わってないもの。本当に仕事から解放されていれば、もっとちがう表情でいる筈よ。私の知らない、くつろいだ、気が抜けた、何ていうの、はりつめていない表情で」

「くつろいでいる」

一口飲んでいった。

「猶予期間にね。あなたはまた戻されることを知っている。電話がかかってきて、あなたは部屋を整理し、新聞を断わり、冷蔵庫から腐りやすいものを出して、他の屑《くず》といっしょに捨てる。それから行くのよ」

「やらないし、やれない」

「やれる。やる気がないのよ」

「やれないのとやる気がないのは、ちがう」

「あなたの場合は同じ。やる気がないからやれない、と思っている。危険な仕事が続いて、疲れ、滅入《めい》っているのだわ。でも、放ってはおかれない。干渉され、監視されている。それを断ち切るチャンスよ」

「彼にはできない。いくら出雲でもそんな力はない」

「あなたはまだ信じているんだわ。自分のいたところが持っている力を。だから出雲でもその力に勝てないと思っている」

「………」

相手は国家である。いかに出雲の大企業をもってしても勝てる筈がない。そう思っていた。

「切り札を持っているのよ」

「切り札？」

「ええ。あなたという一人の人間を自由に解き放つよう、政府を説得できるだけの切り札を」

そうなればありえないことではない。企業を動かす出雲は一人の人間である。そして、その人格に比べて、国家ははるかにバランス感覚を備えている。切り札によっては、そのバランス感覚のために、私を自由にしないとも限らない。彼らの最もお得意な手段「やらずぶったくり」をとらなければ。

ふと思いつき訊《たず》ねた。

「君も葉村浩という若者が死んだとき、ショックを受けたのか」

「ええ。出雲ほどではなかったけど。彼といっしょにベルギーに行く計画もあったわ。

遺体をひきとりに」

「行かなかった？」

「出雲も私も行かなかった。浩さんの両親と筈見がチャーター便で行ったわ。その間、出雲が何をしていたと思う。浩さんを殺した人間についての情報を集めていたのよ」

成毛泰男。一級のテロリスト。

級《ランク》づけに意味はない。成毛が死ねば――殺されたり、事故にあったりすれば、彼は一級ではなくなる。つまり、そんな死に方をするような人間は一級ではないということだ。

生きつづければ一級でいられ、しかも追われつづける。

危険で狡猾《こうかつ》な人物にちがいない。

彼が射殺も逮捕もされず、まして自殺をしなかったという事実がそれを証明している。

出雲は、私なら彼の行動を読めるといった。かもしれない。だが失敗すれば、私は捕らえられるか、撃たれる。

かつて仕事をしていたとき、常にそんな危険はあった。

同じだけ、それ以上でもそれ以下でもない――いや違う。

バックアップがいない。態勢をカバーする組織がない。組織のかわりにあるのは、復讐《ふくしゅう》に燃えた老人の怒りと権力である。

では、私が得るものは何か。

「あなたはよくいったわね。機関は、所属していた人間を忘れることが絶対にないって。

忘れるかもしれないのよ。そうなったらあとは、あなたが忘れられるかどうかだわ」

三津子が静かにいった。

機関にいたころ、私が得たものは、莫大《ばくだい》ではないが、安定した収入、自分がどこかに所属しているという安定感、仕事を行ったときには、わずかだが完全には麻痺《まひ》することのない罪悪感、そしてこれもわずかだが、成功した行為に対する満足感である。

殺人という行為を、本当の意味で平然とやってのける人間は少ない。生命を脅《おびや》かす作業に対して否定する気持ちが必ず起きるからだ。

まれに、そうではない人間がいる。彼らがすべて犯罪者タイプとは限らない。一生を平凡な勤め人として終える場合もある。あるいは、犯罪をおかしても人を殺さず、捕らえられる場合もある。

大量虐殺を行ったからといって、その人間が、殺人に忌避感を持たないタイプとは限らない。

そしてまた、そういった忌避感を持たぬ人間が、テロリストとして優秀になるかというならば、それは別問題である。

やはり、ある種の才能が必要なのだ。

成毛泰男にはおそらく、その才能があるのだろう。

職業殺人者が、彼の才能とは関わりなく、その任務の遂行において、忌避感の麻痺が不可能である場合に要求されるのは、忘れることである。

人を殺したこと。その生命を奪い、周囲の人物を含めて、そこにあるべき権利を踏みにじったことを忘れなければならない。

殺された人物の無念、その人物を必要としていた人間の悲しみ、憤《いきどお》り、すべてを殺人者である自分には無関係、無意味なことだと得心させ、気にもとめまいと心がけることなのだ。

さもなければ結果は明白である。

忘れるためには理由が必要だ。それが思想であれ、金であれ、そのものを得るための殺人が妥当であったと、納得《なっとく》させる理由が必要なのである。

その理由を確認しつつ、殺して、初めて殺人者は犯した行為を忘れることができるのだ。

殺人に忌避感を持たぬ人間が殺人をする場合には、そういった理由は必要とされない。

彼らは、日常生活の他の行為、食べること、寝ること、あるいはせいぜい性行為をする程度の心構えと気持ちで行う。ときに快感すら味わいつつ。

そういった人間を私は憎んでいる。

私は、自分を納得させ、自分を守るためだと言い訳をしながら人を殺した。

何のこだわりも忌避感も持たず、人を殺せる人間を私は許せない。

おそらく、人を殺したこともなく、他人に暴力をふるった経験すらない人間には理解されない感情であろう。

「何を考えているか——自分が成毛泰男を殺したら、何を手に入れられるか。あなたが考えていることがわかるわ」

三津子がいった。彼女は巧みに私の思考に近づき、誘導する。

実際には考えていないことであっても、その考えを持っているのではないかと、相手の鼻先にちらつかせることによって、考えさせるのだ。

私が成毛を殺して得るもの。

金、自由。

本物の自由かどうかはわからない。彼女はそうだといっている。

「ひどい人間だと思う？」

「君は、処女に帯を解けといっているわけじゃない」

「そうね。あなたはあばずれじゃないかもしれないけど、生娘《きむすめ》でもない」

「遣《や》り手婆《てばばあ》の役を君が好むとは思わなかった」

口をつぐみ、私を見すえた。私の言葉が彼女を傷つけたのだ。

「あなたは、私が涙を流して頼めばひきうけるというの。あなたのためだから、おやりなさいといえば、納得するの。ちがうわ、あなたはそんな人間じゃない。それに、わたし——いえ、出雲があなたに頼もうとしているのは、女と寝ることでもなければ、彼の事業を手伝うことでもないわ。この世の中で、一番許されないことよ。それをあなたは、どうやって納得させて欲しいの」

頰《ほお》に赤味がさし、瞳《ひとみ》がかがやいていた。

「あなたに訊《き》くわ、じゃあ今まであなたは、どうやって自分を納得させて来たのよ！」

私を貫いた、彼女の存在が遠ざかり、重圧を持った濃い液体がねっとりとからみつくように、私を押し包んだ。

「昔話をしたくない——わかるわ。忘れたいのだわ。でもわたしは、したかったの。あなたと共に暮らしたこと、食べたこと、飲んだこと、寝たこと、を思いだしたかったの。あなたは忘れようとした。わたしは忘れまいとした。あなたは男で、思い出には仕事のことがいつもつきまとっている。でもわたしは女で、思い出には、あなたがそのときしていた仕事が何で、どういうことがあったかなんて詰まってやしないわ。あるのは、あなたがどんな表情で私を見つめたか、どんな仕草《しぐさ》で私を愛してくれたのか、そういうことよ。私があなたに会って思い出したかったのはそれ。仕事の話なんか、したくない。出雲だって、成毛泰男だって、関係ない」

口をつぐんで、私を見つめた。泣きはしない。彼女は絶対に泣かない。三津子が涙を流すところを見たのは一度きりだ。

彼女が私の子供を産めないと知ったときだ。私と結婚もできず、たとえ妊娠してもその子供が決して父親の姓を名乗れぬと知ったときだ。

私から目をそらさず、煙草をとり出し口にくわえた。邪険に髪をかきあげると火をつける。眼が霞《かす》んだようになり、しわがれた声でいった。

「あなたはやらないわね。私と今夜会わなければ、一パーセントの確率で出雲の依頼をうけたかもしれない。でも今では、ゼロね」

答えなかった。

グラスをのぞきこみ、これを一気に呷《あお》ってみせても彼女の気持ちが元に戻ることはないだろうな、と考えていた。

自由が私の仕事の代価になるか。

私はまだ出雲の力を疑っていた。

背すじをのばした三津子が私を見おろした。眼がおだやかになり、口元にわずかに怒りと悲しみの混じった皺《しわ》があった。

「帰って欲しい？　消えて欲しい？」

「いいや。独りで飲むのはあきているんだ」

「わたしである必要はないのね」

口を結んだ。

「何を求めているのだ。君は出雲の妻であり、私とは立場が違う。違いすぎる」

「わからないの」

首をふった。口元の皺が消え、悲しみだけが瞳《め》に移行した。

「あなたが得たことのない立場を、手に入れるチャンスなの。そして――」

「そして、また君とやり直す？」

微笑《ほほえ》んで再び首をふった。

「行きましょ。楽しかったとはいえないけど、決して悲しみにくれてもいないわ。いえるのは、会ってよかったということ。あなたは変わってはいなかった。昔から遠くにいた人だけど、私との距離は近づいてもいなかったかわり、遠ざかりもしていなかった」

立ち上がり、傍《かたわ》らに置いていたブレザーを袖《そで》を通さずに羽織った。

芳香がかすかに私の面をなでた。鼻孔《びこう》から胸に流れこみ、胸で煮たった。

勘定を払って店の外に出ると、再び私の腕に手をかけた。

「タクシーにのるまで」

いって私の顔を仰いだ。

渋滞している客待ちの一台が、目ざとくすり寄り、自動ドアを開いた。

「おやすみなさい」

腕にかけられた手に力がこめられた。気のせいかもしれない。

「成毛泰男に関する情報をもっと欲しい。彼がどんな人間か知りたいのだ」

滑《なめ》らかな動作でシートにかけた三津子が目を瞠《みひら》いた。何かを口にするより早く、ドアが閉まり、ウインドウが二人を隔てた。

タクシーが発進するのを、わずかな満足感を味わいながら見送った。五年ぶりに会った三津子は私にさまざまな表情を見せた。

優しさ、計算された甘え、それが怒り、悲しみに変わった。そして最後に驚き。

私の知らぬ派手やかな快楽を一刻も早く得ようと、道を急ぐ若者をやりすごしながら、ネオンに晒《さら》された街角を歩いた。

私は心の裡《うち》で認めていた。五年間、忘れていたわけではなかったのだな、と。三津子の驚きの表情を忘れまい。しかし、私は彼女のために、決めたわけではない。まだ仕事をやると決定したわけではないのだ。ただ、知りたいことがあり、それを確認できたとき、私はやるだろう。

ひとつだけ私の心にかかっていることがあるならば、やれないこととやる気がないことが、私の場合同じであるとしても、やる気のあることがイコール、やれることとは限らない点である。

出雲も三津子も、それをわかってはいない。だが、と皮肉な気持ちで考えた。それがわかったとき、私は地上にいない。従って、私が気に病むべき事柄ではない。彼らが悩み、そして解決すべき問題なのだ。

死は、葉村浩にとっても、成毛泰男にとっても、またこの私にとっても、すべて同じである。

3

二日間、私の生活に変化はなかった。二度外出し、食料品と本を買った。

二日目の夕方、電話がかかった。私は練《ね》っていた挽《ひ》き肉の入っているボウルから手をぬくと、ペーパータオルをかぶせて受話器を取った。

「筈見です」

名乗っておいて、続けた。

「これからお迎えに上がろうと思うのですが……」

「それは困る」

私はいった。

「会わないという意味ではありません。ですが、人に見られたくない。場所を指定してもらえればこちらから行く」

「………」

私が引き受けるつもりになったのか、考えているようだった。

「わかりました。赤坂にあります『明石《あかし》』という旅館にいらして下さい。女将《おかみ》は口の固い人間です。場所は料亭街の外《はず》れです」

「わかった。一時間で……？」

「承知しました」

練った挽き肉を丸める作業はあきらめることにした。気がむかなければ作らぬ料理は、ときに不便である。足が早い材料は、機会を逸すれば、ゴミ袋行きだ。

手を洗うと着替えて、部屋を出た。

私に対する監視体制が、どの程度変化しているか想像もつかなかった。だが尾行されることだけはまちがいない。

尾行をしている人間が、私のいた機関の者とは限らない。むしろ、そうでない可能性の方が高い。

機関は、その任務の内容から考えて決して大規模ではありえない。機密を維持してゆくためには、必然的にそうなる。リタイアした人間を監視するために使われる人材の余裕はない筈《はず》だ。

おそらく公安関係の調査官があてられている筈だ。勿論《もちろん》、私と出雲の関係が大きく機関の人間を揺さぶっていなければである。

出雲の望みと、私にかけられた彼の期待を機関が知れば、別の措置が講じられる。だが今のところ、電話を盗聴されている様子も、監視体制が強められた気配もない。

となれば、一人ないしは二人の調査官が私の尾行をしているわけだ。

完全な監視ではない。通常任務としての行動である。

自然に尾行をまくよう仕向ければよいのだ。こちらが意識せず、尾行者とはぐれる。

私の報告を読む監察官は、偶然に尾行が失敗したとは信じないだろうが、といって証拠がなければどうすることもできない。

あるいは、出雲が本当に切り札を持っているなら、そんなことは問題にされずにすむ。

さほど遠くない赤坂まで出向くのに、一時間の猶予をもらったのはそのためだった。

食料品を買いに出たのと同じいでたちで、建物を出た。本屋を数軒回り、地下鉄に乗りこむときに、尾行者を確認した。

二十七、八の髪の短い若者である。スーツ姿であること、髪をのばしていないことが、ベテランの公安捜査官ではない身分の証明だった。

潜入捜査を行う捜査官は、たとえ警察官であっても、決してそれらしく見えることはない。

まず、体格のいい者は除外される。スポーツマンタイプ、髪を短く切っている、などという外見は最も不適格である。

若者は、ややガニ股《また》の歩き方をしている。これも除外されるべき要素であろう。逮捕術、柔道に関する訓練を物語るものである。

警察官らしい外見は最も好まれぬセクションである。おそらく、尾行者は、所轄署の刑事で、私が何者であるか詳しく知らず監視を行っているにちがいない。

通常の監視体制ではその程度であろう。

警察官の中には、今のべた公安捜査官とは全く逆の身体的特徴を要求されるセクションもある。

即《すなわ》ち、最も警察官らしく見えること――仮に制服を着ていなくともその存在自体が、示威として必要な任務である。

そういったことを考えながら、赤坂の地下鉄駅が入ったビルを使い、尾行をまいた。

まかれた当人にとっては、私が意図的にそうしむけたか、自分のミスによるものかはっきりしない筈だ。走ったり、閉まりかける扉を使う、あるいは裏口からぬけ出るといった手段はもちいていない。

両脇《わき》が料亭、正面がホテルといった一角に「明石」はあった。一方通行の通りは、水が打たれている。

格子戸《こうしど》をくぐるとガラスのはまった引き戸があった。

私がそれに手をかけるより早く、内側から開いた。着物をつけた五十代の女性が立っており、誰何《すいか》することもなくいった。

「皆さまお待ちです。二階のお部屋にどうぞ」

案内をする代わりに、戸に錠をかけ私の脱いだ靴を片づけた。私の服装はどう見ても、このあたりに出入りする人間のものではない。彼女が人ちがいしているとは思えない。

板の間に上がると、磨きこまれた階段を昇った。さして大きくもないだろうが、建物の中は静かだった。

二階の上がりはなに、襖《ふすま》が閉ざされスリッパが並んだ部屋があった。

出雲と筈見がそこに居た。

出雲は彼の年齢を考えれば派手な、光沢のある灰色のスーツを着け、床の間の横に座《ざ》していた。茶卓をはさんだ向かいは筈見である。ゴルフ帰りのようなラフないでたちであった。

「今日は個人秘書の方もいないようですな」

私の言葉に出雲は一瞥《いちべつ》をくれただけだった。筈見が私と出雲を見比べ、上座を示した。

「どうぞ」

茶卓の上には、茶器の他に大きな封筒があった。腰をおろすのを待って、出雲が口を開いた。スーツを着けた老人は、横浜で会ったときよりも若く、力強く見えた。

「今日は返事を、いただけると思うが」

「その前に。あなたは何をしました?」

「何を?」

当惑を隠し、私をにらんだ。

「私の身を自由にするため、何かしましたか」

「官房長官に会った」

「で、彼には何と」

「加瀬くんを完全に解雇せよといった。そうすれば、私の会社に入れると」

「本気ですか」

筈見が封筒から、もう一通の小さな封筒を取り出した。中身をあける。

写真の入っていない社員証である。

出雲興産営業第六課、嘱託、加瀬崇《たかし》の名刺もあった。

「彼は信じましたか」

「表面では、ということかね」

　私は笑った。

「なるほど、そうでしょうな。それで何と？」

「加瀬崇という人物は知らん。もし、そのような人物がいるのなら、当人の意志を尊重したい、と」

「予期していましたね」

　出雲の無表情な面を見ながら私は答えた。

「無論だ。あの男が君の名を知らん筈がないが、それを認めるわけがない。だが、私が交換条件を持ち出すと、顔色を変えおった」

「彼女は『切り札』がある、といっていましたが」

「そうだ」

「何です？」

　冷たい目で私を見つめた。

「君の関知することがらではない」

「取り引きの道具としては知りたいですな。一体、自分が何と秤《はかり》にかけられたかを」

「ラクールの石化だ」

　驚きの表情を、当然の如《ごと》く見つめていた。

　ラクールは産油国としては比較的親日国家であった。そのラクールと日本の大商社が手を組み、大がかりな石油化学コンビナートを建設するという計画が発表されたのが四年前である。ラクールは技術と産業を、日本は石油を得る筈であった。そして工場建設も半ば、中東ではお定まりの革命が勃発《ぼっぱつ》した。日本人技術者はいったん引き揚げ、建設は中断された。その後も不安定なラクールの政治情勢と、かさむ一方の借り入れ資金の金利に音《ね》を上げた商社はついに、ラクール石化計画を放棄せざるを得なくなったのだ。

ラクール単独のコンビナート建設続行は不可能であり、といって、ラクールと組んでこの莫大《ばくだい》な金を食うプロジェクトを引き受ける新たな企業も現われなかった。

日本は重大な石油供給ラインを断たれたといえた。

出雲は、私を手に入れるために、そのラインを再びつなぐ救世主の役を買って出たのだ。

「私としても何の利益もない計画であれば手は出さん。決して必要以上の自惚《うぬぼ》れは持たぬことだな」

「そんな心配は無用のことです」

「ならば結構。返事を聞かせてもらおうか」

答えるかわりに、私は筈見に訊《たず》ねた。

「成毛泰男の資料は？」

「ここにあります」

筈見は出雲を気にしながら答えた。ちらりと見ると、老人の眼に煙ったような怒りの色があった。

「これはどこで？」

「主に、国際刑事警察機構とＩＳＳ――インタナショナル・セキュリティ・サービスという会社からです、ＩＳＳは……」

「知っています」

私は封筒をひきよせた。

ＩＳＳはアメリカに本社を置く保安情報産業である。ほぼ全世界のゲリラ、テロ組織、大型ギャング組織に関する情報を集め、外国進出をはかる企業にそれを売りつけている。ハイジャック犯との身代《みのしろ》金交渉を行うこともある。その情報信頼度は高い。社長はＣＩＡのＯＢである。

成毛泰男の資料はそのＩＳＳをもってしてもわずかであった。彼はいかなる国でも逮捕、収監されていない。

写真は大学生時代の古いもののコピーが一枚。あとは彼が関連したと覚しきテロ事件のリスト、そして確実に彼が犯行を行ったと知れている事件の詳細な説明である。それらをざっと斜め読みして、私は最後に知りたかった部分に辿《たど》りついた。

心理学者による、成毛泰男の分析である。

署名は私の知らぬ外国人のものだった。英文と邦訳が合わせて二ページ足らずであるが、私の知りたい箇所はあった。

アメリカでは犯罪者の精神分析は非常に進んでいる。ＩＳＳの資料であることも考え合わせれば、この成毛泰男の性格に関する考察にさほど疑いを抱く余地はない。

ごくわずかだが、それによって私は成毛泰男を知った。

『目的意識が強く、不必要な行動はほとんど取らない。情緒的には安定している。創意に富み、冷静で、常に自己にとって最善の手段を選ぶ。

しかも防衛本能は極端に発達している。これはおそらく、幼少時代、両親が頻繁《ひんぱん》な転居を行ったことに起因する』と心理学者は述べていた。知らない土地で、他所者《よそもの》として虐待を受けた経験が重なったにちがいないというのだ。

『孤独には強い。従って依頼心に乏しく、独立行動を好む。仮にチームを組んでも決して最後まで集団行動を取ることはあり得ない。

彼が、愛情を抱いたと考えられる他者の存在は一名のみである。成毛和男――パリで暗殺された弟である。

結論として、成毛泰男は、冷静、不必要な残忍さは持たぬが、他者を傷つけることに対し、全く抵抗を感じない性格である。極端なサディストではないが、テロ行為に憎しみは持っていない。むしろ、その創意の発露から推して、満足感を求めている傾向がある。

殺人に対する忌避感は皆無。自分に好意を抱いたドイツ女性を殺害した経験もある』

心理学者は最後をこうしめくくっていた。

『敵対する場合は無論、同グループにある場合も彼は非常に危険な人物である。彼は、自分の防衛本能と目的意識から判断して必要と認めるなら、たとえそれが自分にとっていかなる存在の人物であろうと、殺害することに何のためらいも感じないと推測される』

私は資料を置き、目を上げた。

出雲が私を凝視した。

これまでの彼の視線を鋭いと形容するなら、今の眼はレーザービームを発している。

「条件は？」

「変わらん。現金が五千万、そして君の記録の除去、完全な自由、だ」

「やりましょう」

私はいった。


私は悪魔と契約を結んだ。だが、誰《だれ》のものとも判然としない「国家」という名のぼんやりとした組織の利益を考える悪魔よりは、それよりははるかに小さく、しかし肉親を殺された憎しみに燃える悪魔の方がまだ与《くみ》しやすいというものだ。

出雲はまず最初の条件を果たした。翌日、私が定時報告のための電話を入れると、番号は早くも使用されていない旨を告げた。

本当に機関があっさり私を見離したとは思えない。しかし、

「オカケニナッタ番号ハ現在使ワレテオリマセン……」

というおきまりのテープの無機質な声を聞くうちに、ゆっくりと事態の変化が私の頭に浸透していった。そしてその日の夕刊は、出雲グループの総帥《そうすい》、出雲興産会長、出雲昌平《しょうへい》が引退する声明を発表したことを告げていた。

五月二十日は快晴になった。その朝、郵便受けに分厚い封筒が入っていた。中には、出雲興産の正式採用通知があり、私の初出社日は六月十日と決められていた。

六月一日から三日間の予定で、イスラエル、エジプトの関係緩和会議は開かれる。六月九日まで、私はフリーの身である。そして、成毛泰男が出席者を狙《ねら》う期間が、私に与えられた時間でもある。

前夜、筈見から電話を受け昼食を共にする約束をしていた。午前十一時五十分に、私はウインドウペインのジャケットにネクタイといった服装で部屋を出た。

気象台では、例年より梅雨入りが遅く、暑い年になるだろうと予報していた。確かに日射しはきつく、地下鉄までの徒歩で背中に汗を感じた。

正午八分過ぎに、虎《とら》ノ門《もん》にある筈見のオフィスに到着した。建物は古いが、しっかりとした造りである。その三階が彼のオフィスであった。灰色のエレベーターで三階まで昇り、「筈見法律事務所」と記された小さなアクリル板の掲げられたスティールドアをノックした。

ドアが内側に開き、顔色の悪い三十ぐらいの女性が顔をのぞかせた。

「加瀬と申しますが――」

「どうぞ。先生は奥の部屋にいらっしゃいます」

事務所の窓にはカーテンが降りていて日射しをさえぎっていた。静かな空調のきいた室内に入ると、私は呼吸がゆるやかになるのを感じた。

女性が先に立ち、書架で埋まった壁の一角に案内した。そこに曇りガラスのはまった扉があり、ノックすると押した。

六畳ほどの細長い部屋で、手前に応接セット、正面にデスクがあった。眼鏡をかけた筈見が、書類から面を上げ、私を見た。

「ありがとう、昼休みにしてくれていい」

「はい。あの、お茶は?」

「こちらでやる」

「承知しました」

化粧気のない面を頷《うなず》かせて、女性は退出した。

「どうぞ」

眼鏡を外し、立ち上がると筈見はソファを示した。

自分も向かいにかけると、畳んだ眼鏡をダブルの上衣にしまった。

「老眼です。加瀬さんは、目は……?」

「今のところは」

「目の良い人は、早く老眼になるというが、私の場合も早かったですね」

「お幾つですか」

「若く見えますが、五十一です。ま、老眼になってもおかしくないですな。加瀬さんは三十八……でしたね」

頷《うなず》いた。

「ところで、鰻《うなぎ》はお嫌いですか。お呼び立てしておいて失礼ですが、外で飯を食いながらできる話でもないので……」

薄く笑って私にいった。

「大丈夫です」

「それじゃ、ちょっと失礼して」

デスクの受話器をとると、メモの紙片を遠く離して見つめ、ダイアルした。

「このあたりは昼飯どきになりますと、どこも混みましてね。女の子なんかは、何を食べるかあれこれ考えるのが楽しいらしいが、私は面倒で……。実は、私も今は一人暮らしなんですよ」

私に微笑してみせた。

「女房に先に逝《い》かれましてね」

「お子さんは……？」

首を振った。

彼もまた失うものが少ない人間というわけだ。尊敬する出雲昌平の復讐《ふくしゅう》に荷担《かたん》したとしても、憂《うれ》える者はいない。

「さて、と。会議の日程が手に入ったのでお渡しします。外務省にいる大学の後輩から貰《もら》いましてね」

筈見を見つめた。

「会長にいわれたのです。情報源その他、加瀬さんにはすべてお話しするように、と。あなたはそういうことに関するプロですから、出所のはっきりとしない情報を信じては行動しないだろうとおっしゃっていました」

「なるほど。あなたが直接、私のバックアップをするということですね」

「そうです」

真剣な目で頷いた。

「ではもし、私が成毛殺しで捕らえられたら……？」

「あなた次第ですな。あなたの弁護をするか、あなたと共に被告席にすわるか――」

「どちらを望ましいと思います？」

微笑《ほほえ》んでセンターテーブルから煙草を取り上げた。

「最も望ましくないのは、殺人未遂の共犯に問われることですな」

火をつけると一服して目を細めた。

「私自身は法廷で会長の名は絶対に出したくない――そうだ、忘れていた。前会長ですね、今では」

「あなたも成毛に殺意を抱いている?」

「多分。加瀬さんに、このようなことをいって良いのかはわかりませんが、どんな目的であれ、人を殺す人間を私は許したくない。まして自分が利を得るためにそうする人物は最低だ。あなたを傷つけるつもりでいったのではない。なぜなら、今では私も人を殺すことに熱意を持っているといってよいからだ。ですから本来は何もいえぬ立場だ。しかし――そう、私は成毛の死を願っている。その結果どうなっても後悔はしません」

灰の長くなった煙草をガラスの灰皿にひねりつけた。拳《こぶし》で軽くテーブルを叩《たた》くと私を見た。テーブルは乾いた音をたてた。

「私は浩さんが好きでした。私たち夫婦には子供がいませんでしたからね」

軽く頷《うなず》いて、筈見がさし出した紙片を受けとった。日程表はイスラエル代表のものであった。

五月三十一日の午後八時に一行は特別機で羽田に到着する。総勢十二名。その夜は、都内のNホテルに投宿し、翌六月一日早朝、車で横浜に向かう。

会議場は横浜山手にある、旧イギリス領事邸が使われる予定。その日から二晩、会議場近くのKホテルが宿舎。六月三日、会議が終了すると、その足で羽田に向かい出発。

「この他の代表団は?」

「エジプトと司会進行役をつとめるアメリカ元国連大使は、同じ日に羽田入りしますが、それぞれホテルは別です。しかし、東京に一泊、横浜に二泊という点では同じです」

「警備体制は?」

「無論、厳重でしょうが、しかし……」

私は筈見の言葉をさえぎった。

「外国要人の護衛については、大臣クラスの会議がもたれ、警察庁を経て、警視総監が決定します。はっきりと暗殺の危険性がある場合、その警護は非常に厳しいものとなります」

「SPという奴《やつ》ですか」

「世間、特にマスコミはSPを警察当局がかつぐ神輿《みこし》のように考えています。ある意味ではそれは正しい。SP――セキュリティ・ポリスは昭和五十年に正式に発足しました。アメリカの要人護衛官――シークレット・サービスを真似《まね》たものといわれましたが、その訓練方法は独自です。私がなぜ、護衛のことを問題にするかおわかりですか――?」

筈見は首を振った。新たな煙草に火をつけ、二、三度咳《せき》こむと、先を促す。

「SPは、警察官の中でも特に体格が良く、体力、技術の秀《すぐ》れた者が選ばれます。身長が百七十五センチ以上であること、眼鏡を使用しないこと、柔剣道三段以上、拳銃《けんじゅう》射撃上級、などといった条件です。彼らは常に武装し、揃《そろ》いのネクタイ、バッジでその存在をきわだたせます。

これを警察関係者は『陽《よう》の警護』と呼んでいます。すなわち、対立する『陰の警護』

も在りうるわけです。『陽の警護』が厳しければ厳しいほど、『陰の警護』も厳しくなります。そして、重要なのは、この『陰の警護』の方なのです。情報を求め、暗殺者の存在をキャッチしようとします。数多くのスパイが反政府活動者の動きを探り、逐一報告します。外国要人の来日の場合は、通常、警視庁警備部のある庁舎十七階に総合警備指揮所が置かれますが、『陰の警護』はこの指揮所が設置される以前に始まっています。公安警察官が徹底的に調査を行ってテロリストへの牽制《けんせい》、活動阻止をはかるのです。当然、成毛泰男のようなテロリストの潜入に対しては針ネズミ顔負けの神経を尖《とが》らせているでしょう」

「つまり、それが加瀬さんの仕事にも――」

「要人を狙《ねら》うテロリストであれ、そのテロリストを狙おうとする者であれ、警護する側にとっては一様に危険人物となるのです。ところが、私が成毛泰男を狙えるチャンスは今の時点で考えてごくわずかです。彼が無事に空港のチェックを突破し、イスラエル代表団に対するテロ活動を開始した瞬間から、そのチャンスは生じます。警護側にとって、成毛が最も危険な存在になったとき、私は彼を殺すチャンスを得るのです。私が警察の捜査官のように、彼の潜伏地点をつきとめて、仕止めることは不可能に近い」

「成毛を仮に殺せたとしても摑《つか》まる確率は非常に高い、と……」

煙草をつけ、ゆっくりと吸った。まずくはない。

「高いのは逮捕される確率のみではありません。警護側によって射殺される可能性も高いわけです。日本の警官は簡単には発砲しないが、現場にいるのは彼らだけではありませんからね」

モサドの幹部が代表団にいる限り、当然モサドの人間《エージエント》も随行している。彼らは戦士としても優秀である。

笞見は吸い殻のたまった灰皿をじっと見つめていた。ドアを隔てた部屋でチャイムが鳴り、彼はゆっくりと立ち上がった。

「……昼食が来たようです」

失礼、と呟《つぶや》いて私の傍《かたわ》らを通り、事務所の入り口に出ていった。すぐに、重箱ののった盆を手にして戻ってくると、私にさし出した。

「今、茶を沸《わ》かします」

小さな流しとガス焜炉《こんろ》が、入って左手の隅にあったのを私は思い出した。センターテーブルに温かな重箱をのせ、盆を脚元《あしもと》におくと煙草を手にとった。

決して豪華な事務所とはいえない。地味で、むしろ質素ですらある。弁護士という職業が笞見にどれほどの経済力をもたらしたかは知らないが、彼は自分を物質的に肥やそうとは考えなかったようだ。

やがて小さな盆に厚味のある茶碗《ちやわん》と急須《きゆうす》をのせて戻ってくると、私たちは昼食にとりかかった。

食べ物に執着をしないからといって、食欲まで萎《な》えてはいないようだ。米飯を一粒残らず平らげると、箸見は割り箸《ばし》を袋に戻した。その間、ひと言も口をきこうとはしなかった。

茶をひと口、ひと口、ゆっくりと飲み下すと、私を見つめた。

「やるんですね」

私は無言で見返した。

「あなたがここで、やはりやりたくないとおっしゃっても、私は何も言えんような気持ちになってきました」

「もし、私を失ったらどうするつもりです？」

「さあ……」

首をかしげた。

「何としてもやる方法を考えるでしょうな。しかし、私が知っている暴力団風情《ふぜい》では決してできる仕事ではない」

「弁護士であるあなたはとうに知っていることかもしれませんが、殺人という行為は一般に思われているほど、勇気とか覚悟を必要としません。大抵、激情にかられて行われますからね。怒り、憎しみ、恐怖。ですが、予謀して行う殺人はちがいます。問答を、ある瞬間まで、自分の中で続けます。やるべきか、否か。必要なのは、答えを与えてくれる理由です。人民のため、であるとか、国家のため、家族のため、時には自分が得るひと切れのパンのためです。

そして、その理由さえあれば、質問を止めるボタンを押すことができるのです。家を建てるように、車を走らせるように、地点、時間を計算し、全くの無感情で決行します。それは瞬間的な行為です。銃の引き金をひく、ナイフをひと太刀《たち》ふるう――その瞬間、自分がその行為を行うだけの機械にでもなったように『無』になれば良いのです。それから、相手の死を確認する。最もつらい、生きる限り止《や》むことのない状態は、そこから始まります。

自分が人殺しであることを自覚し、忘れようと努めるのです。幾度も夢を見、それ以前に眠れぬ時間がつづきます。スローモーションのひとコマひとコマを、くり返し、くり返し自分の頭の中に映し出し、自分の行為を反芻《はんすう》する。そして、やがて古いものから順に忘れた気持ちになるのです。忘れてしまえたわけではない、単に忘れた気持ちです」

いい終えたとき、笘見はわずかだが蒼《あお》ざめた面持ちになっていた。しかし、すぐにきっぱりといった。

「だからといって、私はあきらめはしないでしょう、おそらく。手を下すのがあなたであっても、罪の意識は私にもある。たとえ出雲前会長の復讐《ふくしゅう》であるからといって、罪の意識までを私がすりかえることはできない。けれども、成毛泰男を殺す手段を、私は何としても見つけ出します」

「あなたはもう見つけ出していますよ。その資料を私に下さい。先日の、ISSのものも合わせて」

無言でデスクから取り出すと、私に寄こした。

「警察、特に公安関係の人間とコンタクトをはかって下さい。学閥、買収、脅迫、手段は何でも結構です。警察が成毛の立ち回り先をどの程度押さえているか、それを知りたい。

そうすればひょっとしたら、会議の人間を狙《ねら》っている真っ最中ではないときに、成毛を仕止められるかもしれません。成毛が決して行かない場所を知ることによって、暗殺までの期間、奴《やつ》の潜《ひそ》む場所をつきとめられる可能性があるのです」

「わかりました」

「それと――」

私は立ち上がった。

「私が仕事を開始する時点で、アジトにできる場所を用意して下さい。公安のアパートローラーにもひっかからず、しかも会議場、代表団の動きから遠くない場所です。車も一台だけではなく、何台かとりかえて使えるものをお願いすることになるでしょう」

「――器材は？」

一瞬、彼が何を言わんとしているか、理解できなかった。

「まだ何が必要になるか、私にもわからないのです。ですが、私が手に入れられるものであれば、私が用意します。もし、そうでなければ連絡しましょう」

頷《うなず》き、開けたままだったデスクから細長い封筒をとり出して、資料の上に重ねた。

「必要経費といったところです。とりあえず二百万用意しました。それと、私の自宅の電話番号を書いたメモも入れておきました。私独りです」

私は封筒をつかむと、その紙片だけを取り出した。暗記して、彼に返した。

「頭の中に移しておきましょう」

小さく溜息《ためいき》をついて、筈見はかぶりを振った。

「また、御連絡します……」

「いや、私の方からとります」

私は答え、出て行った。

4

コーヒーが、単に眠気ざましのために飲む褐色の液体でなくなったのは、仕事をやめてからであった。

週に数度、コーヒーだけを目的として行くようになった喫茶店に入った。生活を極端に変化させるのは危険である、という理由が私にはあった。

店は分厚い檜《ひのき》の板をカウンターに使い、濃い臙脂《えんじ》のカーペットと、同系色のソファを置いている。六本木の交差点からほど遠くない、本屋の裏手に面した店だ。カウンターでは白シャツにバタフライを着けた若者が揃《そろ》いのエプロンを下げ、きめ細かい、しかしテキパキとした作業を行っている。

彼らがいかに若く、その作業が単純に見えても、その店で飲むコーヒーと同じ味を自宅で再現することは考えない。

できないことは考えない——生活観ともいえる考え方だが、今回の仕事に関しては、それを裏切ることになった。

そう思いながら、カウンターで濃く、舌触《したざわ》りの苦いコーヒーを味わった。苦いがザラついてはいない。

私が粉をひき、淹《い》れても、苦味とキメの粗さは常に比例する。

成毛泰男は、既に日本に潜入しているであろうか。

単純に考えるならば、彼の危険度は、滞日期間が長いほど増すことになる。

従って暗殺決行直前に入国し、決行後は速やかに出国する手段を取るであろう。

——これが彼を追う側の考え方である。

当然、会議の前後は空港の出入国者チェックは厳しさを極める。

私は成毛泰男の写真を思い浮かべた。不鮮明でしかも、年代が古すぎる。それが司法当局の手に入れうる唯一のものだという。

眼鏡をかけ、細面で長髪、秀《ひい》でた額と大きな目は神経質、といった印象を与える。

体格は、当時百七十二センチ、六十二キロ。痩身《そうしん》といってよい。

あくまで過去のものだ。

ベルギーのブリュッセル空港で銃撃戦の末、逃亡した人物が成毛泰男であると確認されたのは、彼が残した偽装用のボストンバッグに指紋があったためである。

指紋は手に入れているのだ。しかし、空港で入国者全員の指紋をチェックするのは不可能である。それと覚しき人物を割り出して後の話になる。

成毛の周到さから見て、その類《たぐい》のミスを犯すとは考えられない。

指紋、人相——整形手術を受ければ、すべて一変する。変えられないのは、身長ぐらいのものだ。

百七十二センチは、黄色人種としては極端な数字ではない。彼が白人かピグミー人に化けぬ限り、手掛かりとしては弱い。

ブリュッセル空港の失敗で、成毛が整形手術を受けた可能性は高い。

カミカゼ的な特攻テロリストではない以上、生きる凶器《きょうき》としての再使用には必要な条件である。難民と呼ばれながらも、闘争には潤沢《じゅんたく》な資金を持つ、アラブゲリラ組織が、成毛に手術を受けさせぬ筈がない。

まして、彼には恰好《かっこう》の標的を射止めるチャンスなのだ。

別の人物になりすませれば入国はた易《やす》い。国内にいるシンパが事前に出国し、外国で入れ代われば良いのだ。成毛の顔がその人物に似せて整形してあれば、容易である。決行後は、再び外国で入れ代わる。こうして、一切の足跡を残さず、成毛は日本で活動を行えるわけだ。

誰《だれ》もいなかった両脇《わき》のストゥールに、二人の男が腰をおろした。さりげなく、私をはさむようにしたのだ。

私は目を上げ、左隣の男を見た。

三十一か二、いって三というところだ。

淡いグレイのスーツに黄色のボタンダウン、茶のニットタイをしめている。日に焼けて、長目の髪が、一流私大を出た商社マンのような雰囲気をかもしている。

男の視線は、一度も私には向けられない。

反対側を見た。

うだつの上がらぬ、その上司といった風格であった。紺にペンシルストライプの入った上衣はくたびれて、襟元《えりもと》にフケがたまっている。髪も顔も脂気がない。眼がおちくぼみ、口元に疲れたような皺《しわ》があった。
四十四、五と見た。こちらを向くと柔和な表情をうかべた。
「どうも。永田町の橋本《はしもと》と申します」

さりげない、知り合い同士の会話の口調だった。

警察手帳を提示することもしない。

警視庁公安部は、かつて永田町に所在した。今でも永田町を公安部の代名詞にする者は多い。そこを職場とする警察官は、警官らしからぬ見かけとは裏腹に、警察組織のエリートである。

最も警察官らしからぬ外見の警察官が多く勤務している。

「少しお話ししたいんです。よろしいですか」

「何を？」

「世間話はお嫌いですか。私らは毎日、世間話をするのが仕事のようなものでして」

「カウンターではまずいかね」

「どちらでも」

「テーブルに移ろう。他のお客さんのカップに、あんたのフケが落ちちゃまずい」

橋本はニヤッと笑った。

若いのがカウンターに残り、橋本と私だけが隅のボックスで向かいあった。

BGMが変わり、モーツァルトがかかった。橋本が再び笑った。

「モーツァルトか、好きだな。トスカニーニが最高でね」

「同じことをいった男が小説の中にいた。ホテルの夜警だったが」

「似たような境遇ですな。加瀬さんはクラシックはどうですか」

「世間話を聞かされるよりは、コーヒーの味を落とさない」

「手強《てごわ》いな」

首すじに手をやった。彼も日に焼けている。ウエイターが、彼の前にグレープジュースの入った小さなグラスを置いた。

「えらくまた上品なコップだな、こりゃ」

「あんたのような人間を最近の若い連中はブリッ子という。テレビの刑事のような芝居はいい加減、やめたらどうかな」

「いいでしょう」

笑みを消し、口元をひきしめた。上衣からラークを取り出し火をつけた。芝居を続ける気なら、反対側のポケットからハイライトを出したかもしれない。

「何をやるんです？」

「コーヒーを飲んでる」

「芝居の幕をおろさせたのは、あんたじゃなかったのかな」

「何を知りたい」

「あんたがいたところを知ってます。何をしていたかも薄々わかります。で、あんたが出雲興産の前会長にひき抜かれた。どうするんです？　タンカーの警備でも？」

「船酔いしやすいたちだ」

「でしょうな。もっとも、ライフルを抱えてりゃ心強いのじゃないですか」

「カモメ射《う》ちはしたことがない。鮫《さめ》を狙《ねら》うのは結構、面白いそうだ」

首をゆっくりと振った。

「あんたが撃つのは、カマボコの原料なんかじゃない。二本足で立って歩く動物だけだ。何をたくらんでいるんです。ラクールの首相暗殺？」

「だったら、あんたの管轄外だ」

私を見つめ、何かを思い出すようなふりでグラスを口元に持っていった。

「元々は、私も加瀬さんも同じところに雇われていた人間じゃないですか。話す気はないのですか」

「私のことをどこで調べた」

「内調に、貸しのある奴がいるんです。そいつに頼んだ。けれど、教えてくれるかわりに条件をつけてきましたよ。触《さわ》るな、って。年金貰《もら》えなくなるかもしれない、とね。ひょっとしたら、女房が貰う羽目になる。遺族年金というのをね」

「ほう？」

「二階級特進は望みませんがね、犯罪の未然防止には興味があるんです」

「……………」

「あんたみたいな人には、国家が作り上げた論理は通用しない。元々、その論理を否定するところにいたんですからな。いや、ひょっとしたら推進する側かな」

見てくれの下にあるのは、研《と》ぎすまされた頭脳だった。

「『殺す者は殺される』って論理ですよ。古代から、中国でもローマでも、国家はその論理を国民に滲透《しんとう》させることによって存続したんです。反逆をくわだて、人を殺《あや》めれば必ずいつか、その者も同じ目に遭うとね」

口を閉じて、私を見すえた。

「本当のところは、かなり嘘臭《うそくさ》い。人を殺してもしゃあしゃあとしている奴はいくらでもいる。ですが、それじゃ国家は困るんですよ。道徳的な問題じゃない。為政者にとって一番恐《こわ》いのは、道徳を無視する人間じゃない。為政者の側にも道徳なんて、ありはしませんからね。自分の命を狙う人間です。自分を殺して、その後釜《あとがま》にすわろうって奴なんです。自分と同じように、目的に対しては手段を選ばない相手なんですよ。だから、『殺す者は殺される』――歴史がそれを証明しているなどと、いうんです」

「なるほど」

「私があんたに会って話をしたいと思ったのは、あんたは、そんな嘘《うそ》っぱちを信じちゃいないからです。信じてもいないし、また『殺しても殺されない』人なんだ。だからあんたの行く末が気になるんですな」

「心臓が止まれば人間は死ぬよ」

「肉体活動はね。そりゃ、加瀬さんもいつかは死ぬでしょう。しかし、私らが仕事として一番防がなきゃならんのは、殺しても尚《なお》、生き永らえたという前例を残すことです。わかりますか？　嘘であっても『殺す者は殺される』という論理を維持していかなきゃならない。もし、為政者に盾《たて》を突き、その誰かを殺し、殺されなかった人間が出てきたら、この論理は崩壊するんです。そんな前例が増えれば、誰も法律や政府を畏《おそ》れなくなる。犯しても平気なんだってことになってしまう。そうならないためにいるのが私らなんですよ」

「だからどうしても私を放ってはおけないというわけか」

「本当のところはね、どうすればいいかわからなかったんです。かったですよ」

苛々《いらいら》したようにラークをチェーンスモークして橋本はいった。

「あんたは最初からそんなものの枠外《わくがい》にいた人だ。ひと昔前に流行《はや》った映画じゃないが、殺しの許可証なんてものを持っていた人なんだ。今の形で国家があれば、あなたのしたことは犯罪じゃない。貢献になる。革命がおき、政府が百八十度、いや九十度でもかわれば、あんたは人殺しだ。その政府の、私のような人間がやって来て、あんたをパクり、絞首台まで連れていくでしょうな」

「私を許せないと思う」

「思ってるんじゃないんです。職業倫理です。認めたら、私の仕事は成り立たない。けれども、今のあんたはもうちがう。私は、今の仕事のままで、あんたを認められるんです。過去のない一人の男としてね。私の中に、あんたの過去はない。あってはいけない過去だからだ。だが、あんたの将来はある。国の保護を離れ、加瀬崇という一人の男が、生きてるんだ。もし、何か、私がパクらなきゃならんことをすれば、私はパクる。裁判で有罪になるか、死刑になるかなんてことは、二の次なんです」

「つまり、警告をしに来たというわけか」

目を閉じ、頷《うなず》いた。

「あんたが何をしようとしているかなんてことは、全く知らない。でも、何かしたら、あんたはこれまでのあんたじゃないことを、嫌《いや》というほど思い知るんだ」

「二階級特進の話はどうなった。警視正になりたいと思うこともあるわけかな？」

ジュースを飲み干すと、橋本は立ち上がった。眼を細め、微笑《ほほえ》む。

「何でも読んでいるような印象でしたがね、それはまちがいですよ、加瀬さん。私は警部じゃない、警視です。だから、殉職すれば、警視長だ。また会いましょう。あんたのコーヒー代は、国があんたに払う最後の金だ」

勘定書きをつかみ、背を向けた。

カウンターの男が立ち上がり後を追う。ちらりとこちらに視線を投げてよこした。二日前に私が地下鉄でまいた刑事とは全くタイプがちがう。公安警察官としては、はるかに優秀である。

橋本は私を捕えるといった。しかし、おそらく彼にはできないだろう。

私の口が危険になると考えれば、機関は塞《ふさ》ぎにかかる。橋本の口も同様である。

結局、私が択《と》る道はひとつだ。

橋本が見ようともしなかった、成毛泰男の資料が入った封筒を手に立ち上がった。

橋本は上司の判断を仰ぐことなく私との接触をはかったにちがいない。これはとりもなおさず、彼が敵に回せば危険な存在になる証《あか》しである。

私が現在の住居から姿を消し、彼の部下の目をくらますのはさほど難しいことではない。しかしそうした結果、私の行動は制限されたものになる。

成毛泰男と対決するためには、彼のことを充分に知る必要があった。制限されつつ、そうするのは容易ではない。

何とか橋本を足止めする必要がある。

私にはひとつだけ心当たりがあった。

公衆電話を使い、筈見に連絡をとった。

「さきほどはどうも。何か？」

「車の件ですが、とりあえず一台用意してもらえますか」

「すぐに手配しましょう」

「それと、さっきの警察関係の人間との件ですが、公安にいる橋本という警視には注意して下さい。絶対に彼には触らないこと。それから、警察官との接触には出雲カラーは禁物です。老人の名はおろか、あなたの名を出してもいけません。わかりますか」

「わかりました。橋本警視ですね。車の件は十分したらもう一度、連絡を下さい」

「お願いします」

一度電話を切り、長い間使わなかった電話番号を記憶の底に探した。それからひき出した番号を回すために、公衆電話に百円玉を投入した。

およそ七、八回もベルを鳴らしたところで受話器が上がった。

「はい、藤野《ふじの》でございます」

落ちついた女の声が答える。

「加瀬と申します。先生は御在宅ですか」

「少々、お待ち下さい」

硬いものの上に受話器がおかれ、かすかな衣《きぬ》ずれと乾いた足音とが遠ざかった。着物を着た女が暗く長い廊下をすべるように行く図を私は思いうかべた。

電話が切り換えられる雑音が入った。

「儂《わし》だ。加瀬崇か」

「そうです」

「生きていたのだな」

相手の声は細く、かすかな震えを帯びていた。

「先生もお元気で」

「くたばれば良いと思っていたのだろうが」

痰《たん》のからんだ笑い声が響いた。

「おっしゃる通りです。けれども状態が変わりました」

「好きなことをいう奴だ。どうした、お前もとうとう命乞《ご》いをする気になったか」

「今のところ、私に対する命令は出されていないようです。先生が、これからお出しになるとおっしゃるなら別ですが」

「儂《わし》には、そんな力はない。お前が死のうと生きようと放っておく」

「結構です。けれどもお願いがあります」

「ムシの良いことをいう。何だ」

「それはお会いして、申し上げます。先生のお宅には耳がたくさんあるようですので」

笑い声が激しくなり、咳《せき》こんだ。

「それは構わんが、儂は零時には床に入るぞ。東京から間に合うかな」

「これからうかがいます。暗くなるとは思いますが、先生がお寝《やす》みになる前には着くかと……」

嘲《あざけ》るようにいった。

「あい変わらず、一人で戦《いく》さをしょっておるような口ぶりだな」

「それから、お約束です。私が参ることは秘密に」

「それは難しいの。夕方には、宮崎《みやざき》から電話がかかってくることになっておる。お前の話でもしようかと思っていたのだ」

「私のことでお知りになりたいのであれば、直接本人に訊《き》いてみて下さい。時間の節約になります」

「年寄りは人の噂《うわさ》話が好きでな。それが誠であるかどうか、関《かか》わりなく楽しいものだ」

「手土産《てみやげ》をお持ちしましょう」

「ふん。うまい羊羹《ようかん》を持ってくるというのなら、宮崎には黙っておいてやってもよいぞ。ただし今夜だけだが」

「よかろう。急ぐことだな」

「結構です」

電話が切られた。

宮崎は、私の機関で上司だった男である。

腰が低く、どことでもつながりを持っている。本来は外交官になるべき人物であったが、その状況判断力を買われて、私のいた機関に送られてきたのだ。

私に対して機関から何らかの干渉が行われるとしたら、彼の指令によるものである。

再び筈見に電話をかけた。

「東日ビルの地下駐車場に行って下さい。待合室であなたにキイを渡します」

「ありがとう」

歩いて自分の部屋に戻ると、身仕度をした。私に対する監視、尾行は今朝から行われていない。出雲の政治力が勝ったとは、いまだに信じられないが、少なくとも相手は静観に態度を変えたようだ。

車を受け取った私の行く先は岐阜県の白川町である。東名高速と中央高速を乗り継がねばならない。

およそ七時間はかかる距離だ。目立たぬよう、着替えの類《たぐい》は一切持たず、部屋を出た。

東日ビルの地下駐車場では、横浜の出雲のマンションで見た、屈強な男が待っていた。

待合室のガラス扉を押して入ると、蛍光灯《けいこうとう》の下で妙に顔色が悪く見える顔を向けた。

地味な紺のスーツを着ているが、どう見てもサラリーマンらしくは見えない。吸っていた煙草を、水の入った灰皿に落として立ち上がった。

上衣のポケットからキイを取り出す。

「B―二の正面に置いてあります。銀のスカイラインです」

「御苦労様」

「いえ」

軽く頷《うなず》くと、すれちがいに出ていった。

車に乗りこむと、淡いサングラスをかけ、シートベルトを締めた。最新モデルのひとつ前の型で、街では目立たない。プレートは品川ナンバーである。

二千ccだが、GT仕様で良く手入れされていた。低速でギアをつなぐと、面白くなさそうな音を、エンジンは立てた。

あやしながら駐車場を出て、本格的なラッシュに巻きこまれる前に、首都高速にのった。

あとはロングドライブである。腕時計に目をやると午後四時に近かった。

舗装された細い道路の両側は畑である。人家はまばらで、試みにライトを消すと、フロントグラスは黒く塗りつぶされたように、真《ま》っ暗《くら》になる。

東京に比べ、気温はかなり低い。中央高速道を恵那《えな》インターで降り、県道らしき道を川沿いに北上している。インターを降りた頃《ころ》から、私はヒーターを弱目につけていた。薄手のスイングトップを運転の邪魔にならぬよう、脱いで助手席においてある。それに袖《そで》を通せばよいのだが面倒だった。

さすがに全身にこわばった疲労が澱《よど》んでいた。藤野老の屋敷は国鉄白川駅から、二キロの地点で、あと二十分といったところだ。

私はダッシュボードの時計に目をやった。

到着は午後十一時を回る。

老人らしからぬ宵っぱりのお陰で間に合ったようだ。尤《もっと》も、藤野には、枯淡の境地など薬にもしたくないにちがいない。

生臭《なまぐさ》さこそがすべてのような男である。欲が深く冷酷で、いつまでたっても、社会とのつながりを断つことができない。

八十を疾《と》うに越していながら、その記憶力、明晰《めいせき》さには、驚くべきものがある。七十七の喜寿を迎え、出身地である岐阜の白川郷にこもったといわれているが、それとて俗世間を遠ざけるためではなく、これまで身を置いていた俗世間の方から歩み寄らせるのが目的であった。

藤野忍《ふじのしのぶ》の名は右翼思想家として政界関係者にはあまりにも高い。しかし、彼はいわゆる黒幕ではない。関東大震災の年、無政府主義者といわれた大杉栄《おおすぎさかえ》らを殺害した、憲兵甘粕大尉《あまかす》にも知遇を得ていたという。

藤野は常に大量の情報を持ち、それを意図的にリークすることによって、権力の移行に対しては密接な関わりを持っている。彼の傘下《さんか》に幾つかの過激右翼団体があるが、その主目的は藤野の下に情報をもたらすことである。

私が藤野と初めて会ったのは六年前である。

機関は、左翼過激派と急速に接近しつつあった、ある新右翼のリーダーに危機感を抱いていた。その男はまだ若く優秀で、しかも机上の理論にふり回されぬだけの実行力を持っていた。

彼の下には当時五百名を超える青少年が集結し、彼の指示に従った都市ゲリラ戦をはかろうとしていた。

警察権力が彼を逮捕することは、思想に対する弾圧と糾弾《きゅうだん》されかねず、尚《なお》まずいことに彼は与党有力者からの信頼をも受けていたのだった。

殺されたという結末は彼を殉教者にする。従ってその男には「失踪《しっそう》」して貰うことが必要だった。

藤野は、機関の「誘拐作戦《ゆうかい》」進行中にコンタクトを求めてきたのだった。新右翼のリーダーの身柄を自分に預けてもらいたいと申し出た。そして閣僚級のバックアップを取りつけて来たのだ。

私と機関の人間が、眠らせたその若者を藤野の下に運んだ。数日後、彼は藤野の屋敷から連れ出されアメリカに運ばれた。

現在はＣＩＡの戦略担当官である。藤野はその独特の権力志向をもって、若者を転向させることに成功したのだ。やがて、ＣＩＡが藤野に巨額の謝礼を払ったことを、私たちは知った。

リーダーを失った右翼団体は、すぐに公安警察によって解体され、主だった活動家は藤野の率いる右翼団体に吸収された。当然、左翼過激派との共闘の話も立ち消えになった。

藤野邸は六年前と、外観においては何の変化も認められなかった。欅《けやき》の巨木が軒をおおい、サンゴ樹の植え込みがコンクリート塀を囲っている。

明かりの消えた農家が点在する一角である。

起伏の激しい道に沿って、一瞥《いちべつ》で数えられるほどしか建物はない。

細い道路を左に折れ、玉砂利《たまじゃり》をしいた邸内に入った。黒く塗られた金属門は閂《かんぬき》が外され、内側に開いている。

右翼の大物は、半ば要塞《ようさい》化した屋敷を好むものだが、藤野の場合はちがう。無用心なほど開け放してある。これは、藤野が戦いを好まず、一朝事あらば、すぐさま自分は逃げ出すという、彼の哲学を反映している。

車を止め、エンジンを切ると降りたった。すっかり硬くなった体をのばし、深呼吸する。

川のせせらぎと虫の音が、改めて冷気を私に感じさせた。すぐに車内からスイングトップをとり出し、着こんだ。

　建物は完全な和風建築で、防犯も何もないといったたたずまいだが、良く見るとモニターカメラ、盗聴器がそこら中に仕掛けてあることに気づく。樫《かし》で出来た扉は重く頑丈で、スティールサッシなど遠く及ばない。

　私は軒先の闇《やみ》の中から自分を捕捉《ほそく》するカメラの存在を感じていた。それだけが妙に不釣り合いなインタフォンに歩み寄り、案内を乞《こ》う。

　電話に出たと覚しき女性の声が応対した。

「夜分遅く申し訳ありません。東京の加瀬と申します」

　一分近く待たされた後、扉が内側から開いた。灰色の作業衣をつけた、二メートル近い大柄の若者が中から現われる。

　言葉もなく首を傾けると、私を招じ入れた。警官でも兵士でもないが、鍛えぬかれた力のバランスを感じさせる青年である。

　玄関灯の黄色い光の下では、まだ二十になるかならぬかという、幼い顔立ちに見えた。

　私の両腕を若者が不意につかみ、万歳をさせるように持ち上げた。私はされるままにしておいた。

　上がり框《かまち》に不似合いな手斧《ちょうな》が置かれている。

　研《と》ぎこまれた刃は、丸太ん棒のように太い若者の腕が一閃《いっせん》すれば、私の首と胴を切り離すに充分である。

建物の内部に通ずる真っ黒く磨きこまれた廊下を見つめているうちに、若者の身体検査が終了した。

土と草の濃い匂《にお》いが、建物の内部にまで充満していた。

若者は私の身体から手を離すと、サンダルを脱いで廊下に上がった。ヒタヒタと裸足《はだし》のまま、私の先に立つ。

インタフォンに答えた女性は姿も見せなかった。

若者は廊下の突き当たりまで来ると、納戸《なんど》のような造りの扉を無言で引き開けた。手《て》真似《まね》で中に入れと示す。

一歩踏みこんで、私は呆気《あっけ》にとられた。

六年前はその存在も知らなかった、豪奢《ごうしゃ》な応接間だった。一段低くなった床に、カーペットがしきつめられ、暖炉では本物の薪《まき》が燃えていた。

いささか暑苦しいほどの室内には、白いカバーをかけた古臭いソファが並べられ、中央に青銅板をはったテーブルがすえられていた。天井からはシャンデリアが下がり、柔らかな明暗を作っている。

ソファのひとつに腰をおろし、煙草をとり出した。

老人は、私を長くは待たせなかった。

5

その年齢にしては信じられぬほど豊かな白髪を、藤野忍は後方にまとめていた。いでたちは、毛糸で編んだチョッキに厚手のシャツ、カーキ色のスラックスで、好々爺《こうこうや》といった印象を与える。シャツの胸ポケットからは度の強い老眼鏡がのぞいていた。

「あまり遅いので眠ってしまおうかと思案しとったところだ。今朝は早かったのでな」

一切の前置きを省いて、藤野はいった。さすがに足元は頼りない。ソファの背もたれをつかむと、片膝《かたひざ》を折るようにして腰をおろした。

その手には染《し》みが濃く浮いている。

それだけの動きで荒くなった呼吸を整えるため、喉《のど》をふるわせていた。

「さて。こんな夜更けに東京からわざわざ車を飛ばしてくるとは何の用だ」

私は首都高速にのる前に買っておいた羊羹《ようかん》の包みをさし出した。

「まずお約束の品です」

「どれ」

老眼鏡をはめると、包装紙に見入った。

「二流だな。砂糖を使いすぎとる。しつこくていかん」

ポンとテーブルに放り出した。この老人を喜ばせるには、同じ大きさの金塊でも持ちよる他はない。

「先生にお力とお知恵を拝借したいことがあります。無論、内密で」

私は切り出した。藤野忍は、欲は深いが決して約束を違《たが》える男ではない。その代償として、巨額の金を要求してくる。

「内密か。今は誰の差し金《がね》で働いておるのだ、宮崎のところはやめたそうだが……」

「御存知の筈《はず》です」

「ふん。石油屋の出雲だったな。強《したた》かな男だ、一体お前に何をやらすつもりなのだ」

「昼間、同じことを訊《たず》ねてきた男がいました。警視庁公安の橋本という警視です」

「はしもと……」

ソファによりかかって頭をたれた。

「知っとる。保安から公安畑に十五年ほど前に移った男だ。いわゆる公安エリートではないが、現実的な方法論を身につけておる点ではピカ一じゃな」

上目遣《うわめづか》いに私を見た。

「しつこい男だ。食いつかれたとなると、面倒なことになるぞ」

「あの男を私から引き剝《は》がしていただきたいのです」

嬉《うれ》しそうに破顔した。

「何か企《たくら》んどるとは思ったが、今度は誰を殺すつもりなのだ加瀬？　お前は優秀な殺し屋だ。あんな事件さえなければ、まだまだ使えたと、宮崎も嘆いておったぞ」

その表情は吐《は》き気《け》をもよおすほど不快で嫌らしかった。

「もうひとつ、先生にテロリストにくわしい人間を紹介して頂きたいのです」

「テロリスト？」

まばらにヒゲがのびた、たるみきった頰《ほお》がゆれた。おかしくてたまらぬように笑い出し、しまいに咳《せき》こんだ。充血し、濁った目に涙をためた。

「お前がテロリストを……？　そうか、わかったぞ、若造め」

ホッホッホと笑いつづけた。

「出雲の孫を殺した男だな。確か、去年の九月にヨーロッパで、だ。名前がちがうのと、出雲興産の圧力で、マスコミには載らんかったが、頭を撃たれて死んだ出雲興産の社員は、出雲昌平の孫じゃった。それも、外孫で初の男の子だ。さぞ怒り狂うたろうとは思っておったが、お前を使うとはな……」

唾《つば》を飲みこみ、いった。

「出雲らしいやり方じゃ。毒をもって毒を制しようというのか。お前はまさにうってつけの男だ。よくもまあ、見つけ出したものだ」

「テロリストの名は成毛泰男といいます。ベイルートで訓練を受けた筋金《すじがね》入りの男です」

「成毛泰男――待て」

青銅のテーブルに陶器の鈴が置かれていた。それを老人が取って振ると、彼の不快さにはおよそ釣り合わぬ涼しげな音をたてた。

ほどなく閉じた扉ごしに人の気配があり、

「御用でしょうか」

女の声が聞こえた。

「赤い表紙の本と、コーヒーをひとつ。儂《わし》には温めた牛乳を持ってきてくれ。こんな時間に茶を飲むと、眠れなくなる」

「かしこまりました」

やがて、扉を開いて色の浅黒い痩《や》せた女が現われた。紬《つむぎ》の着物をつけ、髪を無造作《むぞうさ》に束ねているが、眼元に色気のある女だ。私に向けた面はよそよそしく無表情であったが、老人に向き直るとそこにはっきりと媚《こ》びを含んだ視線を投げた。

「これでしょうか」

赤いビニールを表紙にはったバインダーであった。

頷《うなず》いてそのバインダーを藤野は受け取った。女が立ち去るのを見送りもせずに開く。

「成毛泰男といったな……あるぞ。四十六年に麻布《あざぶ》署の刑事を殴り殺して逃げた男じゃな。機動隊員に対する傷害容疑で手配されておったが、それから傷害致死にきりかえられた。爆弾造りもこなす。K大の理工学部で冶金《やきん》を学んでおったのか。ふん、馬鹿者めが。なるほど、ベルギーのブリュッセルで逃げたのはこの男だったのか。それで、奴《やつ》が日本にいるとどうしてわかった」

「まだわかってはいません。多分来るだろうということだけです」

「横浜の会議じゃろ、奴の狙《ねら》いは」

私は老人の面を見つめた。

「今さら驚くことはあるまい。あんなものは秘密でも何でもない、ロシアのＫＧＢとて知っておることだ」

迂闊《うかつ》であった。出雲昌平に入手しうる情報が、この老人の下に届かぬ筈はない。

「だが、成毛がやって来ると限ったわけではあるまい。他の人間が来たら、お前は用しだ。え？　宮崎とて、自分の所に居た人間が辞《や》めた後も人を殺して回るのを喜ぶ筈《はず》はないじゃろう」

「成毛が来ると仮定しての話です。成毛のことを詳しく知りたいのです。奴がどんな手段を使うのか、どういった方法を好むのか、長所、短所のすべてを」

「ふん……」

開いたままの資料を見おろして、老人は鼻を鳴らした。

「うってつけの男が一人、いることはいる。じゃが、成毛が日本に来るとなれば、真っ先に消しにかかるだろうな。どの道、長生きされては、成毛にとってもまずい人間だ」

「何者です」

視線を私に向けた。

「幾ら払う？　お前にとっては成毛を釣る餌《えさ》も同然の男だ。楽には手に入らんぞ」

「百万ではどうです」

歯の抜けた薄汚《うすぎたな》い口を開いて、老人は笑った。

「問題にならんな。お前は幾らでその仕事を請けおった。一千万か、もっとか？　橋本という刑事の件、宮崎には内緒にしておくこと、合わせて二千万といったところじゃな。もっとも、宮崎のことだ。遅かれ早かれ、出雲とお前の企みには気づくだろうがな。そのときの奴の出方が見物《みもの》じゃて」

私は歯を食いしばった。宮崎が登場すれば、事は出雲の復讐《ふくしゅう》劇ではすまなくなる。

「高くはないぞ。元々は、成毛と同じセクトにおって、理論面でのリーダーをつとめていた男じゃ。闘争では成毛、理論ではその男といわれておった。自分で調べても良いが、成毛が消しにかかる前に、辿《たど》りつくことができるかの。名はわかっても、今の居場所は簡単にはわかるまい……」

出雲次第である。おそらく、私がどうしても必要であると説得すれば、彼は出すであろう。

「その気になったら、東京にスイス銀行の出張所がある。そこの儂《わし》の口座に二千万振り込むことだ。ただし、急いだ方が良いぞ。次に宮崎から電話があるのは三日後じゃ。それまでに決めぬと、今夜の話は政府に買ってもらうことになる」

「ダブルクロスは――」

「訊《き》くまでもあるまい。藤野忍、痩《や》せても枯れてもそのようなことはせん。また無理に奪おうとはせんことだ。儂を殺せば、ＣＩＡを敵に回す羽目になるぞ。奴らは儂の上得意じゃからな」

不機嫌な表情になって藤野は手を振った。

「さあ、帰って貰おうか。コーヒーを飲まずともよかろう。それともまだ儂に訊きたいことがあるのか」

「ひとつだけあります」

私が答えると、扉が開き、盆を手にした女が現われた。

「よかろう、せっかく志乃《しの》が淹《い》れたコーヒーだ。無駄にしても勿体《もったい》ない」

女は無言でカップを並べるとひき退《さが》った。

私はコーヒーを口にした。昼間飲んだ品に劣らず、うまかった。

「宮崎は本当に私をあきらめたのでしょうか」

これ見よがしにバインダーを女に渡して退らせた藤野は、砂糖をたっぷりついだミルクを手にとった。口元に再び満足気な笑みが戻っている。

「幾ら出す？」

「羊羹《ようかん》を持って帰ります」

「愚か者が。まあよかろう、昔のよしみで教えてやろう」

眼を閉じてソファにもたれ、大きな欠伸《あくび》を洩《も》らす。その細首をしめあげてやりたい衝動に私はかられた。

「今のところは、だ。放っておいてもさしつかえないと見ておる。お前は無闇《むやみ》やたらと人を殺す人間ではないと知っとるからな。口も堅いし。それに、宮崎はお前がもう使いものにならんと考えておるようだ。儂は、まだまだお前にはできると思っておったが、にらんだ通りじゃったな」

「できるとは思っていません。ですが、もしできれば、それを最後にするつもりです」

「甘い、甘いの。お前は死人も同じじゃ。お前のような男は所詮《しょせん》、このような仕事に向いておらんのだ。そして、ひとたび手を染めたが最後、死人も同然じゃて。一生、忘れられんのだ。初めの殺しを忘れるために、二度目の殺しをする。三度、四度、一生同じことの繰り返しじゃ。お前にとって不幸なのは、お前が人を殺して苦しまずにおれぬ性格でいながら、お前が人よりはるかに強いということじゃ。心も体もな——怒ったのか、顔に出とるぞ」

笑い、咳《せき》こんだ。

「じゃが、あの事件はさすがのお前にも応《こた》えたようだな……」

忘れられる筈がない。

「まあ、よい。昔話などしても何の得《とく》にもならん。コーヒーを飲んだら、さっさと出て行け。儂はすっかり冷えた体を、これから志乃に暖めてもらうからの」

好色な表情で藤野はいった。私は立ち上がり、手間を取らせた礼をいうと、部屋を辞した。

廊下に出ると、どこからともなく先刻の若者が現われ、私の後を歩き始める。靴をはき、暗い廊下の奥をふり返った。

あそこにも一人、私の傷を知る人物がいる。しかし、誰一人、私の苦しみを理解できる人間はいない。

彼らはただ、私が自分たちにとって使いでのない男になったのを嘆くだけだ。

私の痛み、苦しみなど、何の意味も、もたらさないのだ。私が斃《たお》れても、手向《たむ》ける者は無い。それ自体は、私にとっても大した問題ではない。

単に理解してくれる他者が存在するというだけで、人は救われた気持ちになるものである。

あるいは、成毛泰男には私の気持ちが通ずるかも――彼は独りでさまよい歩き、血まみれの人生を歩んだ男だ――いや、彼に私の気持ちがわかることは決してない。ないからこそ、同じ血にまみれた男を、私は殺そうと決心したのではなかったのか？

若者は追いたてるように屋敷の外までついてきて私が車に乗りこむのを待っていた。

そして疲れきった気分で私が車を走らせ始めると、ルームミラーの中で門を閉じ、閂《かんぬき》をかける彼の姿が浮かび上がった。

やがてそれは遠ざかり、闇《やみ》に呑《の》まれた。

「これは訊《き》くまでもありませんが、あなたにとって、その藤野という男が提供する情報は必要なのですね」

「情報も、そして橋本を牽制《けんせい》することも、必要なのです」

翌、五月二十一日の朝一番に、私は筈見の事務所を訪れていた。藤野の要求通り、スイス銀行の彼の口座に金を振り込むよう依頼するためであった。

「しかし、スイス銀行とは……」

筈見は首を振った。

「一体、何者なのです。スイス銀行なんて代物《しろもの》を利用する日本人がいるとは思わなかった。さほどの利益を顧客にもたらすところとは信じられませんがね」

その朝、筈見は上品な薄茶のスーツを着ていた。前日よりすっきりとしていて、初めて会ったときのような切れ者の印象があった。仕事で地裁に出るのだ、と説明した。

私はそれに比べれば、十時間以上曲げていたため、すっかり膝《ひざ》の抜けたスラックス、無精ヒゲといった有様であった。とうとう一睡もせずに、白川郷から直接、この事務所に車を走らせたのだ。

「一種の情報屋と考えても良いでしょう。時には彼自らが情報となる要因を作り出します。政府の人間には信頼されていますが、今の政治に満足しているわけではありません。思想的には過激な右翼です。しかし、それを行動に短絡させるようなタイプではないのです。しかも、多くの情報機関とつながりを持っています。ＣＩＡ、あるいは私の所属していたところといった具合に」

「それでも、加瀬さんはその男の下に、出雲前会長の依頼を持ちこんだというのですか」

信じられぬように、筈見はいった。

「そうです。依頼したことを確実に果たすという点では藤野は完璧《かんぺき》です。常に支払った額に見合うだけの仕事はします。それ以上でもそれ以下でもありません。加えるなら、私が何をしようとしているかは、やがて誰もが知ることになるでしょう。宮崎という、私のかつての上司は頭がきれます。私と出雲老人の関係を知れば、間もなく気づくにちがいありません。橋本も同様です。あの男はいずれ、出雲老人の孫がベルギーで殺されたことを調べ上げるにちがいありません。そのときのためにも、藤野は必要なのです。そう、確かにこの上もなく不愉快な爺《じい》さんですがね」

「わかりました」

あっさりと筈見は頷いた。

「すぐに手配します。現金で二千万、あなたにお預けしましょう。そうですな、頼まれておりましたアジトでお渡しできるでしょう。白川から今朝戻られたのなら、昨夜は一睡もされなかった筈だ。夕方にでも、御案内します」

「私がそこに居ることは絶対に秘密にしたいのです。だから直接、迎えに来て貰《もら》ってはまずい」

「良いでしょう。では、お渡しした車をこの下の駐車場に置いてお帰り下さい。同じ場所に夕方、別の車を置いておきます。その車に地図を入れて――。どうですか」

「結構です。取りに来てもあなたのところには顔を出しません」

「かまいません。ちょうど夕方、私を訪ねてくる依頼人がいます。もし、あなたを追ってきた人間がいたとしても、窓の明かりを見れば私と会っていると思うかもしれない」

悪くはない、私は頷《うなず》いた。

「私を信用するのですね。二千万もの金を預けるとは」

「あなたは五千万を受けとる資格を得ようとしている。ちがいますか？」

笞見は微笑《ほほえ》んでいった。

「それに、二千万を持ったとしても、あなたが行く場所はどこにもない、そう思っているのです」

「多分、そうでしょうね。私には戸籍も何もない。私という人間は存在しないのです。仕事をしていた頃は別の名やパスポートがありました。しかし、今はない。あなたのいうように、私はどこへも行けない――」

笞見は軽く手を上げて、私の言葉を制した。

「私がいったのは、それだけではありません。行こうと、もしあなたが思えば、事は難しくない。偽《にせ》のパスポートを手に入れるのはさほど困難ではありませんからね。どこに出かけるにしても、それを決めるのはあなたの意志だ。あなたの意志がないところへは、行けません。行く場所がない、というのはそんな意味もあるのです」

今度は私が首を振る番だった。

「さっ、依頼人をあまり待たすわけにはゆきません。今まで通り、私は弁護士の業務を続けなければならんのです。すべてが終わるまでは」

筈見の言葉に反駁《はんばく》する理由はなかった。私は腰を上げた。

サングラスでかばっていても、目が痛んだ。決して顔を上に向けないで、尾行者を捜すのは困難である。それに、たとえ居たとしても、これからの私の行く先を秘す必要はない。

私はタクシーをつかまえ、自宅に戻る方角を命じた。

アパートの前でタクシーを乗り捨てると、一階の郵便受けから新聞を取り出し階段を昇った。

スイングトップから取り出したキイで扉の錠《じょう》を開き、中に入った。

一瞬だが、違和感を感じた。

後ろ手で扉を閉じ、ロックしておいて中を見回す。狭い部屋の中では、バスルーム以外、人の隠れる場所はない。

何者かが私を待ち受けているとは思えなかった。部屋の中も、出て来る前と比べて、何ひとつ変化がない。

電話機に歩み寄り、受話器を外した。送話口のキャップを回して中をのぞく。

何もない。無論、こんなありきたりの場所にしかけるほど愚かである筈がない。

ソファに腰をおろし、煙草を取り出して考えた。小さな本棚に目をやる。普段、手に取りそうもない本はあるか。どれも小説や随筆の類《たぐい》で、そのどれに手がのびるか、予測はつかぬ筈だ。部屋の照明を見上げ、椅子《いす》をその下まで持ってくると、上に乗って蛍光灯《けいこうとう》のカバーを外した。やはり、不審なものはなかった。

思いついて、ドライバーで、壁のスイッチのカバーを外した。そこに盗聴器がひとつあった。

そのまま、カバーを戻す。盗聴器がひとつでもあることを知ればよいのだ。外しても無駄である。一体、この部屋に幾つ隠してあるのか、想像もつかないし、部屋を空《あ》ける限り、新手のものがしかけられる。

電話の盗聴に関しては、相手が本腰を入れてくる限り、これを防ぐ手だてはない。しかけてきたのが誰かはわかっていた。

宮崎である。藤野の言葉通り、私を放っておく気はないようだ。監視体制をとりながら泳がせるつもりか。

シャワーを浴び、ソファの背を倒してベッドにすると横たわった。

加瀬崇《かせたかし》、三十八歳、男性。

私には戸籍がない。私の出生届、死亡届、それらはどこの役所の戸籍を捜しても存在しない。私は存在しない人間である。

私の本名と、その戸籍は、私が前の仕事を始めた年に抹消《まっしょう》された。私の指紋は、日本中、ある一か所をのぞけばどこにも登録されていない。

そこは「研修所」と呼ばれている。都下のある市の郊外に所在し、周囲に人家はない。広大な国有地の中央に建物があり、塀の外側は空《あ》き地がとり巻いている。唯一の出入り口であるゲートには、そこが法務省の研修所である旨を記したプレートがかかっている。私はそのゲートと、内部の建物を今でも思い出すことができる。漆喰《しっくい》の傷《いた》んだ天井《てんじょう》を見上げ、私と私の前、その前、何代もの住人が煙草《たばこ》で色を塗りかえたベージュ色の視界にオーバーラップさせた。

その建物の明かりが消えることは、その内部の出来事が表にあらわれることと同様、決してない。そこで働く男達の大半は国家公務員である。私のように、名も存在もない男は全体の十パーセントにも満たない。

しかし、その十パーセントにも満たぬ人間たちに仕事を委《ゆだ》ねるべきかどうかを図るために九十パーセント以上の人間が働いているのだ。

灰色の、能率的とはおよそ思えぬ建物は、堅牢《けんろう》であることが唯一の取《と》り柄《え》である。その中の幾つかの部屋で行われた会議が、日本の取るべき道を決定したこともある。

自衛のための存在である——創設者はそう語ったという。私はその人物を知らない。二十年以上前に死んでいる。日本という小さな国が、非力な国が、大国と伍《ご》し、属化されぬため、必要な情報を収集し、必要でなくしかも害する人間を除去する。

業務の内容はこれだけだ。どこの国でも似たような機関はある。ことさら驚くことではない。

しかし、絶対に存在が明るみに出てはならない。日本人は政府の秘密作業をひどく嫌う。それゆえ、存在する間は秘匿《ひとく》されねばならないのだ。秘密保持のためには、自らの手足をもぎ、消しさることもある。

業務内容のため秘し、そして秘してきたがゆえに、秘す。

永久につづく隠れんぼである。

自分がその隠れんぼから脱けられると思ったことはなかった。宮崎や、その上に立つ人間が、出雲の取り引き条件を呑《の》むかどうか、疑問である。情報機関というものは、為政者の変動には関わりを持たない。

早い話が、総理大臣が何人交代しようと、「研修所」がなくなることは決してないのだ。

官房長官や総理大臣とかわされた約束がどこまで生きるかなどということを考えるのは無意味である。

私がいたセクションは、除去作業を中心業務としていた。除去、簡単で明快な言葉である。事実、計画的であるがゆえに、実作業は単純であった。

そしてそこで私は幾人かの人間を、仕事として殺した。国に雇われているということは、決して罪悪感を和らげる理由にはならない。今考えてみれば、私がその当時、何によって仕事を続けていたか、疑問が残る。愛国心、義務感、言葉を繕《つくろ》うことはやさしい。しかし、言葉によって救われたことは過去、現在を通して一度もない。

仮に私にとってやすらぎの時間があったとすれば、それは仕事を一時的にせよ離れて、女性という形のゆりかごに逃げこんだときである。

皮肉なものだ。そのゆりかごが私のもとに新たな殺人を運んできたのだ。

にもかかわらず、私はなぜひきうけたのだろうか。今は、その答えが成毛泰男にあると思っていた。

成毛泰男と対決するとき、私はその答えを知る。つまり、私は彼を背後から殺せない。向かいあい、彼という人物を知って、殺すのだ。殺す手段としては、一番失敗する危険性が高い。失敗は、即《すなわ》ち私の死である。

あるいは私は、ハンターになろうとしているのかもしれない。猛獣と向かいあうハンター。失敗すれば猛獣は襲いかかってくる。その猛獣は、銃も爆弾も操《あやつ》る。背後からでも、遠くからでも殺す力をもっている。殺《や》り損なえば、殺《や》られると考えていた方が良い。

だが今はまず、その猛獣をジャングルから狩り出さねばならない。

成毛泰男が、私の考えたような人物であることを願った。人を殺すことに何の痛痒《つうよう》も覚えぬ性格、生命を単なる物体の存続としてしか考えぬ人間であることを。

私は確かな殺意を抱くことができる。人を殺し、苦しんできた者として、苦しまぬ者を許せない。

それを果たせば、私の最後の殺人となる筈だ。

目を閉じ、汚れた天井に別れを告げた。

6

目が覚めるとすぐに、壁にかけた時計を見た。ブラインドを閉ざしてあっても、私の部屋に真の闇《やみ》が訪れることはない。下を行き過ぎる車のヘッドライトが壁に走査線をつくり、ゆっくりよぎった。

午後七時を回っている。

あの時計にも盗聴器が仕掛けられているかもしれない——ぼんやりと考えているうちに、自分のするべき事柄を思い出した。

身を起こし、くたびれて汗臭い着衣を脱ぎすてると、バスルームに入った。

ようやくすっきりとした気分になってシャワーを浴び終えると、ハイネックのセーターを頭からかぶり、地味な紺のブレザーをつけた。どちらも暗色を選ぶのは、尾行に対する配慮である。

宮崎か、橋本が私に対して人間をさし向けてくるおそれが多分にあった。

起きてから一切、明かりのスイッチには手を触れていなかった。スイッチが入ることによって連動する仕掛けの盗聴器もあるのだ。

外から入ってくる光だけで、身づくろいを終えると、油を常にさしてあるドアを注意深く開いた。

音を立てぬよう、ロックはせずにおいた。

現金と成毛泰男に関する資料は、受け取って以来、常に懐《ふところ》に持ち歩くようにしていた。

階段を降り、目についたタクシーを拾うと、新宿に向かった。

新宿の駅ビルで尾行をまくために、二、三の隠れんぼを演じてみせた。観客がいたかどうか、敢《あ》えて確認はしなかった。

尾行の手段は多様である。

前・後・側、の三点尾行が典型であるが、この他には、わざと目につく尾行を配置しておいて、別グループの存在から注意をそらす方法もある。

どちらにしても、尾行者の存在を最初から意識するのは危険である。

前回、赤坂に向かう時につけられた若者とはまったくタイプのちがう人間を相手にしていることを忘れてはならない。

国鉄を使って新大久保に行き、そこからタクシーで四谷へ、そして地下鉄といった具合に次々と交通機関を変えて虎ノ門に辿《たど》りついた。

最終的に徒歩で一キロ近く歩き回り、尾行者のいないことを確認した上で、筈見のオフィスビルに入る。

昼間スカイラインを駐《と》めた位置には、アメリカ製のステーションワゴンがおかれている。後部扉のひとつがロックされておらず、私は車内に入った。キイが差しこまれていない。陽《ひ》よけをおろすと、紙片と共にプラスチック板をホルダーにしたキイがすべり落ちてきた。

ビルの駐車場は明るく、ひとけがなかった。一人でゲームを行っているような、奇妙な気分に襲われつつ、紙を拾い上げた。

フロントグラスからさしこむ、蛍光灯《けいこうとう》の明かりで充分読むことができる。

横浜市鶴見《つるみ》区……と記された住所が目に入った。紙片を上衣のポケットにつっこみ、ダッシュボードを開いた。

横浜、川崎の区分地図帖《ちょう》が入っている。それを膝《ひざ》の上に広げた。

該当する地点は、どうやら国鉄の線路をはさんで北側にあたる住宅街のようだった。

火のついていない煙草を唇にはさむと、イグニションを回した。

地上に出ると尾行車の存在を確かめるために数キロ走り回った。何者もついてこないのを知った上で、国道一号線——第二京浜への道を辿った。住所は花月園《かげつえん》競輪場の近くでもある。

午後十時を過ぎ、道路は比較的空《す》いていた。ふんわりとしたステーションワゴンは、操る身にとっては、やや頼りないほど従順に走った。

一時間もかからずに、私は目指す土地に到着した。豪壮な建物は少ないが、それぞれに形よくまとまった造りの洋風住宅が並ぶ、静かな住宅街である。

地図帖にはさみこまれていた、地域の大ざっぱな手書き地図に従って、私は笞見が用意したアジトを見つけ出した。

アジトと呼ぶには勿体《もったい》ないほどの一軒家である。ただ彼なりに配慮したことが知れる理由として、周囲が寺の塀と木立ちで囲まれている。隣接する人家は、マンションとはちがい、新来者へいらざる好奇心を働かす。そういう点では、この家は大丈夫であろうと思われた。

「小寺《おでら》」という表札が掲げられた門柱の傍《そば》にシャッターの上がったガレージがあり、私はそこに車を乗り入れた。

ライトを消すと、車を降り、すぐにシャッターを降ろした。

明かりのスイッチを捜して、点灯した。駐車場には二台分のスペースがあり、もう一台の車がそこには納まっていた。

ステーションワゴンと同様、それは国産車ではない。ステーションワゴンを資材の運搬を目的として使うなら、その車はいち早く移動することを目的にするものだ。

私は明かりのスイッチを切る前に、二台の車を見比べた。黒塗りの車体は、ブルーとベージュに塗り分けられたステーションワゴンに比べれば二分の一程度の大きさにしか見えない。

筈見は本当に、私にこの車を扱わせるつもりなのだろうか、そう考えながら明かりのスイッチを切り、奥の扉を押した。

使うとすれば非常の時だけである。

黒塗りのポルシェ・ターボは目立ちすぎる。

扉の向こうは細く狭い廊下だった。暗がりの奥に明るい母屋《おもや》があった。アジトを用意した人間が、気をきかせて点灯しておいたのだろう。

まさか家をまちがえたとは思えない。もしそうであった場合、どうにも格好のつかぬ事態になる。

そう考えながら出た部屋は、古いが清潔な台所であった。変色した木の扉を押し、磨きこまれた廊下を見出すと、台所の電灯を消した。

藤野に渡すための二千万の現金が、この家のどこかにある筈だ。

廊下の反対側はガラス障子《しょうじ》のはまった広い部屋だった。おそらく居間だろう、そう思い障子をひいた。

煙草の煙がただよっている。

十畳ほどの部屋で左側に大きな書棚とサイドボードがあった。右側がソファとサイドテーブルの並んだコーナーになっていた。天井に二基のシャンデリアが下がり、私が開いた左側は点《とも》っていたが、右側は消してあった。

その部屋の暗い隅に、火のついた煙草を手にした三津子が腰かけていた。

「家を間違えたのかな」

私は低くいった。

「いいえ。ここが正しい家よ。以前、出雲興産の子会社の重役をやっていた人が住んでいたの。今はヨーロッパにいるその人に連絡をして、急遽《きゅうきょ》、借りうけたのよ」

「なるほど」

いって私は手前のソファに腰をおろした。

年代物の皮がきしんで不平を述べたが、気にとめず煙草をとりだした。

「君と会うと、どうも喫煙量が増えるようだ」

「あなたの寿命を縮めることにしか、私は協力できないようね」

三津子は微笑した。短い襟《えり》を立てた薄いグレイのワンピースを着ている。傍らに、折りたたまれたスプリングコートがおかれていた。

「引きうけたのね、とうとう」

部屋の中を見回していた私はその言葉に振り返った。正面がテラスになっており、さほど広くない庭と、その隅の竹垣が見えた。

「ここにきて、人選に不満を感じているのか」

「いいえ」

三津子は形よくすぼめた唇から煙を吐きながら首を振った。

「おそらく最高の人を選んだと思うわ。あなたならできる」

「では何だ」

「何も。ただ……」

言い澱《よど》んだ。

「君はどうやってここに来たんだ。ガレージのポルシェは君のものか」

「いいえ、あれはあなたの為《ため》に用意されたのよ」

「すると……？」

「タクシーを拾い、尾行に気をつけて歩いてきたわ」

「どれぐらい歩いた？」

おかしそうに、訊《たず》ねた私をにらんだ。

「一キロか二キロ。あなたが考えているほどやわじゃなくてよ」

「わかっているさ」

私は目をそらしつづけた。

「それどころか、君は必要なら私の顔の上でも歩いてみせるだろう」

「どうしてそんな言い方をするの。そんなにわたしがいることが迷惑なら帰ります。わたしはただ、出雲に預けられたお金を持ってきただけよ」

口をつぐんで見つめてきた。スプリングコートをとり上げると、下に紙袋があるのが見えた。

「悪かった。驚いたんだ。君がいるとは思わなかったのでね」

「そうね。神経を尖《とが》らしている。恐《こわ》い顔をしていたわ、入って来たとき」

私は答えなかった。盗聴器の話などしても意味のないことだ。

「わたし、あなたに会って訊《き》きたかったのよ。どうして、あなたが引き受ける気になったか。あれほど、やる気はないといっていたのに……」

「君の説得が功を奏した」

「ちがうわ。わたしはあなたを傷つけて不愉快にさせるようなことしかいわなかった。一方的に、わたしが正しいと思ったことだけをいったのよ」

私は微笑《ほほえ》んで答えた。

「君は昔からそうだった。そして、いつも君の正しいと考えたことは、正しかったよ」

「意地の悪い人ね」

私の前から去ろうとしたのは彼女だった。五年前、彼女はそう決めて、それは正しかった。彼女がそうしなければ、今ほど幸福ではなかったろう。

そういった。

「幸福かどうか、どうしてあなたにわかるの」

「幸福という言葉は確かに難しい。だが、不幸という言葉があてはまる事態はいくらでもある。きっと、そのうちのどれかになっていたろう」

「あなたは変わっていないわ。あなたが考えているような幸せは架空のものよ。わたしにとって、いったいどんな状態が一番の幸せだったか、あなたにはわからない。そうね、女の幸せっていうのは、あなたが考えているほど一般的なものじゃないわ」

「一般的?」

「ええ。たとえ死んでも、好きな人のそばにいられれば良いと思うのが女よ。幸せな結婚をして、子供を作ることが一番だなんて、たわごとだわ」

彼女は立ち上がった。

「ひょっとしたらわたしはあなたに言い訳をしようとしているのかもしれない。あなたは聞きたくもないでしょうけれど。ただ、いいたいのは、あなたがわたしを思いやるのを見ているのがつらかったという事なの」

「………」

「あなたが普通の人ではないということは、最初に見てわかった。いつも緊張していて、黙っていても、あなたの周りだけは空気がちがうの。それに、わたしに自分の本当の姿を知られまいとしていた。だからといって、あなたを疑ったことはなかった。ただ、段々とわたしがあなたのことを知るようになり、その結果、わたしが悩むようになると、あなたは苦しんだ。わたしは女よ、二年も愛していれば、男の人が何を思い、傷ついているか、すぐにわかるわ」

煙草の灰がぽろりと落ち、膝《ひざ》に暖かな感触をもたらした。

「一緒には暮らせなかったけれど、わたしはいつもあなたを待っていた。待っている間中、怯《おび》えていたわ。帰ってこないのじゃないか、と。でも、それがいくら苦しいことでも、わたしはあなたと別れたいとは、これっぽっちも思わなかった。見ていられなかったのはあなたよ。わたしは苦しいと思うと、どうしてもあなたに隠すことができなかった。今のように、じっとわたしを見つめて、いい当てるの。待っていたのかって。待ってなんかいなかった、仕事や遊びに振りまわされていたら、いつのまにか出かけたあなたが帰ってきたのよ、とわたしは答えた。電話をしなかったか、と訊《き》かれれば、そうね一度ぐらいしたかしらっていったわ。そうか、とあなたは安心したような顔をする。本当は毎晩、誰《だれ》も応えない部屋に電話をかけてたなんて、いえなかった。いえば、私が心配したことを、あなたが知ってしまうから。

わたしは、あなたに知られたくはなかった。でも、愛してるって知って欲しいものよ。だから、少しは口にする。すると、あなたの目が痛みを見せるの、そんなことが一番つらかった。だから、わたしは、消えたの。あなたの前から、ある日、突然、部屋を出て」

だが、店は変わらなかった。赤坂でブティックを続けていた。だから私は会おうと思えば、いつでも会えたのだ。

それは、彼女が残した賭《か》けだった。彼女の住んでいたマンションの部屋が空室になり、電話が取りはらわれたのを知った時から、賭けが始まった。

あるいは、私が彼女の店を訪ねれば、私たちは元に戻ったかもしれない。多分、そうなるだろうと、私は信じていた。そして、それゆえに、訪ねなかった。

三津子は立って、私を見おろしていた。

「けれど、どうして？　どうして出雲の仕事を引き受けたの？」

「なぜ、そんなに知りたい」

三津子は唇の端を強くかんだ。

「なぜだ」

私は静かに訊《たず》ねた。

厳しい表情で私を見つめていた三津子の目が柔らいだ。悲しみが溶《と》かしたのだ。

口元がほころんだ。

「いいわ。それを答えなければ、あなたも答えをわたしに下さらないというのなら」

「これだけ喋《しゃべ》ったのだから、いってみたまえ」

三津子は大きく息を吸って、天井を仰いだ。

「お酒、どこにあるかしら」

「君の方が詳しいと思うが」

「そうね、捜してくるわ。待っていて……」

足早に、私の傍らを通りすぎた。

私はゆっくりと両脚をのばし、息を吐き出した。

私と三津子が初めて会ったのは、七年以上前のことだ。当時彼女は、十代の頃から美《び》貌《ぼう》と、並み並みならぬ決意で作った費用を遣って、ヨーロッパでデザイナーとしての修業をしていたのだ。両親の財産にも家柄にも恵まれなかった一人の女がそこに辿《たど》りつくまでには、大変な苦労があったことは想像にかたくない。

知り合ったのは、私の任務がきっかけであった。非常にまれなことだが、私は殺人のためではなく、一人の男を追っていた。

その男はパリに住む日本人留学生だったが、過激派のパリ細胞として、物資や資金の調達をしている疑いがあった。私は、彼が何者とコンタクトをとるかを見届けるためにパリへ行ったのだ。

その結果、私はCIA内部の裏切りに巻きこまれた。本来、その留学生とコンタクトをとり、援助を与える役目を負っていた、ソビエトの下級情報機関員がフランスの保安部に逮捕され、代わりにKGBのメンバーが登場した。ところが、KGBの人間を尾行した私は、CIAの内部にまで入りこんだKGBの逆スパイを目撃することになり、そのためKGBの人間に命を狙《ねら》われる羽目に陥ったのだった。

私には味方は一人もいなかった。パリの街が、私にとって脱出不能の危険都市と化したとき、唯一、私が頼れたのはその留学生とアパートの部屋が隣り合う日本人のデザイナー志望の女だった。彼女のもとを一度訊《き》きこみのために訪れていた私は、彼女が半ばとまどいながらも、その時協力してくれたことを覚えていたのだ。

ルポライターと偽っていた私は、彼女の部屋から日本大使館の駐在武官と連絡をとり、運よくパリを逃れた。もっとも、逃れられた理由として、KGBのダブル・エージェントがソビエトに亡命したこと、パリ細胞の日本人過激派が彼らに処分されたことがあったが。

日本に戻ってからも、彼女に累《るい》が及ぶことを恐れた私は、連絡をとり続けた。二か月後、三津子は無事帰国し、赤坂に小さな店を構えた。

その頃はもう、三津子は私がルポライターではないことを薄々、感づいていた。しかし、疑いやとまどいとは、別の感情が私たちの間に生まれつつあった。

三津子が戻ってきて、グラスをさし出した。氷も水も入っていない、ストレートの黄金色だ。

「ブランデー。氷がまだできていなかったの。お腹が空《す》いているなら、食料は用意してあるようね」

私は受け取って、ひと口含んだ。悪くはない。だが、この酒が、出雲の用意させたものか、個人の品か気になった。

当主のお気に入りの寝酒を失敬しているとすれば、やや気がとがめる。

見抜いたように、三津子はいった。

「これも出雲が用意させた品よ。お腹は？」

空腹であったことに気づいた。

「お肉ならあるわ。焼いたら食べる？　それとも、あなたが料理する？」

わずかに躊躇《ちゅうちょ》したが、答えた。

「できれば作ってもらいたい。これからはずっと私がやることになるだろうから」

三津子は軽く頷《うなず》くと、グラスを呷《あお》り、袖《そで》をまくり上げた。

「それと、この家の電話は生きているのか」

三津子の指さしたコーナーテーブルに、プッシュホンが置かれていた。

「近所の人は留守番がいると考えているの。実際、親戚《しんせき》の大学生が一人で住んでいたけれど、今は別のところに移ってもらったわ」

台所に向かいながら、三津子がいった。

私は電話の横にかけると、腕時計を見た。

藤野忍の就寝時間に、あと数分を余している。受話器をとり上げ、ボタンを押した。

呼び出し音が前回より続き、やがてわずかだが息を弾《はず》ませた、女の声が答えた。

名乗ると、一瞬狼狽《ろうばい》したようにいった。

「は、はい。少しお待ち下さい」

そういえば衣《きぬ》ずれの音が今日はない。私は藤野老と、あの志乃という女の愉《たの》しみを妨害したようだ。

罪の意識もなく、私は待った。

「できれば殺してやりたいわ」

不意に喘《あえ》ぎ喘ぎ、声が現われた。

「今夜は珍しく、体がいうことを聞いておったのに。加瀬っ、そこに居るか」

「居ます、先生。先生の条件を呑《の》むことにしました。二千万、明日、振り込みます」

金が入ると聞いても、老人の機嫌は変わらなかった。

「わかりきっておることに、手間をかけおって。では、金が入ったという知らせを受け取ったら、連絡してやろう」

「それはお断わりです。私の居場所を先生に教えるつもりはありません」

「成程。じゃどうせよというのだ？」

「今ここで、その人物の名を教えて下さい」

「たわけたことをいうな」

「私を信ずるのが、それほど愚かしいことですか。二千万のうちの半分は、先生が宮崎に私のことを黙っている口止料です。私は先生を信じてお支払いするのですよ」

「その口止料は今夜までの分じゃな。もし今後も儂《わし》に口を閉じておいて欲しいのなら、もう一千万払ってもらう」

予期した言葉だったが、その強欲さにはあきれるばかりである。

「今夜までで結構です。先生の預金高を増やしたとしても、宮崎が私に感謝するとは思えません」

ましてや、それで私から手をひく男ではない。

「無礼者めが。だが、まあ良いだろう」

老人は唾液《だえき》のたまった口中でもぐもぐと呟《つぶや》くと、志乃！　と怒鳴《どな》った。

やがて、手元でページをくる音を立てていった。

「良いか。一度しかいわぬぞ」

今度ばかりは、紙とペンを用意していた。

家主が品の良い、青銅のペン立てと、革ケースに入ったメモブックを同じテーブルに置いていたのだ。

「そいつの名は、磯建二《いそけんじ》。住居は名古屋市東区……。一時、名古屋のテレビ局に勤めておったが、現在は退職して、学習塾を開いておる」

「どんな男ですか」

「しぶといぞ。理論派といっても、なよなよしてはおらんようだな。前に一度、使いものにならぬかとちょっかいを出したことがあるが、若いのが二人顔を腫《は》らして帰ってきたようじゃ」

「なるほど。結婚は――?」

「してはおらんが、愛人がおる。恭子《きょうこ》という女で、市内で喫茶店を経営しておる」

その店の名と場所も控えた。

「では明日、必ず」

「宮崎が珍しく、今日も電話をかけてきおった。お前について何か知っておることはないか、とな」

約束は二日後の筈《はず》だった。私は緊張して、訊《たず》ねた。

「で、私について話したのですか」

「儂《わし》は嘘《うそ》はつかん。喋《しゃべ》ってしまっては二千万、取れなくなるからの」

「結構です。せいぜい励んで下さい――」

答えて、電話を切ろうとした。

「橋本のことじゃが――」

「あの警視が何か」

「どうやら嗅《か》ぎつけたようだな。今朝、連絡を取ろうとしてみると、外務省に出かけていると、いわれたわ」

私はゆっくりと息を吸いこんだ。

「それとの、そのせいかどうかはわからんが、外務省では、会議を秘密にする方針を捨てたようじゃ。おそらく警護を厳重にするためにはやむを得んと見たのだろうな。蟻《あり》のように警官がたかっておっては、いかに愚かな記者どもでも気づくじゃろうし、新聞を押さえたとて、完全な管制はしけぬ時世だからの」

やけに親切に教えてくれるものだ。かえって不安にさせられた。

「まあ、せいぜい頑張ることだな。高みの見物をさせてもらうつもりでおるぞ」

終《しま》いには、機嫌の良い笑い声まで響かせて、老人は電話を切った。

どうも面白くない状況に変化しているようだ。なるべく早く、磯建二という名の、成毛のかつての同志と会わなければならない。

橋本や宮崎のかけた輪は、私を中心に絞られてくる。当の成毛泰男に関しては、私は何ひとつ具体的な手掛かりを得ていないのだ。

気づくとキッチンの方角から胃を刺激する匂《にお》いが流れてきていた。私は獲物《えもの》にはやる胃液をなだめるために、ブランデーをもうひと口すすった。

胃はなだめられるどころか、より猛々《たけだけ》しくなり、さらには情けない泣き声をたてた。

受話器を取り上げ、今度は筈見の自宅の番号を押した。筈見はすぐに出た。

「今、用意していただいた家に来ています。必要な情報は手に入れました。そちらの状況はいかがです」

「まだすべてうまくいっているとお答えするには程遠いですな」

静かだった彼の声の背景に、遠い汽笛が入った。私は暗く孤独な一軒家で、昼間の鋭い雰囲気を脱いだ、筈見を想像した。一人きりの家で、毎夜本を読むことの他に、どのような時の過ごし方をしているのか。

肉の焼ける匂《にお》いが、より私の同情を強めた。

「磯建二という名に注意をしていて下さい。私は、一、二日のうちにその名の男に会おうと思っています。会う前に連絡を取りますが、もし警察がその男の名を手に入れているようならば必ず教えて下さい」

皿を手にした三津子が現われた。私が誰と話しているか感じたようだ。立ったまま、私を見つめた。

「わかりました。明日中には何とか、その男に関してだけでも、知るようにしておきます」

「お願いします」

「ところで、そこはいかがですか。食料の用意もさせておきましたが……」

「大変結構です。二千万も受けとりました」

三津子が皿をおきかけ、身を固くした。

「奥さまもそちらに……」

「ええ。じき帰るようです」

もう一度、私を見つめた。

「――会長は今日から伊豆の方に行かれていて、明後日戻られるのです」

箸見がいった。声には何の感情もこもってはいなかった。

「車をもう一台、普通の国産車をお願いしたいのですが。そう、できれば横浜ナンバーのものを」

「承知しました、今日の車と取り換えておきましょう。鍵《かぎ》をさしておいて下さい」

「ありがとう。それでは明日……」

「おやすみなさい、加瀬さん」

奥さまによろしく、とはいわなかった。嫌味《いやみ》になると考えたのかもしれない。

電話を切り、三津子が皿を並べたセンターテーブルに歩み寄った。彼女はグラスを手に、袖《そで》を戻していた。

「筈見は知っているのか。私たちのことを」

「もし、出雲が話していれば。気になって？」

無表情で見上げた。

答えずに、私は料理を見回した。良く焼かれたステーキ、簡単なサラダ、そしてガーリック・トーストである。肉の焼き方を忘れてはいなかった。

グラスを口に当てると、三津子はポツリといった。

「これを飲み終わるまではここにいさせて」

「筈見にいったのは、社交辞令さ。食後の酒も一杯ぐらいつきあってくれ」

「いいわ」

溜息《ためいき》を洩《も》らしていった。

私が食事を始めると、三津子が喋《しゃべ》った。

「なぜ、わたしが、あなたの引き受けた理由を知りたがるか——ひょっとしたら、あなたが死ぬつもりなのかもしれないと思ったから」

私は眉《まゆ》を上げ、頷《うなず》いた。

眉を上げたのは、彼女の言葉に対する反応であり、頷いたのは、味に対してだ。

「君はドレッシング作りの天才だ。私が死ぬかどうか、私にもわからない。ただ私は前に君に会ったときよりは、やろうという気が強まっている。従ってそれだけ、危険は減少しているかもしれない。あくまでも私の側の危険だが、成毛の危険さについては、まったく変わってはいない。

しかし、自分が乗り気でないとき、人は不用意なミスを犯すものだ。こんな仕事では、いきりたつこと、その気もないのに無理をすること、そのどちらでも致命的な失敗を招く」

筈見にいったように『行為をおこなうだけの機械』になるのが一番望ましいのだ。

「あなたがそんな風に自分の仕事について話すのは初めてね」

静かに三津子はいった。

「君は自分では勧めたが、怯《おび》えている」

肩をすくめた。仕草《しぐさ》が嫌味にならない。

「今はまだ、わからない。あなたの方の理由を聞かせて」

「成毛という男だ。君には想像もできない理由で、私は彼を憎んでいる。会ったことがなくてもね」

「たったそれだけ？」

私は彼女を見つめた。彼女ほどの女性でも、些細《ささい》なひと言で人を傷つけることがあるのだな、と思った。

「そう、今のところは」

私は答えた。

　結局、食後のブランデーは二杯ずつになった。三津子が食器を洗っている間に、私は家の中を見回った。

　部屋の数は全部で八つ。子供のいない家庭なのか、小さな机、ベッドの類はひとつもなかった。子供が育った家庭は、たとえ成人した後でも、家の中にその痕跡《こんせき》をとどめているものだ。

　ピアノの上に置かれた、古い小さな人形、剝《は》がすのを忘れたまま壁に留まっている、ペナントやポスター、本棚の片隅の童話集や、参考書。この家にはそういった品はない。

　二階に寝室が二つあった。そのひとつ、おそらく来客用に使われていたと覚しき部屋を寝起きに当てることにした。

　洋服は、今着ているものだけである。筈見から受け取った金で必要なものを購入すればよい。

　早速、明日手に入れる必要がある品もある。

　一階に降りようと寝室にきめた部屋を出た。三津子が暗い踊り場に立っていた。小脇《こわき》にコートを抱えている。

　目が合うといった。

「そろそろ、行くわ」

　私は見つめ返した。彼女が苦しげな笑みを浮かべた。

「お部屋、そこにしたの？」

「分不相応な家だ。どの部屋も贅沢《ぜいたく》でおちついている。住人は趣味が良い」

「そうね」

迷った。だが、彼女が背を向けようと、踵《かかと》に力をこめたとき、急いでいった。

「遅い時間に出入りをすれば人目につく。もうひとつ、夫妻の寝室がある」

息を詰めて私を見た。

「君は人の妻だ」

「わたしは女だわ。いいわけをしているのじゃないの。ただ女であるだけ」

黙るのは私の番だった。

「あなたのきめた部屋にベッドはいくつ？」

「ひとつだ」

「わたしの泊まる部屋もベッドがひとつよ」

もうひとつの寝室のベッドはツインだった。三津子はコートをさし出した。

7

枕元《まくらもと》からもうひとつの重みが消えるのを私は感じていた。髪をかき上げる気配も。

次いで暖かな唇が私のうなじに落ち、囁《ささや》いた。

「死ぬのだけは駄目」

ベッドから彼女の体が離れ、静かに衣類をかき集める音が聞こえた。遠くで扉が開き、そしてすぐに閉じた。

眠く、そして口の中が乾いているというのに、私は無性に煙草が欲しかった。おそらくまだ夜明け前の筈《はず》だ。昼間出て行くことが、住宅街で人目につかぬ方法だなどという嘘《うそ》は、三津子なら見抜いてあたり前なのだ。

私の中にある感情は存在を認めることによって、何ひとつプラスの役割を果たさない。すべてを投げ出したいという欲求と、本来はない筈のものを失いたくないという恐れだ。

寝返りをうち目を閉じた。

目覚めたのは、午前十時だった。私はトーストと卵で簡単な朝食を摂《と》った。インスタントコーヒーを飲みながら、しばらくはあのうまいコーヒーを味わえぬことを惜しんだ。

例の喫茶店は、橋本によって存在を知られている。

そして、橋本は今では私の目的が何であるかを知った筈だ。成毛泰男を捜すことが、私と方向を一にする。

磯建二の存在を公安警察が知らないでいるとは考えられない。そして、警察が知る限り、成毛にとって危険な存在となる。

だが成毛は迂闊《うかつ》には手を出せない。磯建二の口を塞《ふさ》ぎたい理由があったとしても、警察がマークしていれば罠《わな》にはまるようなものだ。

ベン・ラファエル大佐を狙《ねら》う成毛にとって、暗殺を決行する前に、不必要な危険は、なるべく避けたいにちがいない。

一番は磯の口を塞ぐことである。しかし、もし警察が磯を知っているのなら、名古屋にすら近づかぬにちがいない。

磯を警察が見落とす可能性はあるだろうか。

藤野が二千万で売るからといって、秘密の情報だと断じるのは愚かだ。あの老人は、前日の野球ナイターの結果にでも、金を請求しかねない。

しかし、藤野が手下をさし向けたという事実は、わずかだがその可能性を暗示している。問題は、成毛がどう考えているかという点だ。

成毛にとって、どうしても生きていられてはまずい存在ならば、何としても殺そうとするにちがいない。しかし、十年以上も前に磯と成毛は関係が切れている。そんな男を敢《あ》えて殺そうとするであろうか。

殺すことが必要ならばいくらでも機会はあったのだ、十一年間に。

それでも私にとって、成毛を捉《とら》える唯一の手掛かりである。もし、磯を通じて、何も得られなければ、成毛が会議団に対し、仕掛けるのを待つ他はない。

探偵のように、成毛を捜し回るのは不可能である。

正午を過ぎると、私は徒歩で外出した。

周囲の地形を自分の身で覚えておくためだ。その住宅街にあって、アジトの家が非常に望ましい条件であるのを確認した。

生麦《なまむぎ》の駅から京浜急行を使い、東京に戻った。三津子が運んできた二千万を約束通り、スイス銀行の支店に送った。

スイス銀行の何店かが東京に支店を設けているのは私も知っている。しかし、いわゆるスイス銀行のセールスポイントともいえる「秘密性」は日本では通用しない。すべて税務当局に筒抜けである。しかし、ふりの客を受けつけぬスイス本店での信用を得る布石にはなる。

藤野忍はおそらく、東京支店を単なる窓口として使い、CIAや他の機関から得た、情報の代金を、スイスの本店にしこたま溜《た》めこんでいるにちがいない。

送金をすますと、何軒かのデパートで、代えの下着、洋服類を手に入れた。

地味なスーツを一着、その場で直しをすませて貰《もら》い、白のシャツ、安物のネクタイとともに買った。

リバーシブルのスイングトップと、軽いゴム底の靴、そして小さいが、刃は鋭いナイフも手に入れた。

楊枝《ようじ》に毛の生えた程度の代物《しろもの》だ。しかしテープを使えば、体中どこにでも隠しておける。

それ以上の道具は必要に応じて揃《そろ》えてゆくつもりだが、磯を訪ねるならばどうしても拳銃《けんじゅう》は手に入れなくてはならないと考えていた。

成毛とぶつかる可能性がまったくないとはいえない。もし成毛が日本に、既《すで》に潜入しているのならば、無駄な行動は絶対に慎んでいる筈だ。だが動くときには確実に武器を身につけている。

成毛が道具を手に入れるルートも興味はあった。しかし、日本では極くわずかな例外をのぞけば、闇で手に入れられる火器はお粗末な品ばかりである。

一級のテロリストが、旋条すら切っていないチャチな密輸銃など使う筈がない。まして、いつ暴発するかもわからぬ、改造拳銃は尚更《なおさら》だ。

どういった手段を使うかはわからないが、威力のある本物の道具を入手するにちがいない。

狙撃《そげき》するにしても、派手な市街戦をやらかすにしても、銃は高性能のものが必要になる。そして、成毛の計画は、必ず自分が逃れる部分が含まれている。

単なる特攻的な銃撃戦は行わぬと、私は見ていた。

私は成毛の立場となって、いかに暗殺を仕掛けるか考えることにした。しかし、彼がどんな道具を使うかによって、大きくそれは変化する。

銃か爆弾か。

買い物を終えると、私は一度鶴見に戻った。

橋本に関する藤野の助力が当てにできぬ以上、自宅に戻ることは危険である。あるいは橋本は、私をマークすることによって、成毛に近づこうとするかもしれないのだ。私を妨害するよりも、利用を考える――あの男ならばやりかねない。

アジトの家には、生の材料の他に、調理の簡単な加工食品も用意されていた。米飯を炊《た》き、それらで夕食をとった。

洗い物をすませると、昼間買った詳細な地図を広げた。

テロ行為を警戒する警護側としては、ターゲットとなる要人の移動には極力、高速道路を使用する。いうまでもなく、高速道路走行中を狙《ねら》うのが、狙撃者にとっては困難であるからだ。逆に、乗り物の乗降時を、彼らは最も警戒する。

車内、屋内、といった遮蔽《しゃへい》物のある場所では護衛官も身を離すが、警護すべき相手が身をさらす地点では文字通り壁となる。それは、まず身をもって守ることを主目的とするからだ。

いいかえれば彼らは弾よけなのだ。

過去、数えきれぬほどの事例がその任務の性格を証明している。暗殺、暗殺未遂事件が起きたとき、人々の目はまず標的とされた人物に向けられる。死ねば無論、重傷、あるいはほんのかすり傷を負っただけでも、ショックを受け、悲しみ、または死なかったことを残念がる。

傷ひとつ負わないときでさえ、注目は、狙われた人物と狙った人物に向けられる。狙われた人物が無傷である代わりに、何人の護衛官が命を失おうと、さほどの関心は示さない。

これはおかしなことだ。たとえ国家元首であろうと、ひらの警官であろうと、人の命には変わりないのだ。

そしてまた護衛官は、通常の警察業務とはまったくちがう性格を持っている。警察は普通、事件が起きて初めて、行動を開始する。うっかりした主婦が、鍵《かぎ》をかけ忘れて外出したからといって、泥棒に入られたのを警官の責任にすることはない。大事な指輪が、犯人とともになかなか見つからないといって非難することはあってもだ。

しかし、ヒロイズムに酔った愚かな若者が短刀を持って要人を刺した、あるいは単に国賓に石を投げた、というだけで護衛官は糾弾《きゅうだん》される。彼らにとって、何も起きないのが求められる状態なのである。

テロ行為が行われれば被害の状況に関わりなく、非難を受ける。犯人を捜査し逮捕するのは護衛官の仕事ではない。

何も起こらなくするのが、仕事である。

いいかえれば、凶器《きょうき》を持った暗殺者が彼らの護衛する人物の前に立ちはだかったとき、暗殺者を捕えることではなく、その人物の身を守ることにその努力は向けられるのだ。撃《う》たれたとき、彼らが一番にするのは撃ち返すことではない。弾丸をよけることである。弾丸をよけるのは、自分ではなく守るべき人物のためにである。ときには、自分の身を盾《たて》にも使う。

使命感の強い人間でなくては、不可能な任務なのだ。

まず守り、それから撃ち返す。

向けられるものが、拳《こぶし》であれ、刃《やいば》であれ、弾丸であれ、すべて同じである。

午後八時に電話をかけた。

夜にならなければつかまらぬ相手だった。

「花井《はない》です」

若い娘が受話器を取った。目指す人物の妹である。

「お兄さんはいらっしゃいますか」

「お待ち下さい」

「電話を代わりました」

高いが、囁《ささや》くような声音が流れてきた。

「加瀬だ」

私が名乗ると相手は沈黙した。

「元気だったか」

「あんたがやめちまって残念に思ってた。きっと宮崎が何かいってくるだろうと思ってたら、案の定、一昨日電話があったよ。もしあんたから連絡があったら知らせろって」

「知らせるか」

「宮崎は嫌いだ。あいつのところの奴《やつ》でマトモだと思ったのはあんただけだったよ」

「盗聴されているとやっかいだぜ」

「冗談じゃない。俺《おれ》の家に変な真似《まね》をしてみろ、『研修所』ごとふっ飛ばしてやる」

私は低く笑った。

「変わらないな。第一、あんたの家に盗聴器をしかけるなんて真似はせんだろ」

「今、宮崎の手元にあるちゃんとした『箱』はみんな俺が考えてやったものばかりさ。電話局の奴が気がつかなくたって、俺にはわかるよ」

「そうだな。実は頼みたいことがある」

「わかった。俺のところに来られるか」

「昔と同じ場所か」

「そうだ」

「一時間で行く」

私はいって電話を切った。

花井の家は川崎市の南、工場群と首都高速横羽線を隔てたところにある。鶴見からは車で二十分ほどの距離だ。それでも一時間といったのは、万一の場合を考え距離をあいまいにしておくためだった。

三十分ほど時間を潰《つぶ》したあとで、私はガレージに入った。ステーションワゴンが消え、クリーム色のシルビアに変わっている。

シルビアに乗りこんで出かけることにした。

花井の住居は三階建ての薄汚いビルだった。周囲を似たような建物が囲み、「電話架設、工事請負」の看板が二階にかかっている。普段は一階の事務所で彼の妹が客の応対をしているのだ。花井自身は自動車電話をとりつけたデリバリーバンで、客から客を走り回っている。

ガラス戸にはカーテンが降りていたが、明かりのついているのがわかった。車を駐《と》め、降りたつと特有の臭気《しゅうき》が私に襲いかかった。

決して消えることのない炎、汚染することによってのみ、文明に貢献する工場群。人間の生命は不思議である。このような環境下にあってもしぶとく生きのび続けられるのだ。

反対に、ほんのちっぽけな金属の塊が、音速にも満たぬ速度でぶつかっただけで霧消してしまうこともあるというのに。

軽い吐き気を感じながらガラス戸をノックした。

軒のどこかに仕掛けられたインタフォンがひび割れた声を発した。

「はい」

「私だ」

ちゃちなガラス戸に仕掛けられたオートロックがガチャリと音をたてて外れた。戸を押し、カーテンをはぐった。小さなモーターの回転する音とともに、背後で扉が閉まった。

二台のスティール机、正面の黒板、床といわず、机といわず、大小の器材で埋まった五坪ほどの事務所を私は見まわした。装飾と呼べるのは壁にかかった、そらぞらしい笑みを浮かべた女優のカレンダーだけである。

「地下だ。机の向こう側の戸を引いてくれ」

部屋のどこかで、またひび割れ声がいった。器材に脚をひっかけぬよう回りこむと、二階に昇る階段の下に、一メートルほどの高さしかない扉があった。

ノブに手をかけると、再びオートロックが外《はず》れる音がして、私は腰をかがめた。梯子段《はしごだん》のような急な階段が下に続いている。私は降りていった。

「一年、いやもっとぶりかい？」

度の強い眼鏡をかけた小男が降りたった私を迎えた。

地下室は上に比べ、驚く程整頓《せいとん》されている。二つの壁を工具類と器材の埋まった棚が塞《ふさ》ぎ、残りのひとつをビデオデッキとテレビジョン、複雑なオーディオ装置とパーソナルコンピューターがおおっている。

最後の壁にはカウンターが一メートルの高さに立っている。その向こう側が鋭角にえぐれていた。十メートルほど奥行きがある。

そこには何もない。だが、私は何に使うか知っていた。

花井は四十ぐらいで身長は一メートル五十をわずかにこえる程度だ。ひどい味噌《みそ》っ歯《ぱ》と分厚い眼鏡が顔を決定している。油の染《し》みだらけの上っぱりにジーンズをはいていた。彼に合うジーンズは、おそらく子供服の店にしかないだろう。

「何しろ久し振りは確かだ。元気そうだな」

「本業の方が忙しくてね。近頃《ちかごろ》、宮崎の依頼を断わってるぐらいさ」

花井は優秀なメカニックである。電子工具、爆弾、銃器、車、ありとあらゆる機械に精通していた。高くひいでた額は、頭髪が深く後退している。

この花井を、私のいた機関では時おり嘱託として使っていた。

「神経をやられたって聞いたが……」

私を見上げ、見下ろした。

「別にどこも悪そうには見えないぜ」

「少し人間に近づいただけさ」

私が答えると、花井は分別臭《ふんべつくさ》い表情で頷《うなず》いた。

「で俺《おれ》に頼みたいことって何だ」

部屋の中央にある作業机の前に戻っていった。高い椅子《いす》に彼がかけると、爪先《つまさき》が床に届くか届かないほどになる。

「拳銃《けんじゆう》が一挺《いつちよう》欲しい」

私は単刀直入にいった。

花井は机の上に広げられた図面から目も上げず、理由を訊《たず》ねることもしなかった。

「口径とタイプは？」

「さほど大きくなくて扱いやすければどれでも……」

「三十八の短銃身はどうだ」

三十八口径のリボルバーは最もありふれたタイプといえる。アメリカの銃器会社が主に生産しているが、国産がないわけではない。警察官が装備しているニューナンブがそれだ。

「どこのだ」

「スミスアンドウェッソン、六十番台のステンレスモデルだ」

そうなれば装弾数は五発ないし六発、どのみち人ひとりを相手にするには充分である。

「出所もきれいだ。もっとも、あんたのことだから撃ちまくりはしないだろうが」

「それでいい」

「弾丸は？」

三十八口径弾でも、メタルポイント、ハローポイントといった具合に弾頭の形状で威力にちがいが出る。前者は貫通力に、後者は着弾の際の破壊力（マンストッピングパワー）に重点をおいている。

「ハローポイントだな。狙った奴を撃ち抜いて、他人に巻き添えをくわせたくなけりゃ」

花井はいった。

「オーケイ、それでいい」

「じゃあワッドカッターにしよう。弾頭が薬莢《やっきょう》に埋まっているやつだ。競技用だが、威力はハローポイントに近い。こいつなら沢山あるぜ」

私は頷《うなず》いた。

花井は作業机のどこかを操作した。壁ぎわのカウンターが下がり、床から入れちがいに平たい棚がせり上がってくる。椅子《いす》から飛び降りると、机を回りこみ私の隣に立った。

棚は箱の形をしていて黒っぽい木材でできていた。上っぱりの下から、ベルトにチェーンで結んだキイを取り出すと、蓋《ふた》の錠前《じょうまえ》を外す。

中にはきちんと油をさされた拳銃が十数挺、銃口を下に並べられていた。オートマチックもあれば、リボルバーもある。

私に銀色のスミスアンドウェッソンを渡した。

「MM60——いわゆるチーフスペシャルだ。私服刑事なんかが持ち歩いてる代物さ。ありふれちゃいるが良い銃だ。もっとも、相手が二十メートルも離れりゃ当たらない方が多いけどな。あんたでもいいとこ三十だろう」

銃身は短い。全長でも十五センチをやや上回る程度だ。

「ただ、お巡りが持ってる旧型に比べりゃ、グリップの肉が厚くなって、握《にぎ》りやすい筈《はず》だ。どうだい？」

私はラッチを押して、シリンダーを開き、空《から》なのを確かめてから持ち上げた。

バランスは悪くない。

ダブルアクションで数回、シングルアクションで一回、カラ射ちした。トリガーが重いが、リボルバーである以上仕方のないことだ。装弾数は五発。

「これで良い、幾ら払えば――」

花井は目を大きく開いた。

「いつか返してくれりゃいい、フレームをとりかえてライフルマークを変えちまえばいいんだから」

「では借りておく。もうひとつ、訊きたいのだが」

「何だ」

花井にならある程度話せる気がした。どのみち、この分野に関して彼以上に的確な助言を与えてくれる人物はいない。

「テロリストは何を使う？　アラブの連中だ、ただし外国での暗殺だ」

「色々さ」

眼鏡を外し、汚《きたな》い作業衣の裾《すそ》でふきながら花井はいった。

「一番多いのがマシンピストル、自動小銃だな。こいつは今、小型で優秀なのがたくさんある。イスラエルのウージー、アメリカのイングラム、ドイツのヘックラーアンドコックのＭＰ５、軽くて威力があるという点じゃＨ＆Ｋ《ヘックラーアンドコック》のＭＰ５だろう。ストックを畳めば五十センチ、それでいて毎分七百五十発の速度で九ミリ弾をバラまける」

「なるほど」

「戦地じゃあいかわらずソ連のＡＫ47やＨ＆ＫのＧ３Ａ３の人気が高いようだ。もっともＡＫ47ってのは神話ほどじゃないっていうがな」

「日本で手に入れられるか？」

「まず無理だな」

花井は首を振った。

「防衛庁にサンプルが一、二挺あるぐらいだろう、突撃銃《アサルト・ライフル》なら制式のＭ16がせいぜいだ」

暗殺の前に、成毛がわざわざ自衛隊の兵器庫を襲うとは思えなかった。

「アラブゲリラも最近じゃ西ドイツのゲリラと手を組んでいるからな。Ｈ＆Ｋあたりが妥当じゃないか」

花井は続けてから私の顔を見上げた。よけいなことを一切訊《き》かない男だが、眼鏡の奥の小さな目に興味が宿っていた。

「やめたって聞いてたが、ちがうのかい」

「やめたさ」

「ふん」

それ以上つっこまずに肩をすくめた。小さな彼がする仕草は滑稽《こっけい》だった。

「奴らと渡り合うのなら、そんな豆鉄砲じゃどうにもならんぜ」

「かもしれない。狙撃《そげき》はどうだ」

「自動小銃は話にならん。G3A3なら有効射程は五百メートルといったところだ。確実に狙撃するつもりなら三百メートルで、ボルトアクションのライフルの方が良いね。・《コンマ》二七のウェザビィマグナムかもっとポピュラーなところで三〇―〇六のスプリングフィールドのカートリッジを使うやつだ」

「警備が厳重な相手に対してはどうだ」

花井は鼻を鳴らして、上っぱりからショートピースの箱をとり出した。ニコチンとオイルで黄色と黒に染《そ》まった指は、とうてい器用には見えない。

「日本でやる場合……そうだな、もし俺《おれ》だったらライフルはあきらめる」

ぷかりと濃い煙を吐き出した。

「日本じゃVIPが移動するときは、沿道をお巡りが埋めつくすからな。まるで電信柱みたいに何メートルおきかに立つし、ビルというビルはしらみつぶしに調べる。そうだな、良いポイントはまず選べん。もし俺がやるなら爆弾だ。それも時限装置なんかじゃなく、コントロールできる小型ミサイルを使うね。それが一番だ」

ミサイル、あり得ないと断ずるわけにはゆかない。成毛は他のテロリストとちがい、まず自分は助かろうとする男だ。

「もし自動小銃を乱射したら助かる見込みはないか」

「狙《ねら》う相手によってだな。たとえば国賓クラスならまず助からん。やる前に蜂《はち》の巣だ。

手を出す前に、その国の護衛官がやっつけるだろう。カーター大総領が来日SPなき、シークレットサービスはアメ車のトランク一杯に自動小銃を持ちこんだそた。人質でもとらない限り、無理だな」

「SPはどうだ」

「奴らはあまりでかい銃は持ってない。せいぜい、こいつと同じ口径のニューナンブの三十八か、ブローニングの一九一〇型だ。殺すことよりも防ぐことが目的だからな。それに連中はまず大声を出すんだ、わかるか？」

花井はニヤッと笑った。

「危険な奴を見つけると、銃を抜く前にまず叫ぶ。それで周囲に知らせるんだ。文字通り番犬さ」

成毛は何を使おうとするだろうか、そしてその成毛に対し私は何を使えば良いのか。

「ライフルだったらいつでもいってくれ。凄《すご》いのがある」

私の表情を読んだように花井がいった。

「オーストリアのスティヤーだ。ボルトアクションで八百メートルの距離から十発の弾丸を四センチ以内にまとめられる。こんなもんだ――」

短くなった煙草をさし上げた。

「必要になったらいつでも取りに来てくれ、ここに置いてある」

煙草を机の灰皿に押しつけていった。

「さてと、弾丸だ。ワッドカッターはどこにやったっけ……」

額に手をあてて考えていたが、やがて思い出した。部屋の隅に小さな冷蔵庫があったが、そこに入れてあったのだ。

「コーラか何か飲むか」

冷蔵庫を開いたついでに花井はいった。

「いや、結構だ」

私が答えると、ボール箱に縦につまったカートリッジを取り出した。真鍮《しんちゅう》の薬莢《やっきょう》に、黒い鉛を埋めこんだような独特の弾頭が並んでいる。

「試してみるか」

コーラの缶をあおりながら花井は訊《たず》ねた。

「よかったら」

頷《うなず》くと作業机のボタンに触れた。バシン、という音をたてて、十メートル奥の壁に紙標的をはったパネルが立ち上がった。

「待ってくれ」

そういってオーディオ装置から、コードのついたヘッドフォンをひきぬき耳にあてた。

私は棚のわきに吊《つ》られたイヤ・プロテクターをはめた。ヘッドフォンのコードのないな形のものだ。

と押しシリンダーを開くと、五発の三十八口径弾をシリンダーの穴にさしこんだ。装弾を終えると、シリンダーを戻す。

目を上げ、穴の奥に向かいあった。背後にいる花井がスイッチを入れたのか、スポットライトが標的にあたった。

銃声は、銃口が上に向けられたか、下に向けられたか――つまりエネルギーがどれだけの空間に向かって吐き出されたかで差が生まれる。

至近距離で発射すれば、三十八口径でも一瞬、耳が聞こえなくなるほど大きい。まして室内であれば尚更だ。イヤ・プロテクターは絶対に必要である。

ハンマーをおこし、シングルアクションにした状態で二発、たて続けに撃つダブルアクションで残りの三発を撃った。

小さな銃だけに反動は鋭い。全体にやや上向きに跳《は》ねるような感じだ。

撃ち終えて、プロテクターを外すと花井が標的を手前に寄せる装置を動かした。

中央黒点に全弾、入っていた。ワッドカッターはまん丸いきれいな穴を開ける。

「ま、あんたなら当たり前か」

無表情に標的を見つめると、花井はいった。私はシリンダーから空薬莢《からやっきょう》を落とした。

「貸してくれ」

スプレー缶に入ったオイルを取り出して、花井は銃口から吹きつけた。

「ケースはいるかい」

「もしあれば」

「どんなのがいいんだ」

『研修所』にいたときはオートマチックだったが、ハイライドタイプを使っていた」

「クイックドロウ（早射ち）をやるつもりがないのならインサイドウエストだな。ズボンの内側にホルスターを入れて、留め金をベルトにひっかけるんだ。まずわからん」

「そんなにゆるいズボンは持ってないよ」

私は苦笑した。

「オーケイ、普通のヒップホルスターでいいならパンケーキがある」

パンケーキというのは皮製のホルスターの名である。三つの穴が開いた無恰好《ぶかっこう》な袋で、どの穴にベルトを通すかで、腰の銃の角度を変えることができる。

「ありがとう」

私は十万円を出した。

「弾代《たま》だ。とっといてくれ」

花井はじっと私を見上げた。答えずにショートピースをくわえる。

「何をやろうとしてるかは、俺《おれ》は知らねえ。だが、加瀬さん、あんたは自分のやってきたことをわかってる。だからやろうとしてることもわかってるんだろうな。宮崎には俺は何も喋《しゃべ》らないよ。いったように、あいつは嫌いなんだ。よし、これは貰《もら》っとく」

私は頷いた。機械油に染まった、この小さな男に驚くほどの人間臭さがあるのを、初めて知った。

「またよかったら寄ってくれ。もっとも『研修所』を飛び出したあんたには、近寄りたくもないだろうがな」

味噌っ歯をむき出して、花井は笑った。

「もし、ライフルが必要になったら頼むかもしれない。私のことは誰《だれ》にも喋らないでくれ」

「宮崎に話さない俺が誰に話す？　知ってるだろ、警察は俺には触《さわ》れないんだ」

「そうだったな」

私は頷《うなず》き、橋本のことを考えた。あの男なら、上司に止められても、この小男を絞りあげるかもしれない。

「私もあんたには迷惑はかけん」

「わかってるよ、いわなくてもな」

花井は答えた。私はホルスターをウエストにとめようか迷ったが、ここから着けてゆくのも馬鹿ばかしかった。結局、紙袋にカートリッジと共に入れて小脇《こわき》に抱えた。

「長生きしてくれよ」

階段に脚をかけると、花井がいった。

同じ日に二人の人間にいわれたことになる。

私は花井の家を出て車に歩き出した。ドアにキイをさしこみ思った。

急に私は、皆から好まれる人間になったようだ。それとも、彼らからはもう危険な仕事には向かぬほど、くたびれて見えるのか。

三津子は前、花井はおそらく後の方の理由だろう。そう結論して、車に乗りこんだ。

8

五月二十三日。三津子と五年振りに会い、復讐《ふくしゅう》に燃える老人の申し出を受けて一週間がたった。単調で変化の乏しい生活をそれまで送ってきた私にとっては、長い一週間だった。何人かの未知の人間と会い、そして二度と会わぬだろうと考えていた二人の男にも会った。

それらの出来事は、とりかかる前に考えていたほどつらく不愉快なものではなかった。だが目的に対し私は一歩すら近づいたとはいえない。

その朝早く、ポルシェで東名高速道路を西に向かった私はようやく半歩目を踏み出したばかりだった。

ポルシェ・ターボは、考えていたよりもはるかに静かで、力のある獣だった。その魅力は、他の一般車が追随できぬ速度に達したとき発揮される。突然、猛々《たけだけ》しく変身し、もうひとつの世界を、ハンドルを握る私の前に展開させるのだ。四輪自動車とは思えない加速性が私の体をシートに押しつけ、私の持てる反射神経のすべてを使えと促《うなが》す。

万一その制御が不可能であるなら、アクセルに、いやシートに体重をあずけることとすら拒否するような意志を誇示するが如《ごと》く。

私は三百数十キロの距離を、巨大な力を秘めていた小さなマシンとともに進んでいった。

私にとって初めての経験であり、車の運転にはいささかの自信を持ちながらも理解できずにいたポルシェファンのラブコールの意味を知らされた時間《とき》でもあった。

助手席にはわずかな着替えを詰めた小さなバッグがあり、その中には花井から受け取ったS&Wがホルスターごとおさまっている。

東名高速名古屋インターは、名古屋市のほぼ東端である。市内の主な道路は、東西に走り、磯の住所は市の北東部に属する。

黒塗りのポルシェ・ターボでしかも東京ナンバーであれば嫌《いや》でも人目を惹《ひ》くのはわかっていた。私は地図に従って市のほぼ中央にあるホテルにまっすぐ向かい、車を駐車場にあずけた。

名古屋に泊まるはめになるかどうかはわからなかったが、磯建二とともに成毛の影が、そして警察の監視があるかもしれない街では、迂闊《うかつ》な行動はとれない。偽名で部屋を一応とっておいてロビーから電話をかけることにした。

ホテルは大きくなく、中の上、または上の下といったクラスである。東京のホテルに比べると静かで利用者が少ないといった印象を受ける。

黄色電話に歩み寄り、腕時計を見た。午前十時に少し間がある。筈見はもう出勤しているだろうか。昨日中の約束だった、磯建二に対する警察の動きを訊《たず》ねておきたかった。タートルネックのセーターの上に軽いスイングトップを羽織った私の姿を、珍しいものでも見るように十代のカップルが眺めて行きすぎた。名古屋市には二、三度来たことがある。整然としてはいるが、今ひとつ魅力に欠ける街だというのが印象だ。だが住民は郷土愛が強い、そしてその結束は固く情報収集は困難な街である。人々は慎重で、他人についてあれこれ喋《しゃべ》るのを好まない。保守的といわれる所以《ゆえん》だが、それは他の大都市に比べ地方からの人口流入が少ないからであろう。

筈見はまだ事務所に到着してはいなかった。自宅にかけようかと考えたが、思い直してコーヒーショップに行った。

おそらく通勤の過程だろう。三十分も待てば良い。

藤野忍が教えた、恭子という磯の愛人が経営する喫茶店が、住所としてはホテルと同じ中区にある。磯の自宅に向かう前に、そこを当たるべきではないだろうか。

さしてうまくないコーヒーを途中で放り出し、私はその喫茶店を捜すことにした。あるいは味の埋め合わせをそこですることができるかもしれない。ただし用心して拳銃《けんじゅう》はキイをかけたバッグごとホテルにあずけておくことにした。万一、警察の張り込みがあり不審尋問を受けては元も子もない。

目指す喫茶店「ルピナス」は私が想像していたものとはまったく違う店だった。通行人に道を訊ねながら歩いて行きついたビルは、オレンジ色の洒落《しゃれ》た六階建てで、美術館に近い洗練された通りに面している。一、二階にはネオン管が型どったブティックの名が入り、その他にもフランスのデザイナー商品を扱う店が入っていた。通りに路上駐車された車は高級車が多く、ホテルの駐車場などよりもここの方がむしろポルシェが目立たないと思える。

東京を発《た》ったときは晴れていた空が、怪《あや》し気《げ》な気配に変わりつつあった。観葉植物の鉢が踊り場におかれたレンガ階段を、私は小走りに昇った。

「ルピナス」はそのビルの四階で、中二階からエスカレーターを使う。エスカレーターは、私には無縁な商品の並んだフロアを斜めによぎった。

三津子がいればこれらの品々について語ることがあるかもしれない。彼女のいた二年間は私をいくらかでも洗練という二文字に近づけた。

彼女の存在を頭からふり払うと、洒落た金文字の筆記体で店名を記したガラス扉を押した。シュロの大きな葉をさけて一段おりると、ガラス張りの窓と、タイルを埋めた清潔なフロアに出た。

ガラスのショウウインドウに小さな洋菓子が並んでいる。耳ざわりの良い、黒人と覚しき男性ヴォーカルが流れていた。

まだ恋人たちの時間ではないようだ。二十二、三の若い女性のグループと、上品なスーツを着こなした三十代の男二人組がボックスについているだけだった。

店の構えは奥に広がる形で、夜はバーに変わることが奥のラックに並べられたワインとスコッチウイスキーのボトルで知れた。

部屋をとったホテルのラウンジよりはるかに高級な雰囲気である。白いシャツに細いタイを着けた若い男たちがきびきびと動き回っていた。

窓に面したボックスのひとつに私は腰をおろした。入り口も店内も見渡そうと思えばできる位置だ。

ブレンドコーヒーをオーダーすると、生活に退屈した小金持ちに見えるよう、わざとらしく脚《あし》を組み、背を反《そ》らした。ボーイはブラフにはびくともせず、レモンの香りがする水のグラスをおいて立ち去った。

店を入って右奥にカウンターがあり、コックの制服を着けた男と黒の上衣を着た男が立ち話をしていた。磯の愛人と覚しい女性の姿はない。

コーヒーは酸味が強いきらいがあるが、悪い味ではなかった。私は今度は窓からビルの周囲を見下ろした。どうやら名古屋は東京ほど違法駐車に関してうるさくはないようだ。

ゆったりと間隔をとって縦列駐車した車に人の乗っている姿はなかった。

どのみち車を使った監視はさほど悧口《りこう》とはいえない。同じ場所に長く駐車していれば、意外に注目を集めるものである。まして昼間では尚更《なおさら》だった。

二十分ほどたつと雲ゆきはますます怪しくなり、今にも雨が降り始めそうな気配になった。私はその通りを走るタクシーの空車を数え出した。

幸運に恵まれぬ限り、濡《ぬ》れるはめになりそうだ。

メタリックブルーのシトロエンが右折して通りに入りこむと、大胆なきりかえしを見せて、縦のすき間に車体を埋めた。ちょうどビルからは通りをはさんで反対側の位置だ。

運転席から若い女が一人降り、まっすぐこちらに歩き始めた。きびきびとした無駄のない歩みだ。

髪を短く切り、肩のはったクリーム色のスーツを着けている。ビルの中に消えると、数分して、「ルピナス」に入ってきた。

「お早うございます」

黒服の男が頭を下げた。

女は軽く頷《うなず》いて答えると、上衣を脱いだ。

女王のケープを受け取る側近のような物腰で男は上衣をクロークへと運んだ。

背が高い。三津子と同じか、それ以上あるだろう。ということは百七十センチに近い。素早い一瞥《いちべつ》で店内を把握《はあく》した。陽に焼けていて、バランスのとれた動きだった。スポーツと、自分をひきたてるお洒落《しゃれ》に金と時間を惜しんでいない証《あか》しだ。

テーブルを隔てた若い女性たちが賞賛の眼差《まなざ》しを向けている。カウンターの奥に一度消えた女は、やがて木綿のエプロンを下げて現われた。

コックの男と低い声音で言葉をかわし始める。

聞こえてくる断片は、「スフレ」や「パンプキン・パイ」といった言葉で、彼らがこ

の店の菓子について語っていることがわかった。そしてコックが最後に、

「わかりました、ママ」

と頷いて奥に消えた。

女はカウンターの内側にそのまま残り、窓ごしに空を見上げた。
二十七、八か。自信と誇りが横顔にはある。視線を戻したとき、私と目が合った。
一瞬だったが、独りですわる男を何者か読みとろうとした。

彼女の目に映った姿は、長身で、長めの髪を後ろになでつけた、顔色の良くない厳しい表情の男だ。眼元に皺《しわ》とも傷ともつかぬ、白っぽい跡がある。三十二を過ぎた頃から、それでも面全体に丸味が加わった。おそらく当時はお互いの存在を貴重にした三津子がいたからであろう。彼女が私の側から消えても、顔の丸味は消えなかった。

彼女の口元がほんの一瞬、微笑《ほほえ》んだように見えた。すぐに目は他に移った。

藤野は、市内で喫茶店を経営している女だといった。おそらく彼女が恭子である。

残ったコーヒーを飲み干すと、立ち上がった。

レジにやってきたのは彼女だった。支払うと、レジスターを押す彼女が訊《たず》ねた。

「傘はお持ちですか？」

彼女に話しかけられ、不意を突かれたような気分になった。

「いや」

首を振ると、彼女は笑みを浮かべていった。

「では急がないと。もうすぐ降りそうですわ」

「あなたがここを……？」

「はい」

頷いて問いたげな目を向けた。

「良いお店だ」

「ありがとうございます。また、どうぞ……」

ビルを出ると見当をつけていた電話ボックスに向かった。

空が暗くなり、低い轟《とどろ》きが空気を振動させている。春雷は、私が半歩を踏み出した日にはふさわしい天候かもしれない。

「筈見です。お電話をいただいたそうですが――」

「今、藤野老人から得た情報で名古屋に来ています。先日話した、磯という男がここにいるのです」

「あ、例の件ですな。私の聞いた限りでは、警察ではその男の名は挙がっていないようです。最初からリストに載っていなかったようですな。ですから会っても大丈夫では……」

「なるほど」

「それと昨日の夕方、橋本警視が出雲前会長に会いたいと、出雲興産に連絡をしてきたそうです」

「出雲氏に連絡をして、東京に帰る予定を遅らせるよう伝えて下さい。そして、三津子さんにも出雲氏と合流して、橋本とは会わないよう……」

「伊豆の別荘にいることを聞くと、東京に戻る予定を訊《たず》ねて切りました」

「それで？」

「そこまでしなくてはなりませんか？」

「あの警官を甘く見てはいけません。出雲氏を怒《おこ》らせて、私の目的を訊《き》き出すことなど朝飯前です。何よりも会わぬことです。会えば、どんなにシラを切っても嗅《か》ぎつけます」

「わかりました」

また連絡する、といって私は電話を切った。いよいよ、磯建二に会う番だ。元過激派でありながら、あれだけの女性を愛人にする磯という男に私は興味を感じていた。

彼は成毛について、どれだけの情報を提供してくれるだろうか。そして、磯が監視つきではないことを知れば、成毛はどう出るであろうか。

雨が電話ボックスの屋根を叩《たた》き始めた。すぐに、土砂降りに変わった。

東京に比べ、地味な色彩のタクシーの空車が雨煙の中を走ってくるのを認めた私は、電話ボックスを飛び出した。

ホテルに戻った私は、チェックインには間があったが、ホテル側が好意で開けてくれた部屋に入った。荷物を受け取り、洋服を着替えた。動きやすいニットのスラックスにハイネックのセーターをかぶり、デパートで買った靴にはきかえる。

パンケーキホルスターを出して、ベルトに装着した。バックレイクと呼ばれる、銃口をやや後方に向けて倒した角度だ。S&Wを差し込むと上衣を着て、バスルームの鏡に映してみた。よほど無理な姿勢をとらぬ限り、拳銃《けんじゅう》を持っていることはわからない。

薄い皮の手袋をポケットにしまうと地下駐車場に降りた。しばらく様子を見た上で、磯に直接ぶつかるつもりだった。

彼が果たして協力してくれるかどうかはわからなかった。そのときは、ベルトの銃か懐《ふところ》の金を使うしかない。その両方を使っても駄目《だめ》なときはあきらめる。

自分の身を守るためをのぞいて、殺すのは成毛だけと決めていた。

ポルシェに乗りこむと地図を検討して発車した。地図を信ずる限り、比較的わかりやすい街のようだ。

磯の住んでいるマンションは、寺と中学校のある古い町の一角にある。雨はホテルを出た頃から小降りになり、長びきそうな気配を見せていた。

大きな建物の少ない町ではマンションを捜しあてるのに苦労はしなかった。さほど豪華とはいえぬ造りで、一階に郵便受けがならんでいるのを、ガラスごしに見つけた。

車を駐《と》め、無人のときを見はからって一階の小さなロビーに入った。八階建てで全八十室である。

磯建二の郵便受けはすぐに見つかった。鍵《かぎ》のかからないちゃちなブリキ箱で「磯」というカードがはってある。

折り畳まれた新聞がはみ出していた。郵便物もいくつかある。日付を辿《たど》ると、二日前の夕刊からとりこまれていない。

エレベーターを使って彼の部屋がある七階まで昇った。湿った匂《にお》いのする箱を出ると廊下を歩き、彼の部屋を見つけた。

クリーム色に塗られたスティールドアにはレポート用紙のメモがはられている。

「塾生の諸君へ、今週と来週は急用のため休みます。六月に入ったら来て下さい　磯」

手袋をはめるとインタフォンを押した。一度押して数分待ち、また押した。

誰も答えない。

一階に降りると、マンションの正面に回った。雨のせいで、人のいる部屋はどこも明かりをつけている。七階の端から数えると三つ目の、磯の部屋は暗かった。

簡単な解錠技術なら訓練を受けている。ポルシェからドライバーキットを出した。

磯の両脇《りょうわき》の部屋も暗い。

ドライバーでは、恰好《かっこう》といえる道具ではないが、やってみるしかない。幸い刃の鋭い、細いナイフもあった。

もう一度七階に昇り、ナイフと小さなドライバーを使って、冷汗を流した。私の姿を見た誰かが百十番を回し、一個大隊の機動隊が駆けつけてくるのに充分な時間を使って中に入った。扉を閉め息を殺して待った。

腰に銃を下げた男が文教地区のマンションに押し入っていると通報した市民はいないようだった。

明かりをつけ中を見た。

手前のリビングルームには厚いカーペットがしかれている。イノベータの家具セットにオーディオ。横がキッチンで、正面に二部屋ある。

右側は坐《すわ》り机が並んだ和室で、教室として使っているようだ。

左側の部屋が書斎兼寝室だった。

グリーンのカバーをかけたセミダブルのベッドとデスク、書棚、洋服ダンスで部屋はほぼ一杯である。きれいに片付いており、出て行ったときも慌《あわ》ててはいなかったようだ。

気は進まなかったが家捜しをすることにした。デスクのひき出しには鍵《かぎ》はかかっておらず、開くと雑多な品がつめこまれている。

古い手紙の類に気をつけ、状差しも含めて点検したが、成毛とつながるものはない。

本棚にさしこまれたアルバムを抜き出して開いた。

写真から判断して磯は、長身で髪の短いヒゲを生やした男である。スポーツマンタイプで元過激派には絶対に見えない。

「ルピナス」の女性とともに写った写真が最も多かった。古い写真は一枚もない。

彼がテレビ局につとめていた頃と覚しき、ヒゲがなくてネクタイ姿のものが数葉あるだけだ。そのうちの一枚に、「ルピナス」の女性、恭子と写ったものがあった。どうやら二人は前の職場で知りあったようだ。

当時、磯の風体が今ひとつさえないのに比べ、恭子は既に現在と同じ豪華な雰囲気をまとっている。

あの店はどうやら、磯の助力で開いたものではないようだ。

アルバムを閉じると、鋭いベルが鳴り響いた。私は背後からつきとばされたようなショックを味わった。

建物中に聞こえるような音で電話が鳴っている。やがて、カチリという音がしてテープが回り始めた。

居間の電話には、自動応答装置がしかけてあったのだ。

電話はすぐに切れた。

思いついて私は、留守番電話のテープを巻き戻し、再生した。

生徒らしき変声期のガラガラ声が数件、えつ子と名乗った若い女の声が二度、そして日本人らしからぬアクセントで、モシモシといって切った男の声が一度、録音されていた。

「ルピナス」の恭子の声はない。即《すなわ》ち、磯がこの部屋にいないことを彼女は知っているのだ。あるいはどこに居るか、も。

ホテルに戻り、食事をして仮眠をとった。一人で部屋の壁と向かいあうと、自然に三津子の方へ頭が行く。しめ出すのはつらかった。

機関をやめてから半年、実際に動き回る仕事をしなくなって一年たつ。一年間離れていただけで、恐ろしいほど衰え鈍っている。

今では宮崎の動きが最も気になった。出雲を訪ねていても、橋本はそれなりの足跡を見せている。しかし、宮崎は私の部屋に盗聴器をしかけただけで他には何もしている様子がない。

していないわけはないのだ。

私はこの依頼を遂行するまでの間に、一度は宮崎に会うような気がした。

宮崎は巨大な男だ。ドッジボールのような球形の顔がひと回り大きな球形の胴体の上にのっている。顔色は不健康な白で、いつもひどく汗をかいていた。

全身が肥満し、よちよちとしか歩けない。彼はその体型だから動くことはしない。つねにすわり、考えている。巨《おお》きな頭には容量の巨大な脳がおさまり、火花を散らして回転しているのだ。
四十八、九の筈《はず》だが、外形を見る限り「研修所」の幹部であるとはとても思えない。太りすぎているので、かえって若く――三十九か四十そこそこに見える。
汗をふきながら頭を下げ、卑屈にすら感じる態度で相手に接する。そうしておいて、汁一滴残さず、その相手から吸い上げるのだ。

部下に接するときも、口調は歯切れ悪く、はっきりとしない。彼が最高学府をベスト5に入る成績で卒業したとは、初めて会う者には信じられぬ筈だ。

危険な業務の総括《そうかつ》指揮を任されているからといって、宮崎自身が危険な人物とは限らない。無論、それは肉体の話で、その鋭い頭脳をのぞけば、彼は発情期の猫ほどの爪《つめ》も持ちあわせていない。彼の肉体で唯一、武器となりうるものは体重である。それも、相手が寝そべって、踏んづけられるのを待っている場合にのみ限られるが。

勇気という問題になれば、むこうみずと臆病《おくびょう》の二点の間で、彼の行動を測った場合、臆病の点に限りなく近い。自身の危険にはひどく敏感であるからこそ、彼の地位に適材として留《とど》まっていられるのだろう。自分をのぞけば、すべての人間の生死に無頓着《むとんじゃく》である。

愛国心の強い人間であるがゆえに、現在の仕事をしているかのような言葉を、ときおり吐く。しかし、愛国心が汚《きたな》い作業の手助けになることはない。彼のその言葉を真剣に受けとる人間は「研修所」には一人もいない。といって、逆《さか》らう人間も一人もいない。

彼の下にいる人間たちは、大半が頭脳を武器にしている。極くわずかが肉体をも使う。

基礎訓練は選ばれた者だけが受けるのだ。そしてその中から再び厳選される。まず体力を基準にふるいにかけ、残った者を精神力のテストにかける。

試験官はＣＩＡのＯＢである。合格した者は、まずアメリカに行かされ、ＣＩＡの最下級の任務につかされるのだ。

それ以上へは、いかにに訓練とはいえＣＩＡの内部に入りこむことはできない。連絡員として、ヨーロッパ、南アメリカを飛び回るだけだ。

五年間、その訓練期が続く。終了すると日本に戻され、初めて「研修所」の任務にたずさわるのだ。

そのときにも選別は行われる。生きのびた者は、精神力に抜群のタフネスを誇る人間にちがいない——「研修所」はそう判断する。

しかし精神力とは決して堅牢《けんろう》無比なものではない。絶え間なく傷つき疲れていれば、やがては崩壊する。

私がそれを証明した。


午後十時、私はポルシェを「ルピナス」のあるビルから数十メートル離れた地点に止めた。正確には恭子のシトロエンの二十メートル後方だ。

市の中心部であり、繁華街から一キロと離れていないにもかかわらず、交通量は激減していた。見張っているビルでも看板に灯が残っているのは「ルピナス」だけである。

「ルピナス」の営業時間は午後十一時までとテーブルのメニューに記されていた。

最善とはいえない車上の監視を行ったのは降り続いている雨のせいだった。

十一時きっかりに看板が消え、十一時半に恭子がビルの入り口に現われた。小走りでシトロエンに乗りこむのを見送り、エンジンを始動させた。

シトロエンが発車し、ウインカーを点滅させて右折態勢に入るのを見届けた上で発進する。尾行するには交通量が少なすぎるのだ。

交通量の多いメインストリートに入ると、私は加速した。東西にのびる幹線道路を彼女は東に向かっている。

しばらく走ると、再び右折し、南下した。

片側三車線の広い通りを走っている。大きなマンションやしゃれた外観のビルが増え始めた。やがて大学キャンパスらしき地区を左手に見た。なおも南下する。

不意にシトロエンは左ウインカーを出し、細い上り坂を上がった。気づかれたとは思えないが、一度その道を通り過ぎて、車を止めた。

上り坂の中腹に、磯の住居とは比べものにならない高級なマンションが建っていた。その中にシトロエンは吸いこまれた。

私は逆走し、左折した。

一階が広い駐車場になっている。十数階建てで、二棟。部屋数は二百を越えるだろう。

敢《あ》えて危険を冒し、駐車場に進入した。

中央通路を隔てて二列に車が並んでいる。入ってすぐ右側の手前にシトロエンを見つけた。左奥がエレベーターホールで、蛍光灯《けいこうとう》の明かりで歩いてゆく恭子の後ろ姿が見えた。

通路の一番奥にポルシェを突っ込むと、停車させた。ルームミラーでは彼女が何階に昇ろうとしているか確認できない。苛立《いらだ》ち、車を降りようかと迷った。

そのとき、一台の車が駐車場に入りこんだ。急停止して、後部席から二人の人間が飛び出した。運転席には一人が残り、エンジンは吹かしたまま、ドアも開け放している。

振り返った私は、その二人が毛糸の頭巾《ずきん》をすっぽりと顔にかぶっているのを見た。二人ともジーンズをはき、長身で布製の袋を下げている。

エレベーターに乗りこみかけていた恭子の腕を先に辿《たど》りついた方の男がつかんだ。もう片方が布袋から取り出したものを見て、私は車を飛び出した。

イスラエル製のウージー短機関銃だった。

9

飛び出してまず頭に浮かんだのは花井の言葉だった。

『奴《やつ》らと渡り合うのなら、そんな豆鉄砲じゃどうにもならんぜ』

横に並ぶ駐車の列を隔てて、三人との距離はほぼ十メートルといったところだ。

最初に私の姿に気づいたのは、恭子をひきずっていこうとした方だった。腕を離さず、仲間に目配せした。ウージーを構えた相棒は気づくと、威嚇《いかく》するように銃口を振りあげた。反射的に身を低くしながら私は叫んだ。

「何をしている！　その人を離せ」

声が天井の低いコンクリートにはね返った。覆面《ふくめん》ごしに私たちはにらみあった。

撃つべきか迷っているようだ。

恭子を押さえていた男が不意に何か叫んで、恭子の体をその相棒につき飛ばした。言葉は日本語でなく、鞭《むち》のように鋭く響いた。

彼の意図《いと》は明白だった。私はジャンパーの内側から拳銃《けんじゅう》をひき抜いた。

男の目が頭巾《ずきん》にうがたれた穴の中で真ん丸くなるのがわかった。ブルーの瞳《ひとみ》だ。

エンジンをかけていた彼らの車の運転手がそのとき叫んだ。今度ははっきりと聞きとれる、ドイツ語だった。

どうやら、戻れといったらしい。私と恭子にウージーを向けたまま、じりじりと後退《あとずさ》りし始めた。

「恭子さん、こちらに来るんだ」

私がいうと、恭子は驚いたように私を振り返った。

「彼女を離せっ」

私は拳銃を振ってみせた。

実際に撃つ事態にならぬよう、祈っていた。一見、拮抗《きっこう》しているかのように見える私と彼らの関係は、火力において歴然の差があるのだ。

恭子が手前の男から身を振りほどいたのが最も危険な瞬間だった。二挺《ちょう》のウージーの一連射は、私と彼女の体を真っぷたつに引き裂《さ》く。

恭子はしっかりした性格をうかがわせるのに充分な、小走りの姿勢で駆けてきた。

私と男たちはにらみあっていた。彼らがゆっくりと車に近づいてゆくのを私は拳銃を構えたまま見つめていた。

車に一メートルの距離まで歩みよると、二人は、パッとわかれた。

「伏せるんだ」

背後に回った恭子にいって、自分も体を低くした。覆面の男たちは、二つのドアに飛びこんだ。車はスキッド音を残して、後退した。駐車場の入り口から見えなくなったとき、まだドアは開いたままであった。

私は息を吐き出して、銃を腰におさめた。

見過ごすことはできなかった。あの中に成毛がいたかどうかはわからない。しかし、彼女を誘拐《ゆうかい》しようとした彼らの目的が身代金《みのしろきん》でないことだけは確かだ。

振りかえると、恭子が喘《あえ》ぐように息をついて、私を見つめていた。

「あ、ありがとう。助けていただいて。刑事さん？」

私はかぶりを振った。

「君にとって本当に救い主になれるかどうか怪しいところだ」

「………？」

「私は君を尾けていたのだ。君が磯建二に会うのを見届けるために」

恭子は瞬《つ》きすると、私を見た。

「あなたは、昼間お店にいらしていた……」

「そう。磯建二に会うのが目的で、今朝、東京からやって来たんだ」

なぜ、とは問わなかった。

「今の連中が君をどうするつもりだったと思う？」

彼女の顔が強張《こわば》った。私が「ルピナス」を訪れたのは十二時間近く前だというのに、彼女の化粧は、乱れてもおらず朝と同じみずみずしさを保っていた。

「多分、あなたと同じなのでしょうね」

磯は何かを感づいており、それを彼女には隠さず話しているようだ。

「ここにいては安全とはいえない。彼のところに案内してはいただけないだろうか。私は加瀬という。決して君や磯建二に、危害を加えるつもりはない。ただ彼と会って話したいのだ」

「でもあなたはピストルを持っている」

「君たちに対して使うためじゃない。それに磯建二氏もピストルぐらいじゃびくともしないと思うが――」

恭子の唇がわずかにほころんだ。愛している男を賞《ほ》められて喜ばぬ女はいない。

「わかりました。彼はわたしの部屋にいます。もし、約束を破ったら、彼に何かしたら、あなたを殺すわ」

私は奥歯に力をこめて頷《うなず》いた。

私達はエレベーターで六階に昇った。箱の中の彼女は少し蒼《あお》ざめ、緊張しているように見えた。無理もない。もし彼女の立場にいて、私に対しあれほど毅然《きぜん》とした態度をとれる女性がどれほどいるだろうか。

エレベーターを出ると彼女はバッグからキイホルダーを取り出した。

静かな廊下を歩くと、つきあたりの扉の前で立ち止まりインタフォンを押した。

応答を待たず、キイを鍵穴《かぎあな》にさしこんだ。

錠を解きノブを引こうとする彼女を、私は制した。

「待ちたまえ、申しわけないが先に入らしてもらう。廊下にしめ出されるのは御免だからね」

無言で頷いた恭子は身をひいた。

扉を開くと、私は室内に脚を踏み入れた。

正面に明かりのついた居間を隔てるガラス扉が目に入った。手前の左側に閉じられたドアがある。

三和土《たたき》で靴を脱いで上がろうとすると、背後から入った恭子が、

「待って」

といってスリッパをさし出した。それに目をとられたのが失敗だった。

首すじにしたたかな手刀をくらい、私はつんのめった。目前が暗くなり、衝撃が顎《あご》の骨まで伝わった。

跪《ひざま》ずき、狭い廊下で体をひねろうとしたが遅かった。いきなり素足の踵《かかと》が私の顎を襲った。首を中心に仰《あお》向《む》けに半回転して、空白が訪れた。

気づくと、木製の椅《い》子《す》に馬乗りの姿勢で坐《すわ》らされていた。背もたれに両腕を回し、ビニールコードで手首を縛られている。口中の歯《くちじゅう》がうずき、後頭部が激しく痛んだ。

顔を上げると向かいあって同じ姿勢の男が腰かけていた。ちがうのは、彼の手首は縛られておらず、左手に私の三十八口径を持っていることだ。

サウスポーか、覚えておこう。そう思って目を閉じたが、眠ることはできなかった。

「気がついたようだな。痛い思いをさせて悪かった」

低い落ちついた声だった。私は再び目を開いた。磯建二は、テニスウエアのような短パンに白いTシャツを着ていた。

くつろいだ恰好《かっこう》だ。私よりはるかにくつろいでいる。

「痛い思いをさせたくなかったら喋《しゃべ》らんでくれ、響くんだ」

言葉を発音して後悔した。痛みが増した。特に濁音がひどい。

陽にやけたたくましい手脚をしている。ヒゲの上の鼻すじは通り、眼元に優しげな笑い皺《じわ》があった。かなりの男前だ。

私はゆっくりと首を回し、呻《うめ》き、吐《と》息《いき》をついた。

「まだつながっている。よかった」

「ずい分道場に通ってなかったんだ。加減したつもりだが、思ったより強く入ってしまったようだ」

のんびりとした声音で答えた。藤野も、強《したた》かな男だといっていたのに、充分注意をしなかった私が悪いのだ。

目を閉じ、いった。

「拳法《けんぽう》か。合図があったんだな。そうだ、彼女はインタフォンを押していた」

「そうだ。話は聞いた、恭子を助けてもらったそうでありがとう」

「いや、礼をいわれる立場じゃないようだ。だが、あんたにそいつを使う気はなかったんだ。この状況じゃいよいよ信じてもらわなきゃならない」

苦労して目を開くと、ヒゲの下の唇が苦笑していた。

「加瀬さんと名乗ったそうだが、証明するものは何も持っていなかったな」

「少なくとも刑事じゃないことはわかって貰《もら》えたかな」

「どうかな。このての銃はよく持ってるぞ、連中は」

さほど興味がなさそうに手にした拳銃に目を落とした。体を鍛え、武術に傾倒する人間は、往々にして飛び道具を軽蔑《けいべつ》するが、磯にもその傾向があるようだ。

部屋の中は静かで、目の届く範囲に恭子の姿はなかった。私が見てとれるのは左側の壁ぎわに置かれたサイドボードと、磯の背後の白壁にかかった青銅の大きな姿見だけである。

「そんな連中のことより、恭子さんを誘拐しようとした奴らのことを考えた方がいいぞ。ドイツ語を喋《しゃべ》り、ウージー短機関銃を持っていた」

「わかっている。それに一人は女だったそうだ。恭子を連れていこうとした二人は外国人のアベックだということだ」

「運転手はどうだ？」

「見えなかったらしい」

私もそうだった。フロントグラスに蛍光灯が反射して、ちょうど顔のあたりが見えなかった。

「何者かはわかっているんだな」

私はいった。磯は頷《うなず》いた。むっつりとした表情になっている。

「あんたの意見を訊《き》こうか、加瀬さん」

「バーダーマインホフだと思うね。おおかた、成毛にでも頼まれたんだろう。あんたの居所を探りだして消してくれ、と」

「わかってるじゃないか」

「よしてくれ。私はあんたの生徒じゃないぜ」

頷いて私を見つめた。

「東大や早慶を狙《ねら》うには薹《とう》がたっているようだ」

「狙っているのは成毛泰男だ」

「彼をどうするのだ？　捕えてぶち込むのか」

「殺したいのだ」

驚いた様子はなかった。目を細め、Tシャツをたくしあげると、平べったい腹と短パンの間にはさんでいたショートピースの箱をとり出した。

一本くわえ、吸うかというように私を見た。もっと軽い方が良いのだが、贅沢《ぜいたく》はいえない。

くわえさせてくれ、私には見えない位置から卓上ライターを取って火をつけた。

「あんたモサドか」

「ちがうといっても信じないだろうが、ちがう」

頷いたが、どちらに対してそうしたのかはわからなかった。

「情報機関は関係ない。これは彼に肉親を殺された人間の個人的な復讐《ふくしゅう》なのだ」

「あんたの肉親か」

「いいや」

目が少し険しさを帯びた。

「雇われたということか？」

「そういうことになる」

「金で雇われたヤクザなんかに成毛は殺せん。考え直した方がいいな、あんたの雇い主は」

「ヤクザではない」

「と、思うがね。プロの殺し屋というのは信じる根拠がない。海の向こうの話なら別だが……」

「あんたは成毛をどう思っているのだ。今でも同志だと――？」

小さな木の灰皿を右手で、私の口元にさし出した。私は灰皿のへりに煙草の火先をこすりつけ灰を落とした。

「いや。思っていたらここにはいない」

「彼が日本に来ることを知っていたのだな」

「警告してくれた人がいたんだ。おそらく俺《おれ》を処分しようとするだろう、と」

「その警告してくれた人物には、成毛を止められなかったのか」

「そんな立場の人物じゃない。第一、成毛は誰《だれ》にも止められない」

私の口から短くなった煙草をもぎとり、灰皿に押しつけて、磯はいった。

「ということは殺される覚悟をしているということか」

「今の生活は気に入っている。出来の悪い高校生に数学を詰めこみ、週に一度、テニスかゴルフをやる――」

「おまけにあんなに素晴《すば》らしい恋人がいる。大した女性《ひと》だ」

「成程、ヤクザじゃないようだな。ヤクザは女に人権を認めない」

「そうでもないさ、見知らぬ人間は何人刺せても、女房の頰《ほお》ひとつ張れなかったヤクザを私は知っている」

磯は苦笑をうかべた。

「あんた、なかなか面白い人間だな。殺し屋には見えないが」

「誰も殺し屋だとはいってないさ」

私はゆっくり背を反らした。ニコチンがきいたのか、時間がたったせいか、ようやく顎《あご》と首がつながり始めた。

「窮屈だろうが、もうしばらく辛抱して貰《もら》おうか」

「あんまりのんびりはしていられない。さっきの連中がいつ戻ってくるとも限らんぜ。第一、よく彼女のことを調べ上げたもんだ」

「私立探偵でも使ったのだろう」

「或《ある》いは、あんたに警告をした人間から聞いたかだな」

「アカは嫌いなのか」

厳しい表情でいった。

「公安刑事じゃない、といった筈だ。あんたをスパイにしたてる気はない、囮《おとり》に使うつもりもない。ただ、成毛について教えてくれれば良いんだ。奴《やつ》がどんな人間で、どんな手段を好むかを。そして、もし在るなら、奴の弱点を、だ」

「ひとつだけ教えてやれる。成毛に弱点はない。あいつは完全主義者だ。あいつが単独で行動する限り、失敗はありえない」

「おそろしく冷酷だ、ということだが……?」

磯は煙草をチェーンスモークして煙の行方《ゆくえ》を目で追った。天井から球形のペンダントが下がっている。

「大げさな表現は好きじゃない。だが、こういえる。もしあんたが、畜殺場で牛や豚を殺す機械を見学したとして、その能率的な手際《てぎわ》の良さに対し、冷酷という表現を使うかね」

「おそらく使わんだろう。成毛は機械のようだ、というのか」

「誰かのロボットだという意味ではない。奴にはメカニズムがあるんだ。確実に、目的に向かうメカニズムだ」

「興味があるな」

「あんたは一体、どういう人物なんだ」

「君たちの敵にはならない。もし必要なら謝礼をする用意もある。私がしたいのは、成毛泰男と――」

いいかけてためらってしまった。後を磯がひきついだ。

「対決する？」

「そうだ」

「自信があるのだな」

「今、失いかけている」

磯は立ち上がった。私の後ろに回りこみ、ペンチを手に現われた。

「自分で切れるか」

「無理だ。痺《しび》れていて感覚がない」

私は首を振ってみせた。拳銃を左手に持ったまま、右手のペンチで私のいましめを切断した。

「まだしばらくは預かっておく。取り戻そうとはしないでくれ」

鼻先に銃口をつきつけていった。私は頷《うなず》いた。

「どこかに避難した方がいい。彼女もだ、存在を知られた以上、店に出るのも危険だ」

「一生逃げ回ることはできん」

口元をひきしめて磯はいった。

「なぜ成毛はあんたを狙《ねら》う？　あんたを恐れているのか」

「危険視していることは確かのようだ。だが十年もたって仕掛けてくるとは本気では信じられなかったよ。部屋を出てここに来た時も、半信半疑だった」

「今は信じている筈だ。恋人が銃を持ったグループに襲われれば、どのような疑いもけし飛んでしまう」

「だが奴がなぜ今頃になって日本に戻るのか見当もつかん」

「ベン・ラファエル大佐という男を知っているか」

「いや、何者だ」

「モサドの幹部だ。もうすぐ会議のために日本を訪れる。一昨年、パリで成毛和男を殺した作戦の指揮をとった」

「和男を殺した⁉ そうか、そうだったのか」

私が手首を交互にマッサージしていると、磯はいった。

「和男は気の小さい素直な奴だった。アジトに来ても、いつも見張り役とか、大した任務を与えられなかった。兄貴の成毛を崇拝していた」

「…………」

「その会議というのはいつだ」

「六月一日から始まる」

磯の目が輝きを放った。スポーツマンタイプの風貌《ふうぼう》に隠された鋭い頭脳が回転を始めたようだ。

「とすれば、成毛はもう日本に潜入している」

「どこにいるか心当たりは？」

「あるわけがない」

「あんたに警告した人間はどうだ」

「関係ない」

「成毛はどんな男なのだ？」

首をわずかに傾けて私を見つめた。

「何を知りたいんだ」

「すべてだ。おそらく整形もしているだろう、指紋も外見も変えている筈だ。それでもあんたなら見抜くことができるにちがいない。あんたにできるからこそ、成毛はあんたを狙《ねら》わせたのだ」

「俺《おれ》が体制に寝返るとでも思ったのか、そうじゃないな。奴のことだ、一パーセントの危険も回避しようとしたに過ぎない」

「成毛はそんなに簡単に人を殺せる男なのか……」

私を凝視して、やがて磯は嘲《あざけ》るようにいった。

「成程《なるほど》、確かにあんたには成毛がわかっていないな。無理もない。この日本で奴という人間がわかっているのは極くわずかだろう。公安の、奴を追っかけている刑事にすら理解できていないのだからな」

「私に君のことを教えてくれた人物は、私と成毛なら良い勝負だろうといった」

「ほう。誰だ、いや待った。その前にここを出よう」

「恭子さんをどうするつもりだ」

「あんたと俺で、まず安全な場所に送り届ける。話はそれからだ」

待っていてくれ、といい残して磯は、隣の部屋に消えた。私はジャンパーのポケットを探った。入れておいた筈の煙草が消えていた。

後ろを振り向くと楕円形《だえんけい》の木のテーブルがあり財布と一緒に持ち物が並べられていた。それらをしまいこみ、一服つけた。

隣室で小声のやりとりをしているのが聞こえたが、内容までは聞きとれない。女性の住居にしては装飾が控え目だが、調和がとれている。美しく、勇気もあるが、ある意味では三津子とは対照的な女性だ。

育ちの良さが、恐れを持たせない、といった感じである。おそらく三津子とは全くちがう環境で育ったにちがいない。

結婚というありきたりな手段をとらずに、恭子のような女性を傍《かたわ》らに置ける磯に羨望《せんぼう》に似た気持ちを覚えた。

磯が自分のすべてを包み隠さず彼女に話していたことは想像にかたくない。恭子にしても、それらの事実が過去に存在するものである限り、自分たちをおびやかすとは思わなかったのだろう。

今夜までは。

今夜、過去が突然蘇《よみがえ》り、二人の生活に血腥《ちなまぐさ》い風を吹きこんだのだ。その風の中に、私という男も含まれている。私もまた、手段として、磯を利用しようとしているのだ。そして私のような存在が生じるのを見こしたからこそ、成毛は磯を抹殺《まっさつ》しようとはかったのである。

扉が開き、小さなバッグを下げたパンツスタイルの恭子と、着替えた磯が現われた。

磯はジーンズに、白のポロシャツ、なめし皮の薄いジャンパーを着けている。長身で、背恰好《せかっこう》のある二人は写真の中のモデルのように際立って見えた。

恭子はやや疲れているように見えた。私の視線に気づくと早口でいった。

「ひどく痛みます」

「もう大丈夫だ」

「わたし……」

「恨んじゃいない。少なくとも君は」

おやおやというような表情を磯はうかべた。恭子の面には、心配と緊張の表情が混じっていた。怯《おび》えの色はない。

大した女性だ、もう一度思った。

「あんたは車で来たのか」

磯が訊ねた。

「下の駐車場にある」

「わかった。俺《おれ》たちの車についてきてくれ。もし変な車がいるようだったら合図しろ」

「わかった」

磯は恭子の手からバッグを取り上げると玄関に向かった。

「待った」

私はいった。面倒臭げに振り向いた磯に、いった。

「銃を返してもらおう。もし危険な事態になったとき、いつどのように使うべきかは、あんたより私の方がわかっている」

躊躇《ちゅうちょ》した。

「もし返してもらったとしても、あんたと私の関係は変わらない。約束する」

「よかろう」

ベルトに差した拳銃をさし出した。銃口を前にして。私は受け取り、ホルスターに戻した。

「これからも、人に銃を渡す機会があるかもしれないから忠告しておこう。人に手渡すときはグリップを上に向けてさし出すもんだ。さもないと撃たれるぞ」

「覚えておくよ」

無表情に頷《うなず》くと、磯は先頭に立った。

エレベーターと駐車場は安全だった。私の車を見て、磯は低く口笛を吹いた。

駐車場には磯のと、彼女の車があったが、二人は磯のワーゲン・ゴルフで行くことにした。私は彼らの後について駐車場を出た。

車がマンションの外に出ると、私は拳銃を抜き太腿《ふともも》の下に入れた。坐《すわ》った姿勢ではその位置の方が扱いやすいのだ。

時計は午前二時四十分をさしていた。

10

恭子を襲い拉致《らち》しようとした三人組のすべてが外国人であったとは考え難かった。彼らのうちの銃を持ったアベックがバーダーマインホフの活動家であり、運転手が彼らをアシストする日本のシンパであろう。成毛の計画を側面援護するために二人は来日したのだ。

ということは、当日あの二人が囮《おとり》となって暗殺の陽動作戦を展開する可能性もあるということだ。これは覚えておかなくてはならない。

磯と恭子の乗ったゴルフは市内を北に向かっていた。道路の両側は真っ暗で、たまに一、二軒、終夜営業の喫茶店らしきネオンが目につく程度である。都市の規模の割りには、娯楽の要素に乏しい街のようだ。

通行する車の数もめっきりと減っており、タクシーの空車すら目につかない。これでは尾行する者は苦労することになるだろう。

ゴルフはかなりのスピードで飛ばしていた。五十キロの制限速度を、三十キロは上回っている。無論、そんな状態でも、私の運転する車が楽々と追尾できることを、彼は知っているのだ。

磯の口振りは、成毛が日本を脱出して以来、顔を合わすことはおろか、連絡すらなかったことを匂《にお》わせていた。にもかかわらず、なぜ成毛は、恭子を、そして磯を狙《ねら》おうとしたのだ。

私は磯に、彼ならば成毛の偽装を見抜ける筈《はず》だ、といった。しかし、活動を離脱したとはいえ、磯があっさりと警察のスパイに仕立てられるとは、成毛も考えてはいないであろう。そしてなによりも、警察が最初から成毛をマークするとは、本人の成毛すら考えない筈なのだ。

成毛は全世界の司法機関の追及をかわし続けてきた男である。モサドにしても、彼を仕止めようと試みたことが一度ならずあるにちがいない。

それだけのテロリストがたとえ別グループを使うとはいえ、なぜ危険をおかそうとするのだろうか。

成毛が磯を消そうとはかるかもしれない、という私の考えは磯の存在が、成毛にとって危険なものになるという可能性から出発している。そして、それは私という攻撃者側の視点なのだ。成毛は私の立場ではない。

即《すなわ》ち、成毛が磯を消そうとするには、それだけの理由が必要なのだ。ただ単純に磯が成毛の偽装を見抜く能力を持っている、というだけではない、成毛の側の理由が。

防禦《ぼうぎょ》する側の理由——漠然《ばくぜん》と私は考えを巡らせ始めた。

磯の車が広大な造りの邸宅の前で止まったとき、とてつもないことに気づいた。

その屋敷は市の北東にあたる住宅街にあり、坂の多い一角は市でも最高級の土地である雰囲気をうかがわせた。

高い塀と、樹齢を経た大木が細い通りに濃い影を落としている。五メートルと隔てずにゴルフの後ろにポルシェをつけた私は、すぐにライトを切った。彼らをステージの上の標的として晒《さら》さぬためであった。

それはおそらく杞《き》憂《ゆう》であったろう。この静かすぎる住宅地にあって暗く灯を落とした家《や》並《な》みのどこにも、そのように邪悪な意図を持つ人間が潜《ひそ》んでいるとは考えられなかった。

車を降りると、右手に拳銃をさげながらあたりを見回した。強い花の香りと、澄んだ緑の呼吸をかいだ。

犬が激しく吠《ほ》えるのを遠くに聞いた。

通用口と覚しき屋敷の小さな門の前で、磯と恭子は手短なやりとりを交わしていた。この場に最もふさわしくない存在は私である。多分、それに気づくことができるようになったからこそ、私は合法的殺人者として不適合になったのだ。私が花井にいった、いくぶん人間に近づいたという言葉は嘘《うそ》ではなかったのである。

やがてひとつの影が通用口に消え、閂《かんぬき》の降りる音を確認した上で、残された片割れが私のそばに歩み寄ってきた。

「待たせた」

「そうでもない。これからどこへ行くのだ」

磯はきっぱりと覚悟をきめているように見えた。彼が今度、恭子に会うときは、すべてが片付いているとき——私がうまく成毛泰男を殺せたときであれば良いが、と思った。殺すことによって平和を得る人物が存在するという理由は、私にとり決してマイナスの要素ではない。

「どこへでも。あんたの行くところでいい」

磯は低い声音で答えた。

「ゆっくり話ができれば、な」

彼は恐れているようには見えなかった。事実、その通りで愛する者を巻き添えにせずにすむという考えが、彼を落ちつかせているにちがいない。

「この街で私が知っているのは、あんたの住居と、泊まっているホテルだけだ」

「ホテルはよそう。ひょっとしたら西ドイツの友好使節団と同宿しているかもしれん」

私は頷《うなず》いた。

「オーケイ、ついてきてくれ」

磯はいって踵《きびす》を返そうとした。

「この家は、彼女にとって安全なのか」

私が訊ねると、磯は肩をすくめた。

「街の土地の半分を、かつては持っていた老人が住んでいる。いまだに書生がいて、土地の博徒《ばくと》ともつながっているんだ。会えば喧嘩《けんか》をしているようだが、俺から見れば恭子は可愛《かわい》くて仕方のない孫娘なのさ」

「あんたとはあわないい爺《じい》さまか？」

彼はニヤリと笑ってみせた。

「誰《だれ》がそんなことをいった？」

「誰も。おそらく泰山木《たいさんぼく》の花だろう」

私がいうと、磯は振り返って、板塀からのぞく、夜目にも白い大輪の花を見上げた。

「そうだな。百年も前からこの屋敷に咲いてるんだ。何でも知っているだろう」

車に乗りこみ、発進した。


途中、一度だけ電話ボックスに車を寄せると、磯は電話をかけた。それから名古屋インターに向かうと、名神高速を西に向かった。

小用のため多賀のサービスエリアに立ち寄った彼に、私は行く先を訊ねた。

「比叡《ひえい》山の近くの山寺だ。中学のときの同級生がいる」

短く答えた。

長距離トラック便の他には車影の少ない高速道路を彼は飛ばした。名神に入っておよそ一時間で大津インターに到着すると、そこから国道一六一号線で北上した。途中、県道らしき道を曲がり、地図の上では京都市の東郊外と覚しき一帯を走った。

やがて比叡山を東に通りすぎ、国道二六七号線に入る。

その頃になると、ヘッドライトはもはや必要のない明るさになっていた。

午前六時に十数分を余して、私たちは、磯の目的地に到着した。そこは、アスファルトも傷《いた》んだ、両面通行もかなわない細い山道に面した寺であった。

名前は聞き覚えがないが、境内は草野球のグラウンドなら充分ふたつ入るほどの広さがあった。境内の隅に車を乗り入れると駐車した。

先に降りたった磯は大きくのびをしている。さすがに疲労したのか、頬《ほお》と顎《あご》に、無精ヒゲと相まって、うっすら脂《あぶら》がうかんでいた。両手で顔をこすり、車を降りた私を見て呻《うめ》いた。

「悪いところじゃない。ちょっと便は悪いが、食い物のまずいのさえ我慢すれば気分をリフレッシュするには最適だ」

下を向いて大きな息を吐き出すと、磯はいった。

「ここまで来る必要があったとは思えないが――？」

私は境内《けいだい》を見回していった。そろそろ読経《どきよう》が始まってもいい時間だが、庫裡《くり》には人影が見えない。

それには答えず、磯はいった。

「あんた謝礼の用意があるといったな。住職が出てきたら、とりあえず十万ばかり包んでやってくれ。坊主のくせに外道《げどう》が過ぎてここまで飛ばされた男だ。礼金を貰えばほくほく顔で雄琴《おこと》温泉にとんでいくだろう。うるさいことを訊《き》かれずにすむ」

「よかろう」

やがて作業ズボンに手拭《てぬぐ》いを下げた老人が竹帚《たけぼうき》を手に現われ、無関心な様子で境内をはき始めた。

磯はピースを取り出して一服つけると、渋い目でそれを見つめてつぶやいた。

「野郎、まだ眠ってやがるな。まあいい――」

老人に大声で話しかけた。

「爺《じい》さん、俺《おれ》だ。名古屋の磯だよ」

老人は耳が遠いのか、初めは無視していたが、気づくと歯のない口をほころばせた。

「ああ、これはどうも……」

「悪いが熱い茶を一杯いれてくれないか」

「御住職様は、まだ寝てらっしゃいますが」

「放っとけ、どうせ昼まで眠ってるだろう。それより、俺とこの人にお茶を頼むよ」

へえ、と腰をかがめた老人は、銀杏《いちょう》の幹に竹帚をたてかけた。

磯は仏殿らしき木造の平家に歩みよると、朽《く》ちかけた階段に腰をおろした。深い木立ちを見上げる。

「いま、本堂の方へ運びます」

間のびしたアクセントで老人が庫裡から顔をのぞかせ怒鳴《どな》った。

濃い緑に囲まれた境内には、それぞれの名称を何と呼ぶのかわからないが、大きな木造の建物と、小さなものがひとつずつあった。ふたつは屋根のついた渡り廊下でつながっている。本堂の裏にも建物があるようだ。

磯の腰かけている階段は小さい方の建物のものだ。私たちは本堂の階段を昇り、靴を脱いで中に上がった。

正面に三メートルほどの木仏像が安置されている。横手に回りこむと、磨きこまれた板の間があり、一段高さをちがえて、畳をしいた十畳以上の部屋があった。

写経が飾られている他は殺風景な部屋である。老人が座布団《ざぶとん》を出してくれ、私たちは向かいあって胡坐《あぐら》をかいた。

濃い緑茶を老人が運び、灰皿とともに置いてゆくと、再び掃除に戻った。

分厚い茶碗《ちゃわん》を手にとると、磯はいった。

「さてと、俺のことを誰から聞いた？」

私は煙草をとりだして、磯のひきしまった顔を見つめた。この男は、私を信頼させる何かを持っている。だが、すべて私の気持ちの中だけのものだ。はたして全面的に信じて良いのだろうか。

人を疑い続けることには飽きたのではなかったのか。この磯を信じないのならば、彼から何を聞き出そうと、その言葉にはなんの重さもないことになる。

私はいった。

「藤野という老人だ。今は白川郷にいる」

「あの右翼のボスか。成程、であんたは一体何者なんだ？」

「何者でもない。今は雇われて成毛を追っている。彼に孫を殺された老人の恨みをはらすためだ」

「藤野に、か？」

「ちがう。彼はただ、あんたについての情報を売ってくれたにすぎない」

不快そうな表情をみせた。

「俺を売ったわけか」

「あんたの命を売ったわけじゃない」

「どうかな」

脚をのばして、茶碗をおろすと磯は答えた。

「藤野にも、加瀬さんにも、成毛の本当の姿がわかってはいない。奴を仕止めるのは大変だぜ、成毛は単純な意味でのテロリストではないんだ」

「筋金《すじがね》入りか？」

磯は首を振った。

「そういう考え方をするから、誰も奴を摑《つか》まえることができないんだ。あんたは多分、成毛を冷酷な殺し屋だと考えようとしている、ちがうか？」

「そうだ」

彼は小さく頷《うなず》き、鋭い目で私の背後を見つめた。

「人を殺した経験は？」

「ある」

「何人ぐらいだ」

「六人」

「戦地で？」

「いいや」

私の顔に視線を戻した。興味を感じているようだ。

「何をして？」

「『研修所』と呼ばれる組織があるのを知っているか」

不意に合点したようだった。目を瞠《みひら》き、頷いた。

「そうか。本当に実在したのだな、あの機関が。知っているとも、帝国主義的、邪魔者抹殺《まっさつ》機関て奴だ」

「そこにいたのだ」

新たな煙草に火をつけ、抑揚のない喋《しゃべ》り方で訊《たず》ねた。

「よく辞められたな……？」

「相手次第だ。向こうが私を不要だと考えた。私を使い物にならぬと踏んだのだ」

「何があった？」

私は深く息を吸いこんだ。本堂の中は静かだった。自分の呼吸音を、大きく聞いた。

「人ちがいをした。殺すべきではない人物を殺した。家族を持つ、普通の男だった。子供が小学校と幼稚園に通っている、ありきたりの勤め人だった」

正確にいえばそれは人違いではなかった。

防衛庁内部に、東側に機密を漏洩《ろうえい》している疑いがある次官がいた。「研修所」は入念な調査を行い、クロと断定した。私に、処分命令が振りあてられた。

防衛庁上層部に圧力がかかり、次官にグアム島米軍基地を視察する任務が下った。処分をグアム島で行う計画がたてられた。

交通事故、自殺、さまざまな偽装手段を「研修所」は考えた。しかし、結局とられた方法は強盗に見せかけるという単純なものであった。当時、治安状態が低下しており、恰好《かっこう》の方法と考えられたのだ。

私は単身でグアム島に向かい、銃を運びこんだ。

「研修所」は重大なミスを犯した。

次官は自分の正体が暴《あば》かれたことを気づいていたのだ。グアムから直接アメリカ本土に向かい、ソビエト大使館に亡命をはかるつもりでいたのだ。だが、それを周囲に察知させぬため、彼はアリバイ工作をした。横浜の興信所に勤めていた元警官を雇い、いかにもホテルに宿泊しているよう装ったのである。

私が彼を処分しようと計画したのは、彼がグアムについた最初の晩であった。そのとき既《すで》に二人の男は入れかわっていた。次官は夜の便でアメリカ本土へ飛ぼうとしたのだ。深夜、私が泊まっている宿舎を出ようとする直前、電話がかかってきた。それは東京からの国際電話であり、近く本任務に就くことになる若い訓練生をさし向けるから合流して立ち会わせるように、との命令であった。

宮崎は、今回の任務をた易《やす》いものと考えており、訓練生に実地見学をさせようとはかったのだ。

私にとって一生忘れられぬ、長い夜だった。

異常に緊張した若い訓練生は命令に背《そむ》いて、支給された銃に実弾を込めていた。そして私たちを本物の強盗だと信じた身代わりの男を撃ってしまったのだ。

部屋に侵入し、男が眼を醒《さ》ました瞬間に、私は人ちがいであることを気づいていた。しかし制止する暇もなく、身代わりの元警官は私に飛びつき、訓練生は発砲した。

私はすぐに若者をホテルから引きずり出した。身代わりの男は重傷を負って病院に運ばれていった。

苛立《いらだ》ち、怒りのこもった私の報告を受けた宮崎の命令はあっさりとしたものだった。ただちに若者を日本に帰還させること、そしてすべて闇《やみ》に葬ること、である。私は意味を明確に知るために、幾度も宮崎に問い返した。深夜の国際電話で、私たちは切迫したやりとりを交わした。

病院の男が万一意識を取り戻し、自分が身代わりになった次官がソビエトに亡命したことを知れば、マスコミに政府の重大な失態を晒《さら》すことになる。従って、絶対に意識を取り戻してもらってはならない。

宮崎はそういった。私は命令を拒絶した。

私の任務は、殺人をも含む、非合法防諜《ぼうちょう》工作である。しかし、いくらなんでも傷ついた一般市民を殺すことはできない。

「研修所」アメリカ支部が翌日中に、次官を捕え、処分する予定であった。

私がやらなくても結果は同じである。「研修所」は新たな人間を送りこむだけだ――宮崎は私にそう告げた。そして、そもそもこれはお前の任務であったのだ、その尻拭《しりぬぐ》いをさせるのだ、とも。

私はその夜、宮崎を憎んだ。私は人を殺《あや》めるためにこの世に生を受けたわけではない。たまたま国のためと信じて遂行してきた任務が避けえぬ結果として殺人を生んだのだ――そう得心させてきた私の理由を宮崎は木《こ》っ端微塵《ぱみじん》に打ち砕いたのだ。

傷つき、病院で眠る一人の男に死を与えるとき、私の体は震えた。私は宮崎を、「研修所」を、国家を呪《のろ》った。

忘れつづけることが任務の条件であるとしても、その殺人だけは私には忘れることができなかった。

そして、私は私自身をも呪った。小さなミスをたてつづけに犯し、「研修所」は私を任務から外した。しかも、神経症という名目でもって、退職させたのである。

「初めて見たときに、あんたが重たい荷物をしょっているような顔をしていると思ったよ」

磯は低い声でいった。

「あんたは正当化できない殺しをやってしまったわけだ。国や法には許されても、自分では許せない殺しだ。だがたとえ、いつどこで誰《だれ》を殺そうと、殺人には変わりない。ふたつの相反する考えがあんたを痛めつけた」

「その通りだよ」

磯の目は冷《さ》め、口元はひきしまっていた。

「成毛はちがうぞ」

「『研修所』にいた人間ならわかっているだろうが、テロリストにとっては、その予謀ある殺人行為を正当化させる理由がある。テロリストはいつも戦争をしているのだ。彼らにとってテロ行為とは、戦地での戦闘行為だ」

私は頷《うなず》いた。

テロ行為とは本来集団で行われるべき「戦争」が個人、または少数グループで実行されたものである。その際のテロリストのルールは戦闘のルールだ。殺《や》らなければ殺られると彼らは考えている。

「そしてそれは原則的には正しい」

磯はいって続けた。

「多くの国家、司法機関が彼らを追及している。それらの追及者はテロリストにとっては厳しい敵なのだ。ではそういったテロリストと成毛がどうちがうか――俺には今でもいくつかアンテナがある。だから成毛がどんな仕事《テロ》をやってのけたか、いくらかは聞いている。その内容は冷酷で残忍なものばかりだ。無関係の市民を殺傷するばかりでなく、自分に援助を与えた仲間、愛人すら殺している。おそらく、あんたにとって最大の疑問は、良心の呵責《かしゃく》をどうしているかという点だろうと思うが……？」

磯は私を理解したのだ。

「多くの場合、殺人を犯した兵士は自分に理由を見出す。国家を守るためであるとか、自分の命を救うためであるとか。その点においては、加瀬さん、あんたも一個の兵士であったということができるだろう。一見平和に見える、この日本で数少ない殺人を犯した兵士だ。

テロリストもまた苦悩する。戦闘行為であるとはいえ無辜《むこ》の市民を爆弾で吹き飛ばすことにためらいを覚えぬ筈《はず》はない。冷酷非情な殺人常習者の姿は国家権力のデマゴギーが作り出し、押しつける妄想《もうそう》だ。彼らもまた、兵士として、殺人の理由を求めているのだ。

だが、根本的に成毛はそういった兵士とはちがっているのだ。本来は、不可能と知りつつ支配体制を打破しようと試み、たとえ挫折《ざせつ》したとしてもその行為の存在を認識するべきであった日本の闘士が、外国に亡命し、他国の戦闘、闘争に参戦しているという事に目を向けなければならない」

「戦争行為を楽しんでいるというのか」

「ひとつにはそれだ。思想のための闘争ではなく、闘争のための闘争という輪に、奴ははまりこんだ。それは決して脱《ぬ》けられぬ輪だ」

　私が第一に考えた成毛の姿であった。

「だが、もうひとつ最も重大な問題が残されている。成毛の闘争とは、一体誰のために展開されているのか、という点だ。日本か、アジアか、それともアラブ、国を逐《お》われた難民のためか。そうではない、俺《おれ》が奴《やつ》を危険だというのは、即《すなわ》ちここにある」

　磯はいったん口を閉じ、私を見すえた。

「さっき俺はあんたをも、国家に殉ずる兵士だといった。パレスチナゲリラの大半もそうだ。たとえ向かい合っていても、闘争の原点は殉ずる対象そのものにある。だからテロリストとはいえ、多くは殺人者の苦悩から救われる。だが成毛にはそれはない。少なくとも奴の外部には、な。奴が殉じているのは奴自身だ。いいかえれば、奴は兵士ではなく、一個の国家なんだよ、加瀬さん。

　戦って、戦いつづける国家なんだ。だからたとえ誰を殺しても奴に冷酷という言葉はあてはまらない。かつて幾多の人民の血を流した戦争において、その当事国を冷酷だと非難した者はあったか？　殺戮《さつりく》を犯した兵士を、あるいは決定を下した軍司令部を残忍だと非難する声はあっても、参戦した国家自体を誣《そし》いと謗《むご》った者はいたかい？　あたり前のことだ。国家は集合体だ。そこにあるのは集団の意志だ。為政者の意志であると同時に、その為政者を選んだ国民の意志であるからだ。

俺が成毛泰男をメカニズムといったのは、まさにその点なんだ。奴は戦う国家だ。そして、奴が倒れぬ限り、その国家は消滅しない。いつ、どこにいても、成毛泰男は戦争をつづけているんだ」

「彼にはいかなるテロリストの論理も通用しないといったのはそういうわけだったのだな」

私は静かにいった。磯は頷《うなず》いた。頰がいくぶん赤らみ、目が輝きを放っている。

「そうだ。だからこそ、どの国のどんな支配者にとっても奴は危険なんだ。ある意味ではアナーキズムにも近いその存在それ自体が、危険なんだよ」

「すべて敵ということか」

「そう。敵でない人間でも、味方とは決して奴は思わないんだ。俺が奴とやっていけなくなったのはまさにそこのところだった」

「だが、それだけで彼があんたを狙《ねら》う理由にはならない。十年以上もたった今、なぜ敢《あ》えて危険を冒してまで殺そうとするのか、思いあたる点はあるか」

磯の目が冷め、視点が降りてきて、私の面にすわった。

「考えていたよ。名古屋を出てからずっとな……」

「で、わかったのか」

「と思うがね。あんたは？　加瀬さん」

「私も、名古屋をたつ直前に気づいたのだ。とてつもない話だが、どうやらそうとしか考えられない」

磯は幾度も頷いた。

「それがあんたにわかるという点において、成毛は正解を得ているんだ」

深く呼吸すると、彼はいった。

「成毛は敵の存在を知ったんだ。テロ行為における敵ではなく、まっこうから自分を捉《とら》え消滅させようと目論んでいる強力な敵の存在だ――つまり、あんただ」

11

私たちはしばらく無言だった。やがて私はいった。

「しかし、成毛はどのようにして知ったのだ？」

磯は首を振った。

「それはわからん。奴の闘士としての直感か、あるいはあんたの側に、裏切った者がいたのか。いずれにしても奴は現在、日本のどこかにいて、奴ひとりの戦闘行為を楽しんでいる筈だ」

「ラファエル大佐に対する復讐《ふくしゅう》をあきらめるだろうか」

「それはありえない。同じ戦争として奴はとらえる筈だ。そう、いってみりゃきまった国家間で行われる局地戦だ。戦地が東にあるのか、西にあるのかといった程度に過ぎない」

「彼には不安はないのか。戦争に負ける、という」

「敗戦したとしても存在を失った国家は少ない。奴にとって敗れることに対する恐怖はその程度だと思うね。完璧《かんぺき》な計画をたて、実行することにのみ、奴は存在を賭《か》けている」

「ひどく危険なようだな」

「あんたも俺と同じぐらい、いやそれ以上に危険だ」

「成毛をどうやって見分ける。彼には変えられない特徴はないのか」

私はわずかばかりの期待をこめて訊ねた。しかし磯の答えは私を失望させた。

「ない。少なくとも、消せないような傷跡やアザの類《たぐい》はない。整形して顔も変えているとなれば尚更《なおさら》だな」

「そうか」

磯は口をつぐんだ。だが、思いついたようにいった。

「それでも奴が俺を危険視したということは、あんたが俺から得る情報をもって、奴を消滅させるかもしれないと考えたからだ」

「あんたには何がある？　成毛がラファエル大佐の命を狙う手段や、日本での協力者に思いあたる点はどうだ？」

「そんなものはあるわけがない。もし俺に思いあたる人物がいれば奴が近づくわけがないさ」

その通りだ。そして成毛が使う手段として唯一、考えうるのは自分の身を決して危険にさらさないという一点だけだ。

「ではなぜ、私をあんたに近づけまいとした？」

磯は考えをまとめるように、ゆっくりと喋《しゃべ》った。

「これは途方もない仮説だが……。あんたはプロとしてまず最も適切な手段を選んだ。つまり、標的である敵——成毛を知ろうとした。俺を通じてね。次にあんたが知ろうとするのは、成毛がとる方法にちがいない。あんたが奴のことを、間接的にせよ知れば知るほど、あんたは正解に近づくことになる」

「そうだ」

「俺は思うのだが、加瀬さん、あんたは奴を見抜くかもしれない。奴の持っている闘争心、危機感、何でもいい。外見には表われない、奴の何かを見抜くことによって、成毛の化けの皮を剝《は》ぐかもしれん」

「気休めにはならんな」

私は首をふった。

「いや、これは決して気休めなんかではない。あんたが兵士としてプロの部分をまだいくらかでも持ち合わせている限り、それができるんだ。なぜなら、あんたもまた人殺しだからだ」

　そっくり同じことを出雲老人も私にいった。それは、とりも直さず私が出発点に戻ったことを示唆《しさ》している。

「よかろう」

　私は内心、溜息《ためいき》をついていった。

「やってみる他はない。ニュースに注意しておくことだな。会議に前後して、私と覚しき男の死体が見つかった、ということにでもなれば……」

「わかっている。その時は、国家権力に泣きつくか、念仏でも唱えることにしよう」

　私は微笑《ほほえ》んだ。

「国家権力に、橋本というしぶとい警視がいる。おそらく、その気になれば頼りになる男だ」

「あんたは泣きつかないのかい、加瀬さん」

　私はぎくしゃくする体を立ち上がらせ、答えた。

「泣き方を忘れてしまったようだ。誰かに助けてくれとせがんでから、もう随分たつような気がする」

　磯は笑《え》み返した。

「日和見《ひよりみ》主義者にいわせれば、簡単なことさ、わけはない」

おそらくそうだろう。だが、最後に泣きついてから私は荷物を抱えこみすぎている。その重みが、私を許さないのだ。

私は彼に、自分の心の裡《うち》にあって大きく重力のバランスを崩していた、過去を話した。それによって彼の口を開こうとしたのではない。

おそらく私は自分でも気づかぬうちに、人を二種類に区分してきたのだ。するべきではない殺人を犯した人間と、そうではない人間に。殺人というものに全く無縁な人間、あるいは戦闘で殺人を犯した人間は後者に属する。

私がグアムで「研修所」の主張する国家利益とは本来無関係であった人間を殺したときから、私は決定的に前者の立場に立っていた。

殺人に償いはない。

どれほど苦悩し後悔しようと、生き続ける限り、償うことはできないのだ。

私は、自分を汚れてしまった人間だと考えてきた。治療が不可能な伝染病の菌に汚染された人間のように、二度と元に戻ることはできないと考えてきたのだ。

「研修所」をやめてからその思いはより強まっていた。自殺を考えたことはない。自分を罰しようという考え方とはちがうのだ。

あるいは自己憐憫《れんびん》に没しているかのように見えたかもしれない。「研修所」にすべての責任を押しつけ、駒《こま》として果たしたにすぎない、ということであれば、生きることがよりたやすくなる。

汚れてしまった人間が、自分を罰することを考えず、しかも生きてゆこうとするなら、今度は生きることに対しての理由を求めなければならない。実はこの半年間の生活こそ、その理由を必要とした私自身の試行であったともいえる。

殺人はあくまで殺人である。何の罪科《つみとが》もない無辜《むこ》の者を殺そうと、冷酷な殺人鬼を正当防衛のために殺そうと、人を殺《あや》めたことに変わりはないのだ。それを自らが認めなければ、生きる理由の出発点にならぬことを、私は徐々に気づき始めていた。

私が本堂から立ち去ろうとすると、磯がいった。

「人殺しにいうセリフじゃないかもしれん。だが——頑張ってくれ」

私は振り返って笑った。

「また会おう、とはいわない。だが彼女を大切にすることだ」

私が最後に泣きついた相手、三津子とは、今では恐ろしいほどの距離が開いてしまっている。しかし、それを彼に話したところでどうにもなるわけではなかった。

私は痛み、疲れきった体で名神高速に戻った。車が高速においては高い安定性を示すということだけが、唯一《ゆいいつ》の救いであった。成毛泰男というテロリストの実体を、少しでも多くつかみとろうとした私の収穫はごくわずかであった。

会えば見抜ける――磯はそういった。しかし本当にそのようなことが可能なのか。

日本人としてごくありきたりの顔をした男が裡《うち》に強烈な殺意を秘め、歩き回っている。幾多の国で三十人近い人間を殺しつづけてきた男。自分を人《ひと》ではなく、目的意識の固まりと信じている。彼に、恐れや不安はないのだろうか。自分を脅かす存在を、単に目的遂行に対する危険な要素としてしか見ないのか。

ひとつひとつの作業を入念に計画通り行う――その結果が冷酷非情なテロリストとしての勇名だというのか。

私が過去、人命を奪った者でなければ決して理解できぬ、後悔、苦しみ、罪悪感、の入り混じった感情に翻弄《ほんろう》され、現在でもその痛みを消しさることができないというのに、成毛はそれらの感情を、まったく次元の異なる立場で踏み潰《つぶ》し、無視しつづけている。職業的殺人者として、彼は私などよりはるかに有能である。

無理もない。

磯は彼を、国家とたとえた。それに比べれば、私は一介の兵士でしかないのだ。

そして、その国家は己れに敵対し攻撃する者の存在を察知している。

私は磯に、より強い協力を頼むべきであっただろうか。東京、横浜に同道し、四つの目で成毛らしき人物を捜索すべきだっただろうか。成毛についての、より細かく、より実態に即した手がかりを吐き出させるべきであっただろうか。

私にはできない。なぜなら、これは私と成毛の闘いである。一方的な攻撃ではない。

戦闘なのだ。彼を巻きこみ、恭子を巻きこむことはできない。
識している。
ラファエル大佐とイスラエル、エジプトの会議団を暗殺する機会をうかがいながら、その計画を練りながら、自身に攻撃を企てている私の存在を意識している。どこから彼はそれを知ったのか、という問題は私の中ではさほど重要ではなくなっていた。裏切り者がいたのか、と今さら慌《あわ》てふためいても始まらない。闘いはもう火蓋《ひぶた》を切っているのだ。

これは、私にとって最後の闘いである。たとえ成毛であろうと罪の意識なく狙《ねら》うことができるか不安であった私に、戦争のルールを適用することができることは、心理的に大きな余裕をもたらした。

成毛はふたつの敵を追っている。

私はひとつだ。

成毛に人を殺《あや》めることの痛みがわからなければ、それはそれである。しかし、自分の死と直面し、そこに堕《お》ちてゆく恐怖を味わわせるのは私の役目だ。

彼が私のような痛みを感じぬ限り、私は彼を憎むことができる。私であるからこそ。殺人者としての動機を、私は見出した。

名古屋のホテルに辿《たど》りつくと、眠りを貪《むさぼ》るために階上に昇った。部屋に入り、ドアをロックするとスイングトップを脱ぎ、銃を外した。薄いセーターを脱ぎ、全裸になる。拳銃を持ってバスルームに入った。

顎《あご》の下部と、首すじにアザが残っている。

首すじは生え際で、顎はひきつけることによって隠せなくもない。

目の下がたるみ、顔の下半分を濃い影がおおっていた。洗面台に銃を置き、シャワーのコックをひねった。

ぬるい湯に当たっていると、疲労と眠気が足元から這《は》いあがり全身を浸す。シャワーを止め、バスタオルで体をこすった。胸と肩についていた肉が少し落ち、腹の方につこうとしている。

敏捷《びんしょう》な動きを阻《はば》む大敵である。

濃いコーヒーを飲んで東京に戻ることを考えた。成毛を仕止めるには、今や会議団を襲おうとする彼を捉《とら》える他ない。

バスルームを出ると、東京に電話をすべくベッドに腰かけた。自分の頭の働きが鈍っていることに気づいた。ホテルから筈見の事務所に電話をすれば記録が残る。

軽い夏物のスーツを取り出すと身につけた。ぐずつき気味だった昨日に比べ、陽ざし強く、立っていても汗ばむほどの温度を戸外では感じていた。

かのマンションの地下駐車場で会ったテロリストたちは私の顔を覚えているだろうるとしても、まだ名古屋にいるとは限らない。

私にわかっているのは一人がブルーの目を持った白人だということだけだ。もう一人は恭子によれば女であったという。そうかもしれない、あのとき発砲をためらった方だ。それにしてもあの状況下でよくそこまで観察できたものだ。

私は部屋を出ると階下に降りた。電話もあったが、ひどい空腹を感じていたのだ。拳銃は部屋に置いて出た。食事と電話には不要の品である。

筈見は事務所にいた。

「どうでした、何か手掛かりは……？」

訊《たず》ねた彼に、私はホテルの外の電話ボックスから今までの経緯を話した。ホテルに出入りする人物をひと目で見てとれる位置だ。

私の話を聞いて、筈見は失望し、驚いた。

「では、私たちの計画を成毛が知っているというのですか。まさか――」

「確実とはいえません。しかし磯の口を塞《ふさ》ごうとした動きから見て、彼は自分を狙う存在に気づいているようです」

「ですが、どうして……」

「ひとつにはこういう理由が考えられます。成毛は、日本でイスラエル、エジプト会議が開かれるとの情報を入手した。それは出雲会長による意図的なリークであった、ちがいますか？」

「……気づいていてらっしゃいましたか」

私はむし暑いボックスの中で皮肉な笑いをうかべた。

「彼としてはどうしてもラファエル大佐を殺したかった、だからこの情報にのったわけですが、その前に出処を探った筈《はず》だ。それはどこです？」

「出雲興産のクウェート支社です」

「おそらく、そのあたりをたぐって自分が去年殺した人物に思いあたったのでしょう」

「しかし、それならば罠《わな》と知って日本に来ることになります。そんな危険をおかすでしょうか。日本に来たという証拠はないのです」

「今はあります。もし、彼が日本に居ないのならば、磯を狙わせるような無駄な動きをしない筈です」

「成程。ではいよいよ加瀬さんにとっては難しくなりますね」

「その通りですね。それより、せっかく投資していただいた二千万を有効に使うことができなかったのを、あやまらなければならない……」

「その必要はありません」

彼は早口でいった。

「すべて投資が生きるかどうかは結論にかかっているのですから」

ある意味では筈見の言葉は正しい。私は、彼がどの程度、警察から成毛の資料を手に入れられたかを訊《たず》ねた。

「申しわけありません。成毛についての資料は一切、加瀬さんのおっしゃられた橋本警視に握られているようなのです」

　やはり正解に到達したのだな、私は思った。あの冴《さ》えない風貌《ふうぼう》の下に隠した強《したた》かで鋭い警察官の本能が、私と私の目的を見逃さなかった。

「で、出雲氏と奥さんは？」

「避難されています。本当はしばらく外国にでも行かれたら良いのですが……」

　勧める同意を求めているようであった。

「出雲氏は、おそらく行かれないでしょう。すべての推移を日本にいて見届けたいのではないかな」

　筈見は溜息《ためいき》とともに言葉を吹きこんだ。

「おっしゃる通りでしょう。何をいっても無駄だと思います」

「他には何か変わった動きは――？」

「いえ、別に」

　宮崎はどうしているのだ。橋本すら私の動きに感づいているというのに、彼が盗聴器をしかけた他は、何もしようとしないのがかえって気になった。

　また連絡する、といって私は電話を切った。全身がねっとりとした熱気に包まれ、ボックスを出たときは軽い目まいを感じた。食事はホテル内のレストランで摂《と》ることにきめ、横断歩道を渡った。強い陽ざしの下では街なみが白く光っている。

　空調のきいたロビーに入ったときは、大きな吐息をついた。両肩が下がり、背を丸めてとぼとぼと歩く自分の姿が見えるような気がした。

ロビーは暗く無人で、ビニールパックによりわけられた苺《いちご》のように整然としていた。すぐ自分がいったい何を食べたいのか判然とせぬままに、エレベーターに乗りこんだ。すぐには閉じないその扉にいらつきながら、ロビー中のボーイ達の視線を意識していた。不思議なことだ。普段はその人間的存在を無視している、壁のような男たちの無言の目が、今日のように疲れ、不快な日にはひどくこたえるというのは。

最上階のレストランに入った。時間が中途半端なせいか、味のせいか、空《す》いている。入ってすぐ右手にクロークがあり、正面奥がバーカウンター、手前に四人がけのボックスがならんでいた。両側の壁はすべて窓ガラスで、煙ったような白い街を見渡すことができる。

まっすぐに歩いていった。コーヒーではない飲み物を体が要求していた。

カウンターにすわり、ジンアンドトニックを頼んだ。私のひどい顔色を見て、それが必要と思ったのか、バーテンは辛口のイギリス製ジンをグラスにつぎ、ライムを差すと、トニックウォーターの壜《びん》とともに押し出した。

グラス三分の一だけトニックウォーターをつぐと、ひと口飲んだ。最初はサイダーのような飲みものだ。だが、二杯三杯と重ねると、体全体が温かく、軽くなってくる。

そこまでは飲まなかった。一杯を時間をかけて空《から》にし、その間に煙草を一本灰にした。聞こえていなかったピアノ・ソロが耳に入ってきた。煙草を消して息を吐くと、もう大丈夫だという気持ちになった。無論、錯覚だ。

だがそれにのって立ち上がると、レストランに移動した。

空席の列に惑《まど》うことなく、中央に腰をおろし入り口に背を向けた。メニューを受けると考えずに肉料理を頼んだ。私には今、血が必要なのだ。料理が運ばれてくるまで、二杯目をすすっていた。体がわずかに軽くなったが眠気が増した。

本当の酒飲みではない。酒好きなら、アルコールが入れば目が冴《さ》える筈《はず》である。

窓外の光景は昼間であるため、酒の肴《さかな》にはならない。どこの都市であろうと、眼下にひろがる夜景は最も安直な酒肴《しゅこう》になるといってよい。

「よろしいですかな」

背後に人の気配は感じていたが声を聞くまでは振り返らなかった。振り返り、酔いがさめ体が重くなるのを感じた。

「奇遇だ、どうぞ」

私が答えると、橋本はボーイの手を借りずに椅子《いす》をひいた。同時に料理が運ばれてくる。

「昼間からずい分へビイなものを召し上がるのですな。私は飲み物を。酒は飲むと顔に出るたちですから、オレンジジュースでも貰《もら》いましょう」

橋本はメニューを断わると快活にいった。淡いブルーの洒落《しゃれ》たスーツに、銀の格子《こうし》が入ったタイを結んでいる。六本木の喫茶店で会ったときが係長なら、今は部長か取締役クラスに見えた。

「今日はひとりです。どうぞ召し上がって下さい」

食欲はあらかた失せていたがナイフとフォークをとった。

「まだ私は誰《だれ》も殺しちゃいない」

橋本は微笑《ほほえ》んだ。口元の疲れたような皺《しわ》は消えていなかった。

「もしそうしていたら、こんなにのんびりとは隣にかけませんよ」

「何でも知っているような口ぶりだな」

「いやいや」

真顔になった。

「私は仕事でしてね。過激派らしいドイツ人の男女がこの街に来たという情報がありましてな」

「このホテルを調べに？」

「いや、私自身の宿舎なのですよ、ここは」

橋本はいって、露のういたグラスからうまそうにジュースを飲んだ。

「加瀬さんはいつからここに？」

「昨日からだ」

十年は前のような気がした。百年かけて往復するには比叡《ひえい》は近い。そう思ったが、いわなかった。

「で、その男女は見つかった?」

「まだですな。ひょっとしたらもう居ないのかもしれない。六月一日に備えて東京に戻ったのでしょう」

「六月一日」

「新聞をご覧になっていないようですな。横浜で会議が開かれるのです。エジプトとイスラエルの――」

馬鹿な芝居をしたものだ、そう思って舌打ちしたい気分になった。

「その連中は名古屋に何の目的で来たのかな」

「さあ、そこのところは不明なのですがね。この街には彼らが狙《ねら》いたがるものは何もありませんからな」

「しかしよく彼らが来たことをつきとめたものだ」

「密告《たれこみ》です。イスラエル製の自動小銃を手に入れた外国人アベックについての密告が本庁の方にありましてね」

密告――誰《だれ》がしたのだ。成毛ということはありえない。

「そのときに聞いた車を手配したところ、名古屋で発見されましてね」

「ドイツ――バーダーマインホフ?」

「さすがお詳しいですな。おそらくそうでしょう。私らは、日本にも協力者がいると考えているのです」

「密告者は何者だった」

「それはお答えできないのです。実際は答えたくとも答えられないのが本音でしてね。彼らに銃を売ったのだからまちがいない、確かだといって電話で話して、切ってしまった」

「逆探は？　しなかったわけではあるまい」

「公衆電話です」

「だがウージーは日本に入ってきていないと聞いたが……」

橋本は大きく頷《うなず》いた。

「そうですな。おそらくイスラエル大使館にでも行かなければないでしょう」

「左翼ゲリラがイスラエル製の銃を使ったとしても、おかしくはない」

「まったくです。ところで、いつ東京に戻られますか」

私はナイフとフォークを置いた。レストランが空《す》いていたのは時刻のせいではなかった。どのみち、これ以上入るとは思えない。

「わからない。しばらくぶらぶらしようと思っている」

「うらやましいですな。出雲興産への就職はまだ……？」

「来月の中頃だな。それまでは浪人中だ」

「どうやら、今日お芝居の幕をおろすのは私の役割のようですな、加瀬さん」

私が食べ終わるのを待っていたように、礼儀正しく煙草をつけて、橋本はいった。

「あんたの狙《ねら》いはわかっている。国際指名手配のテロリスト、成毛泰男だ。成毛は昨年、ベルギーで出雲昌平氏の孫を殺している。あんたは出雲氏に雇われて、成毛を殺すことを請け負《うお》った。ちがいますか？」

「私がそうだと答えると思うかね」

「思いませんな。成毛とバーダーマインホフはつながっているとこちらは考えている。そのバーダーマインホフの二人組が名古屋に入ったとの情報を受けて駆けつけてみると、加瀬さん、あんたがホテルのレストランで飯を食っている。これは誰も偶然だとは思わない。もし偶然だと考える刑事がいたら、そいつは明日からでも交番勤めに逆戻りした方がいい。私は年でしてね、ハコ番で一晩中立っているのは、もうこたえるんですよ」

「それで……？」

「そう、それでなんだ。あんたはそうやって平然としている。あんたはきっと今は、ペーパーナイフ一本身につけていないからそうやって平然としていられるんだ。昔お馴染《なじ》みの職質を今ここで私がやったところで、あんたの体からは何も出てきやしない。ひょっとしたらあんたの部屋には、空気銃ぐらいは置いてあるかもしれん。だがそれを調べるには令状がいる。あんたはその間に、そいつをどうにでもできるわけだ」

橋本は身をのりだし、顔を合わせんばかりにして喋《しゃべ》った。

「どうしてそんなにいきりたっている？　この暑さが気にくわないのか」

「元々ね、お喋りなんです。それともうひとつ」

口を閉じて、ジュースを飲み干した。上衣からハンケチをとり出すと、丁寧に掌《てのひら》と額《ひたい》をぬぐって続けた。

「なぜ私がここで手札をさらしたと思います？　成毛の一件はね、もう私の手元にはないんですよ。どこかにさらわれちまった。それも内調なんてお上品なところじゃない。加瀬さんもよく御存知のところですよ。『研修所』だ。だがね、このバーダーマインホフの連中を追う分には私の職域は侵されないですから、わざわざ新幹線に乗ってやってきたんです。成毛は追っちゃいかん、成毛を獲物《えもの》にするのは別のところだ、と上司にいわれましたからね。けれどこの外国人二人組を追っている限りは誰からも文句はいわれない。そして気がついてみたらきっと、横浜であんたや成毛に会うことになるでしょう。バーダーマインホフの連中をあっさり押さえる気はない、そう考えていると取って頂いて結構です。

私は、しつこいのが取り柄なんだ。さて、横浜でお会いするのを楽しみにしていますよ、加瀬さん」

財布を抜き出すと千円札を勘定書きの下にはさんで、橋本は立ち上がった。

「あんたと会ったことは『研修所』には内緒にしておくつもりなんです。でも、宮崎さんのことだ。あんたが名古屋にいることは先刻、御承知かもしれませんな。失敬……」

ズボンをゆすりあげると歩き去った。

最初は喫茶店、二度目はレストランだった。次に会うときは、せめてバーにしたいものだ。彼を撃つ気はない。従って、もし横浜で彼と会えば、私は鉄格子《てつごうし》の向こう側に入る羽目になるのだ。そして意外なことに私は彼が嫌いではなかった。

楽しい昼食は終わった。

12

その夜遅く、私は横浜のアジトに戻った。

不可解な要素がまたひとつ増えたことが気になった。バーダーマインホフのアベックテロリストを密告した人間のことである。第一、彼らに銃を売っておいて、密告するというのがおかしい。自分の足元の草に火を放つようなものである。正気の人間のすることではない。

私には不快な予感があった。この茶番のような密告は、往々にして情報機関がとりがちな手段の匂《にお》いがするのだ。

「研修所」の構造はピラミッドを模した、典型的な縦の組織である。独特な点は、横の連絡が頂点に近い部分をのぞけば、まったくないということだ。「研修所」の各セクションがどのように動いているかを、他のセクションにいる人間が知ることはない。巨大な組織ではないが、連絡の分断によって、その許容範囲は大きい。

頂点に近い部分での他組織、たとえば警察庁、内閣調査室といったところとの連絡はある。しかし連絡は常に、受ける側に留《とど》まる。

送り出すことは決してない。公安関係のお偉方《えらがた》はそれに対して不満を表明しているそうだ。しかし、決定的に非難をする者はいない。「研修所」の存在を知った外部の人間には、常に「研修所」による監視がつけられるという「神話」が伝えられている。

橋本が、内閣調査室の人間に「触《さわ》るな」という警告を受けたのもその類《たぐい》の「神話」が元になっている。同じ政府の、類似する情報機関の人間ですら、「研修所」に未知の畏《い》怖《ふ》を感じているのだ。それが「研修所」の存続に大きな役割を果たしていることは、いうまでもないことである。

ガレージにポルシェを入れ、屋内に上がった。広い家に独りきりであることを実感した。暗く、静かで、沈んでいる。

三津子をこの家に泊めるべきではなかったと後悔した。彼女についての事柄を、私はいつも後になって悔やんでいるようだ。

日付は変わり五月二十五日になっている。あと一週間で会議団は来日する。

私がテロリストならば、初日か最終日を狙《ねら》う。初日には警護陣の不備を突けるかもしれない。最終日には、疲れと惰性が出る。

だが初日、成毛にチャンスは薄い。成田をさけ、羽田を到着空港に選んだということは、それだけホテルまでの距離を短くとり、警護を厳重にしている証《あか》しである。ホテル周辺、空港、首都高速道路での交通規制、検問はいうまでもなく、爆発物に対する警戒も厳重を極めるにちがいない。

手段にもよるが、東京、横浜を通じて宿舎のホテルを狙うのは不可能ではないだろうか。

私は地図を広げた。

五月三十一日、会議団は羽田空港に到着するや、高速一号線を北上し、交通事情に合わせて、神田橋、乃至《ないし》は一ッ橋ランプで地上に降りる筈である。当然、沿道は警官が埋めつくし、そのままノンストップでNホテルに入るにちがいない。

この間、車上でおよそ三十分といったところである。

翌日は早朝、ホテルを出発し、横浜公園ランプまで首都高速を南下する。使うのは同じ一号線であろう。警備の布陣の手間を考えても同じ道路を使用した方が手際《てぎわ》が良い筈だ。

横浜公園ランプから会議場までは、目と鼻の先である。交通規制、ノンストップを考えれば一時間もかかるまい。

会議場とKホテルは、やはり一キロとはない距離だが、警護の側が最も苦労すると思われるのは、この間の警戒である。なぜなら、この他の会議団の移動スケジュールははっきりと決まっている。しかし、宿舎に向から時刻は、会議の状況によってどのようにも変動する。その間、沿道を一日中、交通遮断し、警戒にあたるわけにもゆかない。まして、目と鼻の先には元町という繁華街がある。交通量は普段でも多いのだ。

成毛が狙うとすれば、この時だ。その日の会議が終了した時刻といえば、まちがいなく夜になっている。

標的を見誤るおそれもあるが、それ以上に警備の目をくぐりやすい。

六月二日は終日、会議である。即《すなわ》ち、そのチャンスは一日《ついたち》同様にある。

翌六月三日、会議団は、会議終了と同時に羽田に向かう。高速一号線を経て、約二十分もあれば空港に到着する。

空港内に入れば、やはり不可能となる。

そうなると、最も狙《ねら》いやすい機会とは、六月一日と二日の夜、会議場からホテルに向かうまでの間ということになる。

次にチャンスがあるのはいつだろうか。

私は煙草の量を増やしながら考えた。

警護の逆をつくという点では、高速道路上である。しかし、自身を高速道路において狙うことは不可能である。一般車輛《しゃりょう》の通行は規制されるであろうし、強行突破は危険がありすぎて成毛のとる手段とはいえない。

けれども遠距離からの狙撃《そげき》となれば、会議場、ホテル、それらの沿道といった場所に比べ、警備が絞りにくいという利点がある。会議場、ホテルの周辺部の主だった建物はすべてチェックされるにちがいない。しかし全線にのびる高速道路となるとそうはいかない。

ライフル狙撃には恰好《かっこう》の高い建物はいくらでもあるし、それらを警察がすべてチェックすることは不可能である。

だが問題はその分多い。ひとつには移動中、それもパレードではなく、高速移動中の車輛を狙撃することになるという点。今ひとつは、車輛の装甲である。乗っている車がわかったとしても、その車のどの席にいるかもわからないし、まして防弾設備のある車輛内の人間を死亡させることは難しいのだ。

最も確実な手段は、大量の爆薬をしかけ、高速道路ごと吹き飛ばすか、花井のいったように小型ミサイルを用いることである。

しかしそれだけの資材を用意するとなれば、日本では大変な困難が伴う。

成毛に果たしてそれが可能であろうか。

高速道路上を狙うということになれば、私にはお手上げである。どの地点からしかけるか知りようがないのだ。

せめてそれらしいポイントを私自身が設定してみるより他はない。

成毛を狙うチャンスは、すべて彼がいかなる手段を用うるかによって左右される。私にとって限りなくゼロに近いものになるか、1に近いものになるか、である。

成毛も、おそらく私と同様にこうして下調べを重ね、入念な準備を行っているにちがいない。彼には陽動作戦もあるのだ。

バーダーマインホフのグループに会議団を襲わせ、その避難場所を狙うこともできる。

彼の手段に合わせ、こちらも手段を考えなくてはならない。花井の手からライフルを借りることは、宮崎のマークもあり危険である。どうしても必要になれば、筈見に手配を頼むことになるだろう。

成毛はどの手を使って狙ってくるのか。

短い仮眠をとると、私は会議場のある、横浜山手に向かった。


会議場は横浜市中区のバタ臭い繁華街、元町から急な坂を上った丘の頂上にある。背後を広い「港の見える丘公園」で塞《ふさ》がれ、その向こうには横浜港が広がっている。好天だが地形のせいか風が強い。煙ったような青空の下に、決して美しいとはいえない海面がある。

倉庫群と、埠頭《ふとう》、タグボートの眺めは、昼間はむしろ艶消《つやけ》しになる。

会議場の正面は片側一車線の、バスも通る交通量の多い道路で、坂のあがりはなにあたる四差路を北に望んでいる。バス停と交番がまっ先に目につく。

交差点を西に辿《たど》ると正面に外国人墓地を見、北は「港の見える丘公園」に沿って下り坂がつづいている。

周辺は、会議場も含め、洗練された洋館風の建造物と緑が多い。会議場の面積はおよそ千二百坪、ほぼ中央に建つ、植民地形式の白い二階家がうち二百坪ほどを占めている。丘の頂上ということもあって、会議場を狙うことができる建物は限られてくる。

最も適している建物はふたつ。北側の「丘公園」に面した国家公務員共済組合の「横浜集会所」と、道路をはさんで向かいあう「横浜インターナショナルスクール」である。これらは百メートル前後の距離しかなく、ライフルを使うには恰好《かっこう》の位置だが、当然警戒も厳しくなるにちがいない。

人通りは激しい。外国人墓地の方角に向かえば、レストラン、喫茶店の並ぶ一角があるし、山手には高校、女子大が数多くある。

私はシルビアを元町商店街に駐車し、約十分かけて坂を上ると、会議場のある山手町にやって来ていた。

横浜の観光名所でもあるこの一帯を警備するのは、当局にとっては至難の業《わざ》である。しかも元町に入って知ったことだが六月二日を中心とした一週間、横浜公園と大通り公園で横浜港開港記念バザーが開催されるというのだ。これらの公園は、市庁や県庁、横浜スタジアムのある、丘のふもとのかなり離れた地点だが、期間中に、増える観光客が、元町、山手方面にまで足をのばさぬ筈《はず》はない。

元町と市の中心部は、高速道路とその下を流れる堀川で隔てられているが、距離にして一キロ程度である。

会議団宿舎のＫホテルは山手から「丘公園」沿いに坂を下り、その川を越して、「山下公園」——横浜港を望みながら西へ走った位置である。マリンタワー、県民ホール、幾つかの会館が並ぶメインストリートに建っている。

何しろやたらと学校の多い街だ。会議場と「丘公園」をはさんで建つ「大佛次郎《おさらぎじろう》記念館」で手に入れた地図では、山手に五つの中学、高校、大学があることを知った。しかもそのほとんどが女子校である。

会議場周辺警備の責任者の立場には、まちがってもたちたくない。これらの学校への通学者を規制することは不可能である。おそらく朝は、色とりどりの制服と嬌声《きょうせい》で街が埋まるであろう。

それは陽動作戦を起こし、パニックを狙うグループにとっては絶好の標的である。会議場入りをする時刻は、確実に通学時を外してあるにちがいない。

海の方角から吹きつける風が強烈で、髪を乱し、スラックスの裾《すそ》をからめた。私は「港の見える丘公園」に入っていた。

かなり広い。展望台をとっつきにおき、花壇、芝生園が随所に見られる。まだ昼を回ったばかりだというのに、カラフルな服装の若いカップルが目だった。

展望台はコンクリート製で、横に広い階段がのび、それをあがるとベンチが並んでいる。いたるところに、スプレーによる落書きがあった。

風が一段と激しくなり、私は煙草に火をつけるため海に背を向けた。花壇の側のベンチでは、まっ黒にやけた老婆がふたり、お喋《しゃべ》りに余念がない。

不思議なことだが潮の香《か》があまり強くなかった。ベンチに腰をおろし、空白の中に身をおきたい衝動に強く駆られた。

それをおし殺すと、会議場の建物の方角を見やった。建物のほとんどは木立ちで隠れる。この位置からでは正確な射撃はおぼつかない。

かなり高性能なライフルでも五百メートルの射程を越えて正確な射撃は難しい。私は手にしていた山手周辺地図を取り出すと五百メートル半径でおよその円を描いた。

山手町、諏訪《すわ》町、元町、山下町の南東の端、そして新山下の倉庫群を含む広さになる。この円が会議場からホテルまで連続する。その円内のどこにいても成毛はライフルを使えば、狙撃《そげき》が可能なわけだ。

私は地図を畳むと歩き出した。成毛のこれまでの犯歴資料と照らしあわせて、彼のとりそうな手段を考える必要がありそうだった。

それからの四日間を私は、成毛のテロ手段の研究に費やした。鶴見のアジトにひきこもり、地図と筈見から渡されたＩＳＳの成毛資料と首っぴきとなった。それは決して楽しい作業ではない。

訪れる者も、電話もない四日間、犠牲者の血にまみれた殺人の歴史に浸ったのだ。

実際、成毛は手際よくテロを行っていた。目標が要人であれ、無辜《むこ》の市民であれ、念入りな計画と準備をもって実行にあたったことを示している。

そして彼の犯行は常に単独か少数で行われた。彼が三名以上のグループで行動をおこしたのは、彼がその名を轟《とどろ》かせた一九七四年の西ドイツ、アメリカ大使館襲撃と、昨年のブリュッセル空港でのハイジャック未遂である。

アメリカ大使館襲撃の際はやはり西ドイツの過激派と五人のチームを組み、手榴弾《てりゅうだん》と自動小銃で、六人の大使館員、護衛を殺している。この後、複数の車に分乗してチームは脱出したが、うち一台が警察の検問にひっかかり、銃撃戦の末、逮捕された。乗っていたのは二人の西ドイツ人だった。逮捕といっても一人が射殺され、もう一人が病院で成毛の名を語ったのだ。その男は、計画をたてリーダーとして働いたのは日本人のナルモという男だ、とだけいい遺《のこ》して死亡した。

ブリュッセル空港での失敗は、射殺されたアラブ人のゲリラひとりが、制服ガードマンの通行指示を、警察官と見誤り発砲したのが原因であった。

このとき成毛をのぞく四名は死んでいるが、成毛一人が助かったのは、本来ハイジャックして離れる予定であったブリュッセル空港にすら、万一の場合の逃走手段を用意しておいたからである。

成毛がこれらのテロに使用した道具は、拳銃、ライフル、自動小銃、手榴弾、バズーカ砲、ナイフ、爆弾と多種にわたっている。特に爆薬の扱いに長《た》け、時限装置や、何かの刺激で爆発する偽装爆弾の製造を得意としている。

私は成毛の記録を読み進むうちに、彼の犯行の共通点にいくつか気づいた。

ひとつは再三、彼の特徴としてあげられている確実な逃走である。そして、もうひとつ、彼が複数で犯行をおこなった際、共犯者が決してその場では、生きて捕《と》らわれていないという事実だ。

犯行後、あるいはブリュッセルのときのように犯行前に司法当局者と戦闘になった場合、脱出できなかった者は必ず死んでいる。

これは何を意味しているのか。

必ずしも司法当局者に殺されているとは限らないのだ。自殺が、それに次いで多い。そして、不明の死が三件ある。成毛は脱出の際、足手まといになる仲間をも、殺している可能性がある。

最後のひとつは、彼が、どのような国でも、必ず重装備を手に入れている点だ。間に合わせの爆薬や、チャチな銃は決して使っていない。必ず、使いなれたベルギー製FALか西ドイツのG3A3といった突撃銃《アサルト・ライフル》、またはMP5などの短機関銃を用いている。

日本でも、もしそういった装備を手に入れているとすると、入手経路はバーダーマインホフの連中とはちがうはずだ。あの二人組にウージーを売った人間に関しては謎《なぞ》だが、私はその男が成毛には関係していないような気がした。

成毛は、別の場所からもっと途方もない代物《しろもの》を手に入れて会議団を襲うのではないか。そんな予感があるのだ。だがそれが何で、どのように使おうとしているのか、まったくわかってはいなかった。

13

五月二十九日の午前中に、私は筈見の事務所に電話を入れた。だが彼は不在だと、秘書の女性が応答した。いつ帰るか訊《たず》ねても、わからないという。

時間はもう余り残されていない。私は苛《いら》だち、再度、成毛の資料に目を通した。彼がいつ、いかなる手段を用いてくるか、知る手だてはそれしかない。

わかっている彼の十六件のテロ行為中、ライフルで狙撃《そげき》を行ったものが三件、自動小銃や手榴弾《てりゅうだん》などによる戦闘的なものが六件、爆弾を用いたものが五件ある。うち三件が時限爆弾による無差別テロ、残り二件が自動車と自家用飛行機にしかけられた。イグニションスイッチと気圧計に連動する仕掛けの巧妙なものだ。

全体中、残った二件が拳銃とナイフを使った「殺人」である。拳銃はアジトを提供した西ドイツ人の女性に対し、ナイフは標的とした人物が泊っていたホテルのガードマンに対し、それぞれ使われた。

昼を過ぎると私は、居間のテーブルを離れキッチンに立った。朝から何も食べていなかったため、空腹を覚えたのだ。私のさして多くないレパートリーはこの三日間であらかた出つくしていた。

インタフォンが鳴ったのはそのときだった。私は居間に戻ると、拳銃を身につけた。

応えるべきか迷った。だが相手は、この家に住人がいることを確信しているようだ。再び鳴った。

受話器をとり上げた。

「筈見です」

低い声が届いた。

「ガレージに回って。今、扉を少し上げる」

そう答えた。

入ってきた筈見は薄い茶のスーツに黄色いポロシャツを着けていたが、軽快なのは服装だけで、ひどく疲れ、長く眠っていないように見えた。目の下がたるみ、眼鏡が汚れている。

かがんでシャッターをくぐっただけで息を切らしているのは、疲労している証拠である。キッチンを抜け、居間にたどりつくと、彼はどすんとソファに腰をおろした。

「何か、飲み物を持ってこようか」

「いえ、結、構です」

私は彼の向かいに腰をおろした。襟《えり》をはだけたポロは、よく見ると汚れていた。

「何があった」

「色々なことが……」

上衣から煙草の箱を抜き出したが空《から》だった。ひねりつぶす力もなく、彼はテーブルの上に放り出した。私は自分の煙草を渡した。

それを抜くとライターを再び上衣に捜した。ライターもなかった。火をつけぬままの煙草を指にはさんで、筈見はぐったりとソファの背によりかかった。

私は住人が愛用していたとおぼしい、ダンヒルのトールボーイを彼の手元に置いた。しかし、それには手をのばさず筈見はいった。

「出雲会長が、亡くなりました」

私は無言で筈見の顔を見つめた。

「持病の糖尿病が悪化し、肝硬変も併発されたのです。今朝がた、でした」

私は煙草を抜いて火をつけた。いやな味が舌に広がった。

「三津子さんは？」

「葬儀の準備に……」

「いつから悪かったのだ？」

「一昨日の晩、伊豆から東京に戻られる途中でした」

すべてが終わった、と思った。無駄なことをしてきたのだ。老人の怨念《おんねん》は晴らされることなく、彼はそれを抱いて孫の待つ国へたった。私の顔色を読んだように、筈見は早口でいった。

「仕事は続行して貰《もら》いたい、というのが会長の遺言でした」

私は答えなかった。老人が死んでしまった今、私を解き放つ筈であった彼の切り札はどうなったのだ。

「約束は実行されます。ラクールの石化を出雲興産がひきつぐことは、告別式の際に公式発表される予定です」

「告別式は？」

「六月一日、会議の始まる日です」

筈見は皮肉な笑みをうかべた。

「やっていただけますね」

「お互い約束を守る他はないようだ」

「それからもうひとつ……」

筈見の喋り方は、出雲の死よりも、もっと不吉で悪い知らせを話そうとしているように聞こえた。

「会長が亡くなられた直後、伊東の病院に男がやってきました。亡くなって一時間もたっていないのに、もう会長の死を知っていました。その男はものすごい肥大漢《ひだいかん》の汗かきで、宮崎、と名のりましたよ」

出るべきものがいよいよ出てきたのだ。

「目つきの鋭い刑事のような護衛がついていました。亡骸《なきがら》につき添っていた私と奥様に、手をひくよう、はっきりといいました。成毛を殺すことはあきらめろ、と」

得意の手を出したのだ。「やらずぶったくり」だ。ラクールの石化継承のニュースはすでに業界筋に流れ、出雲の遺言によって不動だ。そうなれば、彼らは私に事を起こして欲しくないにちがいない。橋本が圧力に負けず食い下がってきた場合、私に万一のことがあると「研修所」の存在に関《かか》わる。

「で、何と？」

「奥様がはねつけました。自分には与《あず》かり知らぬことだ。霊前で愚にもつかぬことは聞きたくありません、とね」

笘見はうっすらと笑みをうかべた。

「宮崎は非礼をわびて、汗をふきふき帰って行きましたよ。ですが、私や奥様に監視がつけられるのは、時間の問題のようです」

「すると、あなたに新たな協力は望めないわけだ」

「残念ながら……」

私は煙草をひねりつぶした。

「しかし、役に立って貰《もら》えそうな男の心当たりはあります。出雲会長に一時期、世話になった人物で、会長に恩義を感じていたようです」

笘見は、出雲が亡くなった今でも「前会長」と呼ぶことになかなか慣れることができぬようだ。

「何という人物です？」

「蔡《さい》という男です。華僑《かきょう》で、横浜と神戸で運送会社を経営しています。暗い筋にもかなり顔が広いので、もし加瀬さんから銃などの調達を頼まれたら、連絡をしてみようと思っていました。蔡文培《ぶんばい》というのがフルネームです」

「会えますか？」

「直接会っていただくしかありませんな。私はもう動きがとれないでしょう」

箬見は頷《うなず》いていった。

「どこに行けば会えます？」

「横浜の中華街に事務所を構えてはいますが、そこでは無理かもしれません。もうひとつ市内で『エンジェルアイズ』というナイトクラブを経営しています。愛人がそこにいますから、夜はつかまるかもしれません」

いって箬見は簡単な略図を自分の名刺の裏に走り書きした。それから分厚い封筒をいくつも上衣から取り出した。合計五つ持っていた。

「会長の死に伴い、相続が確定するまで資産が凍結されるのです。これはとりあえず一千万です。報酬の先渡しとも、必要経費とも、御自由にとって下さって結構です」

「わかりました。報酬の一部と考えさせてもらうことにします」

「ありがとう、加瀬さん」

「お礼をいうことはない。約束です。どんな約束でも、もしひとつでも破れば、信じられるものなどなくなってしまう。私は裏切りの世界で生きてきた。一歩そこを出たら、裏切りとは永久におさらばしたいのです」

筈見は頷き、息を吐いた。

「私共の方も約束は守ります。緊急重役会を招集した上で、加瀬さんの出雲興産への再就職を必ず、官房長官に認めさせてみせます」

「エンジェルアイズ」は伊勢佐木町の外れで、どちらかといえば寂しい一角にあった。看板も小さく、洗練されてはいるが既に灯を落としたビルの地下につづく階段の前に建っていた。

私は裏通りにポルシェを駐《と》め、周囲に目を配りながら、そのビルに歩み寄った。二百メートルも離れればネオンの林立する繁華街がある。もうすぐ午前零時になろうとしていた。

訪ねていくならば遅い方が良いと、筈見が告げたのだ。

折れ曲がった階段を降りてゆくと、中腹の踊り場に、クロークカウンターがあり、中と外に、タキシードを着けた大柄な男が二人立っていた。

上品に澄ましているが、安物の香水のように、ヤクザ臭が匂《にお》った。彼らは、淡いブルーのスーツに白い麻のシャツを着た私を、上目づかいに見つめた。

「いらっしゃいませ。おひとりですか」

外側に立っていた男が訊《たず》ねた。私が頷くと一歩踏み出した。

「お待ち合わせじゃないんで……？」

ちがうと答えればやんわりと押し出そうという気配があった。

「蔡さんに会いにきたのだ」

「御存知ですか、蔡様は？」

社長、という呼び方はしなかった。

「いや」

私は首を振った。男はもう一歩踏み出した。

「では、お会いにならないと思います」

私は上衣に手を入れた。近づいていた男の顔に緊張がみなぎり、クロークの男がカウンターの下に素早く手をのばした。

箸見の名刺をとり出していった。

「ピリピリすることはない。それとも蔡さんはいつもそんなに危ない立場にいる人なのかね」

男たちは答えなかった。手前の男が名刺を受け取り、顎《あご》をひくつかせた。相棒に手渡すため横を向くと、下顎に白い傷跡が見えた。

「お待ち下さい」

カウンターをくぐって、名刺を受け取った男が、階段を駆け降りた。下にはもう一枚のドアがあるようだ。バタンという音とともに、バンドの演奏する音楽がわずかに這《は》い出し、断たれた。

一分と待たぬうちに、男は戻ってきて、

「どうぞ」

といった。私は男たちを残して、階段を下った。

階段のカーペットが緋色に変わり、それとともに暗くなった。下りきると、樫《かし》の厚い扉があり、私はそれを開いた。

『メディテーション』を歌っている歌手の姿が真っ先に目に飛びこんできた。スポットライトを浴び、栗色《くりいろ》の長い髪が光っている。カルテットをバックにひかえたそのステージの他は、真っ暗だった。

「どうぞ」

耳元に声を聞き、振りむくとタキシードを着た痩身《そうしん》の男が立っていた。異様に目が大きい。この暗い店に長く勤めすぎたのかもしれない。

目が慣れてくるに従い、店内が予想以上に広いことを知った。ゆったりと幅をとった通路をへだてて、皮張りのどっしりとしたボックスが並んでいる。壁も床も、分厚い段通《だんつう》でおおわれていた。

左手にステージを見ながら壁につきあたるまでかなり歩いたような気がする。ボックスは左右とも段差をつけてすえられていた。

正面に、壁をえぐったような小部屋があり、細長いテーブルを前にして二人の男がいた。一人はジーンズの上下を着けた二十前後の色白の優男《やさおとこ》、もう一人は黒の上下に赤いシャツの襟をのぞかせ、サングラスをかけている。鶴《つる》のように痩《や》せていて、年齢の見当がつかなかった。

テーブルの上には、ブランデーとジンジャーエールの壜《びん》が並んでいた。どうやら若者は下戸《げこ》らしい。彼がボディガードなら話は別だ。

二人の男の間に、一人分の空間が空いていた。それが私のためにリザーブされていた席でないことはすぐにわかった。

『メディテーション』を歌い終わった歌手がしなやかな身のこなしで歩みよってきたのだ。濃いグリーンの大胆なドレスの胸に、ダイヤのペンダントが光っている。

私を案内した男は、彼らの向かいに背もたれのない小さな椅子《いす》を置いた。

「駄目。ちゃんとした椅子をお持ちしなさい」サングラスをかけた男がいった。

席が用意されると、私はそこに腰をおろした。真向かいに歌手がかけている。全体の顔立ちは東洋系なのだが、吊《つ》りぎみのアーモンド型の目の瞳《ひとみ》はブルーだった。色が白い。

「蔡さんですな」

サングラスの男は軽く頷いた。彼の視点がどこにあるか、私にはわからなかった。レンズにはインストゥルメンタルを演奏するバンドがうつっている。曲は『プリテンダー』だった。

「加瀬といいます」

「出雲先生に頼まれた仕事をしている？」

「そうです」

「先生は亡くなられたが、まだ仕事をするつもりがある?」

「ええ」

「そのことで私に?」

「そうです」

三つの質問をすると、蔡は傍《かたわ》らの娘のむき出しの腕に触れた。

「シミー、私はお前の歌が聞きたい。『ボディアンドソウル』を歌っておくれ」

娘は私の面を見つめたまま、軽く頷《うなず》いて立ち上がった。猫のような動作だった。テーブルをすり抜け、ステージに向かった。

サングラスにその姿が映った。やがて首を振ると、蔡はそれを外した。

蔡の目は片方が白く濁っていた。両目の下に黒い隈《くま》があった。

「出雲先生は、私の両目が潰《つぶ》されるのを救ってくれた。だから、恩人だと思っている」

私は無言で頷いた。若者が、細かく砕いた氷を詰めたグラスにブランデーを注ぎ、私の前に置いた。

「出雲先生の孫の仇《かたき》うちね。私に何をして欲しい?」

「部屋をひとつ、それと高性能のライフルを一挺《ちょう》、手配していただきたい」

「ライフルは簡単。部屋はどこがいい?」

「山手です。三日後に行われる、エジプト、イスラエル会議の会議場が見おろせる部屋を……」

　残った目が瞬いた。

「警察が厳しいね。他のこととちがうから。密輸やギャンブル、女とはちがう。簡単じゃない」

　私は頷いた。わずかの間、蔡は考えた。

「他の人の頼みなら、私断わる。出雲先生の頼みは別だね。華僑《かきょう》は自分の国にいるわけじゃないから、とても立場が難しい。だが、出雲先生はもう死んでしまったから恩義を返すことできるのは今度だけ。わかった、明日昼間、ここに来なさい。用意しておく」

「ありがとう」

「礼いうのはちがう」

　蔡はそう答えて、サングラスをかけた。それが話の終わりを示す合図のようだった。

　私は立ち上がった。ステージの娘は『ユード・ビー・ソウナイストウ・カムホームトウ』を歌い始めていた。おあつらえの歌だ、私は思って、暗い通路を通り抜けた。

　翌日の午後一時、私はポルシェにすべてを積みこんで伊勢佐木町に向かった。蔡の用意した部屋を最後のアジトとするつもりであった。そこにいる間に、すべてが決まる。

　車は悩んだ末に選んだ。最後まで信頼できるという点で、目立つとしても敢えてポルシェにした。それに高級車の多い山手では、ひどく目立つということもないだろう。

「エンジェルアイズ」の扉に鍵《かぎ》は下りていなかった。階段を降りてゆくと、クロークも無人だった。もうひとつの扉を押し、店内に入った。

昨夜、蔡の横にいた優男と、紺のワンピースを着けた三津子が中央のボックスに坐《すわ》っていた。

私は入り口のところで立ち止まった。三津子が強張《こわば》った表情で私を見ていた。若者は退屈そうに、私たちを見比べた。

「何をしているのだ、ここで」

間が抜けていると思いながらも訊《たず》ねた。

「あなたを待っていたわ」

低い声で三津子は答えた。化粧気のないその肌は、昨夜とはうってかわって明るい店内では、蒼《あお》ざめ透《す》けるようだった。

「箸見から、あなたが蔡さんと会ったのを聞いて捜したのよ。直接鶴見に行っては迷惑をかけると思って」

「ここに来ても同じだ。尾《つ》けられたかもしれない」

「注意したわ。私も宮崎に会ったのよ」

私は歩き、二人の前に立った。

「手をひいて。あの人はもう死んでしまったわ」

三津子はいった。私は首をふった。

「それができないことは、君も知っている筈だ。私たちは約束した」

「あなたの命が危ないのよ。成毛はあなたのことに気づいているって、あなたいったそうね」

私は答えなかった。

「お願い、一度だけよ。昔のわたしならこんなことは頼めなかった。でも今はちがう、あなたのことは、警察も、宮崎も、成毛も知っているわ。危険すぎるし、無理よ」

君が私をひっぱりこんだのだ、ということもできた。しかしいわなかった。

「ライフルは？」

若者に訊ねた。若者は無言で立ち上がるとステージに歩いてゆき、ドラムセットの裏から新聞紙を巻きつけた一メートルほどの筒を持ち上げた。今日はジーンズに白いポロシャツを着て、ウエストから鍵束《かぎたば》をぶらさげている。

「元に戻るだけだわ、何も変わりはしない。切り札なんて、役に立たないのよ」

「そうかもしれない。だが、私は決めたのだ、成毛泰男を殺すと。そしてそれは、出雲老人の復讐《ふくしゅう》のためだけではない。私自身の理由もあるのだ。君や、筈見には決してわからない、私の理由が。おそらく、宮崎にも、わからないだろう」

三津子は無言で、大きく息を吸いこんだ。目が虚《うつ》ろになった。

「結局、あなたは人殺しなのだわ」

私は若者の手から銃を受け取った。一緒に地図を書いた紙片とキイも手にした。銃は重く、今の私自身よりも重く、感じた。

「人殺しをしていなければ生きてゆけない人間ではない。だが、もしこの世の中に、しなければいけない人殺しなどというものがあるとしたら、私は志願するだろう。私には初めてではないし、しないですむならば知らない者はしない方が良い」

「いつもそうなのね。いつもそうやって背負っているのね。自分ひとりで、何もかもを、背中にのせてゆくのよ。たまには、おろしたらどう？　あなたが今おろしても誰《だれ》も責めやしないわ」

「いった筈だよ。他人のためだけではない、と。『研修所』にいたときとはちがうのだ」

三津子は首をふった。

「ちがわないわ。自分でいいつくろっているだけよ。人の命を奪うことに何のちがいがあるというの。重ねたところで、重みが減ることなんか、絶対にないのよ。行っては駄目」

「わかっている。成毛を殺して、自分の過去が消えるなどとは一度も考えたことはなかった」

「わかってなんかいないわ。私のいいたいことが……。あなたに居て欲しいの、今、私が必要なのは――」

「終われば戻れるかもしれない」

三津子は顔をゆがめた。笑顔にはならなかった。

「嘘《うそ》が下手なのよね。あなたは、いつも」

全身から力がぬけてしまったように、彼女は立ちすくんでいた。胸の奥で煮たつものが、私の体から力を奪いさろうとしていた。手にした銃がひどく重かった。

これ以上彼女に告げることは何もないような気がした。だが踵《きびす》を返して背を向けるのはつらかった。

三津子は私を見つめていた。目の下に疲れを示す隈《くま》があった。おそらくこの二日、充分な睡眠をとっていないのだろう。

私はその視線を外すと歩き出した。「エンジェルアイズ」を出て、ポルシェに乗りこみ、エンジンをかけ山手まで走らせるのだ。今はそれだけを考えるのだ。

樫《かし》の扉の前まで来た。

誰も何もいわなかった。扉を引いた。

階段を男が二人降りてきていて、私と鉢合わせする恰好《かっこう》になった。宮崎だった。

14

最後に会ってから、宮崎はまた太ったように見えた。百キロ近く体重があるにちがいない。グレイのスーツに身を包み、ぜいぜいと息を切らし汗を流していた。

私と知ると、目を丸くした。分厚い唇が笑みをうかべた。笑うと信じられぬことだが、人なつこく見える。

髪はおかっぱのように切りそろえていた。変わってはいない。

彼の後ろには有藤《ありとう》という名のボディガードがついていた。警察官だった男だ。

背後で、三津子が低い叫びを上げた。私は後退し、それにつれて二人は店内に入った。

若者が私の隣に現われ、すべるような足取りで、二人との間に立った。

「営業時間外です。おひきとり下さい」

宮崎はそれを無視した。頬《ほお》をふくらませていった。

「加瀬、元気そうじゃないか」

本当に喜んでいるような口ぶりだった。

「あんたの顔をしばらく見ないのが、体に一番良かったようだ」

「そんないい方をするもんじゃない」

「私に用があるのならここを出よう」

宮崎は軽く頷《うなず》いて踵《きびす》を返した。

「またあの階段をあがるのか、うんざりだな」

と呟《つぶや》いた。

鋭い目で私を見つめる若者に、私はポルシェのキイとライフルの包みを押しつけた。

「運んでおいてくれ」

男は目で返事をした。

三津子が尾行されたのだ。宮崎にとって、出雲の妻と、かつての部下の関係を調べるのは難しい問題ではない。

店の外にはシルバーグレイのクラウンが駐《と》まっていた。運転席には見知らぬ男がすわっている。

有藤が助手席に、私と宮崎が後部席に乗った。クラウンはすべるように発車した。

「ずい分捜したよ。どうしていた」

宮崎は冷房のきいた車内に入ると、吐息を洩《も》らしていった。

「どうも。のんびりとしていた」

「そうか。顔色が良いのはそのせいだな」

私を見やると、窓外に顔を向けた。私は上衣から煙草を取り出した。

「吸ってもいいか」

宮崎は、煙草の匂《にお》いをひどく嫌う。だが、肩をすくめた。

「今はとやかくいえる立場ではないからな」

私には目を向けようとはしなかった。

「拳銃を持っているな」

「持っている」

「それで成毛を撃つのか」

「機会があれば」

「困るな」

「私に法を犯して欲しくないというわけか」

「それもある。だがもうひとつ、成毛を殺してもらいたくない」

「だったら私を警察につき出すことだ」

宮崎は渋い顔をした。もしかすると、拳銃が花井から出たことを知っているのかもしれない。

「そんなことをしても何の役にもたたんだろう」

「…………」

「親心なんだよ、加瀬。何の益もないことはやめたまえ」

車は横浜スタジアムの横を走りぬけていた。上衣を脱いだネクタイ姿の男たちが交差点で信号の変わるのを待っている。

「あんたにしては珍しいことだな」

宮崎は決して怒らない。そういった無駄な感情を露《あら》わにすることはないのだ。

「惜しいじゃないか、君ほどの男が。まだまだ国のために役に立つというのに」

「その男を放り出したのは、あんただよ」

「あの時はそうせざるを得なかった。君にもわかっている筈だ。君にやめてもらわなければ『研修所』全体に迷惑がかかることになったろう。恨んでいるのか」

「まさか」

私は微笑《ほほえ》んだ。

「考えてみたまえ。成毛を殺《や》れたとしても、君は殺人犯だ。出雲が死んだ今、かばってくれる人間は誰もいないよ」

「子供に話すような喋《しゃべ》り方はやめろ。かばってくれる人間がいるからやるのではない。私にはやりたいと思う理由があるのだ」

「こちらにはやって欲しくない理由がある」

「なんだ」

「話せばやめてくれるか？」

「聞いてみなくてはわからんな」

「それはないだろう。こちらは手の内を明かそうというのだ」

「だったら話すのをやめろ。こっちはもう『研修所』に戻るつもりはないし、機会があれば成毛を狙《ねら》う気でいるんだ」

宮崎は困ったように黙りこんだ。

「CIAがすぐに使えるような日系の人間を欲しがっている。うちの仕事とはちがうし、加瀬ならぴったりだ。行ってみるつもりはないか？　日本に帰りたくなければアメリカの永住権もとれるぞ」

「今度は取り引きか。この世界から縁を切りたいのだ」

「その代わりに、死ぬか、刑務所に入ることになるのだぞ」

「どちらもお断わりだ。だが裏切りあいの世界よりはマシかもしれん」

「馬鹿なことをいうな。お前がもし成毛を殺せば、世界中の左翼ゲリラ組織から狙われることになる。成毛は英雄なのだ。しかも、その英雄を生きて欲しがっているところがあるのだ」

「モサドか？」

答えないのは肯定のしるしだった。緊張した。宮崎は本当に手の内をさらそうとしている。私が拒絶すればその場で私を殺すだろう。

「成毛を捕えて情報をとろうとしている。ちがうか？　だから私に彼を殺されてはまずい。宮崎、モサドとどんな取り引きをした？　私に手をひかせることで何を手に入れるのだ」

「窓を開けろ」

宮崎は咳《せき》こんで、有藤に命じた。有藤が目をそらしたすきに私は右手を両脚の間においた。狭い車の中ではチャンスはゼロに等しい。だが、ここでむざむざと殺される気にはなれない。

「罠《わな》を張ったな。成毛をおびきよせる罠だ。六月のエジプト・イスラエル会議は『研修所』とモサドが協力して張った罠の餌《えさ》というわけか」

宮崎は答えなかった。車は横浜港につきあたり海岸通りを北西に向かっていた。右手の方角に埠頭《ふとう》と倉庫群が見えた。

「わかったよ、宮崎。バーダーマインホフの二人組にウージーを売った奴の正体が。『研修所』の人間だな。アシストグループを押さえ、成毛を孤立させておいてからめとる計画だった」

「雑魚《ざこ》はどうでもいいのだ。成毛の足取りがつかめない。もし協力してくれたら、それだけでも充分な礼をしよう、どうだ?」

「お生憎《あいにく》だ、私にも成毛の足取りはつかめていない」

「磯建二という、かつての仲間に会った筈だ。彼から何も訊《き》き出さなかったのかね」

藤野のくたばり損ないにちがいない。私に売った情報を、売ったという価値もあわせて宮崎に売りつけたのだ。

「彼からは何も訊《き》き出せなかった」

「今どこにいるのだ」

「知らんな」

宮崎は軽く頷《うなず》いた。車は倉庫群の中に入りこんでいた。正面に濃い色の汚れた海面が見える。陽ざしをキラキラと反射していた。

人影のまったくない、のどかな光景ともいえる。どうやら終点に近づいたようだ。

車は減速し、倉庫の陰になっている地点で停止した。

私は磯と恭子のことを考えた。彼らを売ることはできない。私が巻きこんだというのは、当たってはいない。しかし、もし磯の居所を私が話せば、宮崎は搾りカスになるまで磯をしめあげることができる。彼の手には恭子の名も入っている筈だ。彼が恭子を手中にしても、磯の居所がわからぬ限り、どうすることもできない。

右手をすべらした。宮崎は、窓から海面を眺めている。

「やめろ」

有藤が消音器のついたオートマチックを手にしていった。ベレッタの九ミリだ。銃口と私の胸の距離は一メートルと離れていない。

「最後だ、加瀬。アメリカでの平穏な任務につくか、ここで降りるかだ。このあたりには『研修所』の倉庫がいくつかあるんだ。年に一度も開かれない。セメントと苛性《かせい》ソーダが置いてある」

宮崎が窓に向いたまま、のんびりとした口調でいった。目は景色を楽しんでいるような色だった。

私はサイレンサーの銃口を見た。黒く、機能的で無恰好《ぶかっこう》な代物である。その筒が唸《うな》れば、私はシートに背を叩《たた》きつけ、闇《やみ》の底に堕《お》ちることになる。

かん高い排気音が耳に届いた。有藤は目をそらさず私を狙っている。

「バイクです」

運転手がルームミラーを見上げていった。

「車を出せ」

宮崎が命じ、運転手はギアを入れた。鋭い排気音が重なり合い近づいてくる。車は倉庫の陰からゆっくりとぬけ出そうとしていた。

陽《ひ》なたに車が鼻先を出した瞬間、衝撃が襲った。右方向に叩《たた》きつけられ、宮崎の体重が私にのしかかった。宮崎が呻《うめ》き、私はその太い首に両手を回すと、有藤の方角に宮崎の頭をぶつけた。

有藤が一瞬、銃口を外した。そのすきをのがさず、ロックを解きざまクラウンの車外に飛びおりた。運転手は事故にあえば反射的にブレーキを踏む習性がある。

クラウンの左前部に、濃いグリーンに車体を塗ったダンプがめりこんでいた。二台のバイクが近づき、振り向くとモトクロス用のサポーターとマスクに身を包んだ二人の男が私をはさむようにして急停止した。

宮崎が鋭い口調で叫んだ。

「逃がすなっ」

助手席を飛び出した有藤が、つんのめるようにして体を泳がせた。目はダンプの助手席に釘《くぎ》づけられている。

「エンジェルアイズ」にいた若者が散弾銃をかまえ、頭上から有藤を狙っていた。

「銃を捨てろ」

短く若者はいった。有藤は右手にした拳銃をおろすと見せかけて右肩を下げた。だが男はだまされなかった。有藤が右腕をはね上げるより早く、散弾銃が激しい銃声をたてた。

あおられるように有藤の体がクラウンに叩きつけられ、ダンプとの間にずり落ちた。クラウンのフロントグラスが血と肉塊で染まった。

若者がダンプから飛び降りると、クラウンの車内に銃口を向けたまま、死体を回りこんだ。彼の耳にちぎった煙草のフィルターが詰めこまれているのが見えた。

「ボンネットを開け」

若者は命じた。運転手は凍りついたように汚れたフロントグラスと、二連の銃口を見つめていた。

「開け！」

ボンネットを開くレバーを慌《あわ》てて操作した。オートバイのライダーが歩みよりカバーを上げた。若者はそちらに回った。

宮崎と運転手が顔色を変えて車を飛び出した。

散弾銃が銃声を立て、エンジン部分が吹き飛んだ。車体が衝撃でゆれる。ボンネットカバーがバタンとしまり、そこから煙と炎が噴き出した。

宮崎は息を切らして私を見つめていた。残った方のライダーが拳銃を出し、二人の手を上げさせた。

「ダンプに乗るんだ」

若者が散弾銃をおろして私に命じた。私はクラウンの残骸《ざんがい》を回り、ダンプの助手席に体をひきずり上げた。ダンプのバンパーは、わずかにへこんでいる程度の損傷しかこうむっていない。

若者は運転席に乗りこむと、散弾銃を後ろに放り、ダンプのエンジンを始動した。手慣れたものだった。

ダンプを後退させ、向きを変えて発車した。地上に、呆然《ぼうぜん》とした表情の宮崎と運転手が残された。

ライダー達はそれぞれのバイクに跨《また》がると、私たちのダンプを追い越していった。バイクの鋭い排気音は、ダンプのディーゼルエンジン音を隠すカモフラージュに使われたのだ。

鮮やかな手並みだ。若者は顔色ひとつ変えていなかった。倉庫群を一直線につっきるよう、ダンプのハンドルを操作しながら、耳からフィルターをほじくり出す。次いでポロシャツの内側に左手をさしこむと、右肩からタオルを四つに畳んだものをひっぱりだした。散弾銃の反動から肩を守るため、入れていたにちがいない。

「大したものだ」

私はいった。

男はチラリとも私を見ず、答えなかった。

埠頭《ふとう》の入り口まで来ると、ダンプのブレーキをかけた。白のロールスロイスが車体を横に向けて待っていた。

「降りろ」

いって男は自分からダンプを降りた。彼と交代に、作業服の男が乗りこむ。待っていたようだ。

私たちはロールスに歩みよった。

「乗れ」

後部席をさしておいて、若者は助手席に乗りこんだ。

窓に偏光シールを貼《は》った暗い車内には蔡がひっそりと腰かけていた。ロールスはすぐに発進した。

「礼をいう。助けてもらった」

サングラスをかけた蔡の頭がかすかに動いた。助手席の若者は、前を注視しており私には目もくれなかった。

「東京に向かっていたら助けなかった。ここ、横浜だからね」

蔡は低くいった。

「張《ちょう》から連絡があったので、すぐに行く先を捜させた。横浜の中なら、どこにいてもすぐ居所はわかる」

若者の頭を顎《あご》で指した。

「成程。だがあんたの手下は、私の相手を撃ってしまった。まずいことになるかもしれん」

「何者だ」

「情報機関の人間だ」

「張、しばらく国に帰れ」

張は振り向いて、私と蔡の顔を無表情に見比べた。中国語で何か呟《つぶや》くと、頷《うなず》いた。

「加瀬さん、私があなたにしてやれるのはこれが最後になるだろう」

「わかっている。これ以上はあんたに迷惑をかけない」

蔡は深く頷いた。サングラスの奥の片目が私を見つめた。やがていった。

「あなた、もし出雲先生に頼まれた仕事終わったらどうするつもりか」

私は肩をすくめた。

「筈見は、約束通り私を出雲興産に就職させたいといった。だが、今日のようなことがあっては、もう無理だろう」

「あなたに行くところあるか」

考えてもいなかった。頼まれた仕事を果たすことだけがあったのだ。

「多分、ないだろう。私にはパスポートは勿論《もちろん》、国籍もないのだ」

「それはたいした問題じゃない」

ロールスは山手に向かう坂をじりじりと上り始めていた。

「もしあなたが望むなら、手配してもいい。私の友達、世界中にいる」

私は蔡を見た。彼が本気で私を助けようとしてくれているのが意外だった。

「あんたにも充分迷惑をかけてしまった。このうえ、あんたの友人に迷惑をかけていいとは思えない」

　蔡の口元がゆるんだ。笑いのかけらだった。

「あなた面白い。人殺しをする人が、他人の迷惑を考えている」

「………」

「私が友達と呼ぶのは本当の友達。迷惑とかそんなこと気にしない方が良い。もし本当の友達だったら、命でも分け与えるもの。出雲先生のためなら、私、死ねといわれれば死んだよ。あなたはちがうのか」

「私は、雇われた人間だ。金ともうひとつのことが代償だった」

　蔡の目が冷たくなるような気がした。

「だが出雲会長が亡くなり、もうひとつのことは駄目になったようだ」

「知っている。三津子さんとあなたの話、聞いた。この張から。でもあなたは手をひかなかったね。約束したから？」

「そうだ。そして、それだけではない。私は今、成毛を仕止めるのは私でなければならないと思っているのだ」

　蔡は頷いた。

「加瀬さん、私はあなたを男だと思うよ。あなた、これから世界のどこに行っても、中国人に会ったら、自分は蔡文培の友達だ、といいなさい。決して後悔しない」

「ありがとう」

今度は彼も、礼を拒否しなかった。

ロールスは、元町に近い高いマンションの前で止まった。蔡が一本のキイを私に手渡していった。

「ここの最上階、私のもの。近くに出雲先生の住んでいたマンションがあるが、あれも私が作ったものよ。あなた、最上階の全室、自由に使っていい。中には、ベッドとキッチンがあるだけ。余分なものは何も置いていない。車は地下の駐車場に入っているね」

私は窓をおろし、建物を見上げた。会議場の西に当たる。二百メートルほどしか離れていない。附近の建物の中では最も高かった。

「ここなら警察も来ないよ。下の階に私の娘夫婦が住んでいて、その持ち物ということになっているから」

私は頷いた。会議が始まるのは二日後である。あそこにいて、成毛を見つけ出し、彼の息の根を止めるのだ。それまでは、宮崎にもモサドにも邪魔をさせるわけにはいかない。

私はロールスを降りた。

「すべて終わったら、こちらから連絡するよ。あなたはそれまで、ここに居れば良い」

蔡はいうと、片手を振った。するすると窓が上がり、ロールスは私を残して発進した。

まずしたのは地下駐車場に入ってゆくことだった。正面の来客用駐車場にポルシェを見出すと、中からライフル、鶴見から運んできた資材をおろした。大した量ではない。

小さなバッグひとつにすべておさまりきるのだ。洋服、靴、高倍率の双眼鏡、同じくスポットスコープ、地図、成毛に関する資料、現金、銃弾である。

ライフルの新聞包みの横にカートリッジを入れた箱がおかれている。どうやら微調整はマンションの室内で行う他ないようだ。

私は駐車場内のエレベーターにそれらを運びこんだ。十一階のボタンを押すと、壁によりかかった。

成毛の姿をどうすれば捉《とら》えられるのか、私にはまだわからない。だが、鶴見のアジトでたてた推理に従って彼を捜す他はないようだ。

有藤が殺されたことを、宮崎が警察に届けるとは思えなかった。だがこれですまされる筈はない。彼は「研修所」の人間を総動員して私の行方《ゆくえ》を追うだろう。何としても会議団が到着する前に、私の命を断とうとするにちがいない。

私もいわば成毛と同じく、ふたつの敵を抱えこんだわけだ。

エレベーターが十一階に到着すると、がらんとした廊下に踏み出して私は思った。

廊下は建物の大きさを考えると意外に短く狭い。理由を考え、出雲の住居と同じくフロア全体が、居住用の一部屋なのだと思いあたった。青銅で表面をおおった正面の扉に歩みよると、キイを取り出すために荷物をおろした。

壁も廊下も白く塗ってあるが、それは住人がいないため、装飾を施していないからなのだろう。実際住むことになれば、厚いカーペットをしきつめ、高級な雰囲気を出そうとする筈だ。

私は錠を開き中に入った。

淡いブルーのカーペットがしきつめられた室内は拍子抜《ひょうしぬ》けするほど何もなかった。部屋と部屋を隔てるドアは開け放たれ、ブラインドもカーテンも入っていない東側の広い窓から光が入りこみ、白い壁、天井で乱反射している。

正面に木立ちと建物、「丘公園」そして海があった。

荷物をそこにおろすと扉をしめ、錠をおろした。この部屋を等高度で見られる建物は、近くにない。

部屋を見て歩いた。部屋数は全部で六つあり、うち中央のひと部屋だけにブラインドが備えられていた。何の装飾もない部屋の中央にベッドと冷蔵庫がポツンと置かれ、冷蔵庫の上には電話機が一台のっている。

部屋の大きさは十二畳近くあった。荷物をその部屋に運びこむとベッドに腰をおろし、煙草をくわえた。

喉《のど》の渇きを覚え、冷蔵庫を開いた。手を加えなくても食べられる、ハム、チーズの類に混じってコーラとミネラルウォーターの壜《びん》があった。ミネラルウォーターのキャップを備えつけの栓抜きで開き、口に運んだ。

入ってきたのとは別の格子《こうし》扉があった。壜を手にしたまま歩みより押し開いた。左手にバスルーム、右手にキッチンがあった。

水もガスも生きている。コックをひねり、それらを確認した。

ブラインドを開いた。会議場の白い建物が、木立ちに半分程をおおわれて、見えた。

思いたち、高倍率の双眼鏡で建物をのぞいた。

二階は全部で窓が五つ、中央の正方形を中心に、左右に長方形と円形の窓が対称を成しているのだ。部屋から見えたのは、向かって右側の長方形と円形の窓だった。両方ともカーテンが降りている。建物は壁が白塗りで、屋根にはくすんだ赤の瓦《かわら》がふかれていた。

ゆっくりと視点を転回させた。

左手は「港の見える丘公園」で視界が切れ、はるかその先にマリンタワーが見えた。右手に「大佛次郎記念館」、そして人家の並ぶ区域がある。小学校、アメリカンスクール、博物館といった具合だ。

東京とちがい人家が密集してはいない。公園と緑に恵まれているせいもある。ひとつひとつが庭をゆったりととり、日本的な建造物は少なかった。

ゆっくりと下方に視点をおろすと、会議場の庭には、すでに何人もの制服警官が詰めている。彼らの襟章まで、私には、はっきりと見えた。会議場の正面にあたるロータリーには、パトカーが幾台も並び、入り口の鉄門は閉ざされている。

それでも門の外側は、仔犬《こいぬ》を連れた幼女や手をつないだ若いカップルが歩いている。

手前の交番がどうやら仮本部になっているようだ。白黒のパトカーに混じって、覆面パトカーも見える。

交番の二十メートルほど先、道路幅が広くなったところで機動隊のバスを二台見つけた。どうやら、洗練された観光地も、にわかにものものしい雰囲気を呈してきたようだ。

交番の内部に視点を戻すと、私は見知った顔を見つけ出した。橋本がひきしまった表情で、私服の部下たちに指示を与えている。

手元には大きな地図があった。それぞれ携帯受令器のイヤフォンを耳に差した男たちは、すぐに刑事と身許《みもと》が知れる。私は彼らの顔をひとりひとり、頭に刻んだ。

橋本の口がふと、お喋《しゃべ》りをやめた。上空をふりあおぐように首をねじった。私と彼の目が合い、すぐにまた逸《そ》れた。

何かを感じたのだろうか。実際には見える筈のない私の姿を彼が捉《とら》えたように思えた。

橋本が、そして私が、成毛を追っている。そのうちの誰《だれ》ひとりとして彼の顔を知らず、しかも協力しあおうとはしないのは不思議なことである。

私についていえば、私が成毛と出会う機会は一度きりなのだ。そのとき、彼か私のどちらか、あるいは双方が死ぬことになる。

橋本は、私と横浜で会うのを楽しみにしている、といった。私が彼の獲物《えもの》になることは決してない。彼にそれがわかっているであろうか。

双眼鏡をめぐらし、街を歩く人々に目をすえた。

暗くなると人通りはうってかわり少なくなった。学校や博物館の数が多いことを考えれば理由のないことではない。若い男女の数が人通りのうちに占める割合が高くなり、双眼鏡で、ときおり水銀灯に映えるその顔を追っていると、ノゾキの常習犯になったような気がした。

15

目をこらし続けるのに疲れ、私は双眼鏡をおろした。部屋の灯をともし、ベッドに腰かけてミネラルウォーターをもう一本空けた。

空腹感はなかった。「研修所」にいた頃《ころ》もそうであった。仕事が始まり、最も緊張が高まる瞬間が近づくにつれ食欲が衰える。その状態が作業を終えてから丸一日はつづくことになるのだ。二日目からようやく軽いものを胃が受けつけるようになる。やたらと喉《のど》が渇くのも変わっていない。

成毛は既に襲撃地点を決定しただろうか。当然、決めたにちがいない。私の推測通り会議場と宿舎ホテルの間で狙《ねら》ってくれると良いのだが。

狙う場合、彼は何を用いるだろうか。爆弾か、バズーカか。車上のラファエル大佐を殺すとすれば破壊力の大きい道具を選ぶにちがいない。確実で、しかも自分の逃走路を阻まぬ武器だ。バズーカ砲は比較的近距離でなくては役に立たない。ということは逮捕される危険が多い。この地形で、しかも移動中の車輛《しゃりょう》を狙うとなると、どうしても射程距離が長く命中率の高い火器ということになる。だが、射程距離が長くなれば、その分破壊力が落ちるのも否めない事実である。

爆弾は、逃走に重点をおいて考えるならば最も効果的といえる。破壊力も大きいから、車上の人間であろうと一発で吹き飛ばすことができる。ただ、不確実という問題がある。しかけることも、この警戒体制ではかなり困難である。明日になれば、警察は沿道をしらみつぶしに調査するであろう。そしてその後、爆弾をしかけるのは不可能に近い。仮に今夜中にしかけおおせたとしても、確実にラファエル大佐を殺せるという保証はない。

第一に時限装置を使うシステムは使えない。会議場にしかけるのは問題外として、沿道、通行路にしかけたとしても、コンマ一秒単位の精確さでの爆発を要求される。これは現時点では不可能なのだ。

無線、または音波を使った偽装爆弾になるとやや可能性は高くなる。成毛自身は、私のように離れた場所で会議団の動きを監視しながらスイッチを入れれば良いのだ。あるいは会議団——ラファエル大佐の乗る車のエンジン音に感応させる起爆システムを組みこむことも可能である。その場合、親子型のシステムを使うこともできる。空港で会議団を乗車させる前の公用車に親装置をとりつけておき、子装置をしこんだ爆弾を道路上、たとえばマンホールの蓋《ふた》の下などにしかけておく。こうしておけば、親子の連動によって、爆発は確実に狙った車の下で起きることになるのだ。

爆弾か、銃か。他に道具はないのだろうか。私がもし成毛の立場にたったとして選びうる最高の武器は何であろうか。

両眼をこすり、ベッドに横たわった。「研修所」の人間は私のこのアジトは知らない。おそらく宮崎には自分を襲い、私を助け出すようなグループの存在が理解できなかったにちがいない。宮崎が蔡文培をつきとめ得たとしても、彼を殺すことはないだろう。私の居所を訊《き》き出そうとするだろうが、自分の部下を殺された腹いせはしない。そんな人間的な男ではない。

いいかえれば、私が目的を果たし、成毛が死ねば、私も蔡も何の価値も失う。宮崎は価値のない人間を相手に時間の浪費はしない。

彼らが私より先に、成毛を捕らえても結果は同じである。即《すなわ》ちすべてはこの五日間にきまるのだ。

このマンションは私にとって避難場所であると同時に檻《おり》でもあった。ここを一歩でも踏み出せば、橋本の部下や「研修所」の人間に発見される危険を絶えずはらんでいる。

しかしここで高みの見物をしているだけでは成毛を見つけ出すことはできない。どうしても「成毛の眼」で襲撃地点を探り出すことが必要なのだ。

私は立ち上がり双眼鏡を再びあてた。「港の見える丘公園」は夜でも開かれており、水銀灯が、絶えず人通りを照らしている。腕時計を見ると九時になっていた。

アベックの数が減り、男一人、または二人組の通行者が目立つ。私は彼らの耳元に注視した。白っぽいイヤフォンを差しこんだ者が多い。巡回警備を行っている刑事たちだ。彼らの目をくらますことは難しい。夜の公園は、中年の男がひとり散策を楽しむ場所としては、適しているとはいえないからだ。

公園の、木立ちにさえぎられる角度のベンチではアベックがかなり意欲的な態度で、意志の交換にのぞんでいる姿が見受けられた。刑事達は、時に微苦笑を交え、時に疑いのまなざしをもって、彼らの傍らを歩き過ぎてゆく。

もし私が十歳若く、ここに釣りあうだけの娘がいたなら、刑事たちの目をごまかすことができるかもしれない。

十年前、私はどこにいただろうか。思い出すのに時間がかかった。常に「忘れよう」としむけている意識の流れが、私の、仕事に関する記憶を曖昧《あいまい》なぼやけたものにしてしまうのだ。

おそらく南米であろう。南米でＣＩＡの下級任務につかされていた筈だ。十一年、いや十二年前かもしれない。宮崎とその前任者が、外語大を働きながら卒業した身よりのない私を、外務省の下《した》っ端《ぱ》役人からひきぬいたのだ。

私は決心してマンションを出ることにした。遅くなれば、かえって人目を惹《ひ》くことになる。拳銃を外し、デパートで買った小さなナイフだけをテープでくるぶしの内側に貼《は》りつけた。

もう一度どうしても会議場から宿舎への道を辿《たど》っておかなくてはならない。

地下駐車場に降り、ポルシェに乗りこんだ。ポルシェはかえって良い隠れみのになるかもしれない。テロリストや、情報機関を失職した男が乗り回すには、値がはりすぎる。

元町商店街の外れに出ると、丘を下った。元町公園、外国人墓地の横を走り抜け、山下橋を渡り山下公園通りを西に向かう。右手に山下公園、左手にマリンタワー、ホテルニューグランドなどをのぞむこの通りを経て、会議団は宿舎入りをする筈《はず》だ。シルクセンターの前まで来ると、私は車をターンさせ、Kホテルの向かいに停止させた。機動隊の車が四台、反対側に停止している。山手に比べると、交通量、通行人ともかなり多い。縦列駐車の車体が並んでいる中では、私の車もさほど目立たない筈だ。

山下公園の入り口には、平行して、タコ焼きや焼きとうもろこしの屋台、茶店が軒を並べている。

涼しげにコーラやジュースの壜《びん》に噴水を浴びせ、通行人の渇きをあおっているのだ。街を行く人々の組み合わせも多彩である。ホテルから出てくる外国人観光客の一団、腕を組んだ学生風の若いカップル、ネクタイ姿の若いサラリーマンとその連れ、これ見よがしに外車を止め、声をかける娘を物色する少年のグループ。

山下公園の出入り口から、Kホテルのロビー玄関まで目を配っていた私は、Kホテルから出てきたばかりの若いアベックに目をとめた。男は陽にやけた、たくましい日本人、女は金髪の白人女性である。男が白のポロシャツに濃紺のスラックスをはいているのに比べ、女は黄と緑の混じった薄手のワンピースをまとっていた。

男は中背だががっちりとしていて女性にとっては魅力的なタイプだろう。二人は腕を組み元町の方角に向かって歩き始めた。私の目を惹《ひ》いたのは、白人の女がはく赤いハイヒールであった。それはお世辞にも彼女のいでたちに合っているとはいえない、チグハグなものである。よほど色彩感覚とお洒落《しやれ》に対する興味が欠如した女性でない限り、はいてみようなどとは考えられぬ筈だ。

車を出すと元町の入り口近くで停車させた。女性の方も男に劣らず背が高かった。百七十センチはあるにちがいない。

普段お洒落を気にもとめない女性が無理に着飾るとそうなってしまう、という典型のような姿である。私が興味を惹かれたのはまさにその点であった。男の顔をはっきりとは見なかったので、確かめるつもりだった。

何百、何千というカップルが毎日この街を行きかっているのに、ただ赤いハイヒールに目を止めただけでそこまで気にするのは変かもしれない。だが、私にはその二人の間にあった硬い雰囲気も気になった。

車から離れると、私は山下公園の方角に向けて歩き出した。途中、追い越したあのアベックとすれちがう筈である。

私の恰好《かっこう》も、男に劣らず軽いものであった。明るいグレイの上着に紺のスラックスをはき、麻のシャツの襟《えり》は開いてある。おまけに薄いスモークのサングラスをかけているので、テロリストというよりはヤクザに見える姿であった。

郵便貯金会館の手前あたりで、歩いてくる彼らを見つけた。女は長い金髪を束《たば》ねて背後に流しているようだ。男が何かを語りかけ、女が頷《うなず》くと、男の口元に白い歯が光った。

近づいた。男はこちらをちらりと見ると無関心げに目をそらし、女に話しかけた。低い言葉だが英語であった。女がやはり生硬な表情で頷く。わずかに緊張している表情であった。目が私を捉《とら》えると、瞬《また》き、何かを考えるようなまなざしになった。

すれちがった。

耳元に女の英語がとびこんだ。ひどいドイツ訛《なま》りがあった。私は立ち止まった。

煙草をくわえ、ゆっくりと振り返った。女が男に何か囁《ささや》きかけたが、男は首を振っている。女が私を振り返っていた。

二人は遠ざかっていく。男の面は端整で、小麦色にきれいにやけていた。この季節、あれだけきれいにやけるには、日本の海では難しい。年齢の見当はつけにくかった。

私を見た男の視線には、何の表情もなかった。無関心で、ただの通行人、あるいは街路樹、建物を見るような視線である。景色の一部としか捉えていない。もし彼がテロリストであるなら、じっと自分たちを見つめる相手に対して、あれほど無関心でいられるだろうか。

二人はやがて、ほとんどが灯を落とした元町商店街に姿を消した。私は煙草を吸いな

[illegible]ると車を止めた方角に向けて歩き始めた。[illegible]成毛で、一緒にいた女が名古屋で出会ったバーダーマインホフの活動家で[illegible]が[illegible]たら、と考えた。女は私を見て思い出したのかもしれない。自分たちが恭子を拉致《らち》しようとしたのを阻《はば》んだ人間であると。それを成毛に告げたが、成毛は人目につくのを恐れて、何もするなといい返した。

全くありえない話ではない。だが九割以上の確率で、私の想像にすぎぬだろう、そう思った。

だが、成毛が今夜、襲撃地点を下見しようとはかったなら外国人女性とのアベックを装うのは悪い思いつきではない。横浜という土地柄は、国籍のちがう二人連れを風景として受け入れることができる。

車に辿《たど》りつくと乗りこんだ。あるいはあのアベックが元町のどこからか、私を見張っているかもしれない、という気がした。彼らのことを頭からふりはらった。男は資料の成毛の写真とは似ても似つかぬたくましい雰囲気を持っていた。

車首を巡らすと、もう一度、山下公園通りに入った。この通りを会議団を乗せた車が走るのは、ほんの六、七百メートルに過ぎない。しかもここは繁華街のメインストリートともいえる。ここで襲撃するというのは、いくら何でも不可能ではないだろうか。

しかし私は「研修所」で教えこまれた、ゲリラ戦の攻撃法を思い出した。ゲリラ戦とは即ち、小兵力が大兵力に戦闘を挑む上での基本である。そして、その最大限の効果を発揮する方法とは、相手の意図せぬ地点、時間を突いた奇襲なのだ。常に奇襲を心がけるところに、ゲリラ戦の勝利はもたらされる。

会議場から宿舎ホテルまでの一キロ足らずの行程中、どこから攻撃をくわえても、その観光地という土地の性格を考え併せれば、これは奇襲である。しかし、このメインストリートの中心で襲うことこそ奇襲の第一条件を満たすことになりはしないであろうか。

「港の見える丘公園」に登り、会議場を左手に見ながら山手を車で一周した。この町は要塞《ようさい》化され始めている。細い、限られた道路状況では、万一テロ行為を行っても、警備陣によって簡単に退路を断たれることになるだろう。

会議場の近くで襲うならば、よほどの距離をおかぬ限り、脱出は不可能である。距離をおく——これはライフル狙撃《そげき》しかありえない。

だが山手の地形はライフル狙撃には向いていない。障害が大きすぎる。障害とは大まかに分けてふたつである。

ひとつは附近に、私の使っているマンションを別にして、高い建物が少ないこと。そしてもうひとつ、これが最も大きな障害となるのだが、〝風〟である。名古屋から戻った翌日に下見をしたときも気づいたことだが、この山手という土地は大変に風が強いのだ。朝夕の凪《なぎ》を別にすれば、常に海からか、あるいは海の方角へ強い風が吹きつけている。

遠距離からライフル射撃を行う者にとって、風は大きな敵となるのだ。発射後に、する横風は着弾点をひどく狂わせる。ときには一メートル以上もずれることが

くのだ。高精度のライフル射撃で二発目はありえない。ましてボディガードのついた人物を狙撃するときは尚更《なおさら》である。一発目の失敗が、二発目の成功を不可能とする。護衛官たちは、己れの身をもって盾《たて》となり、狙われた人物を安全な場所に移動させるにちがいない。

この点については、警護陣も気づいている筈だ。ことライフル狙撃に関するなら、山手は安全な土地といえる。

なにごともなくマンションに辿《たど》りつくと、車を駐車場におさめ、十一階に昇った。明日からはこうはいかない。附近の車、通行者はすべて警官の検問を受けることになる。警察犬、爆発物探知器を使っての安全確認が、会議場から宿舎に向かう全部の行程でおこなわれるにちがいない。

鶴見のアジトを出るときに軽い朝食を摂《と》った他には、何も胃に入れていないにもかかわらず空腹感はなかった。昨夜、筈見が鶴見を訪れて以来、すべての動きが慌《あわただ》しく、早まったようだ。宮崎が現われ、処分されそうになったのを、危うく蔡文培の手によって救われたのは、十時間足らず前のことである。三津子とベッドを共にしたのが大昔のように思えた。

バスルームに入り、バスタブに熱い湯をたたえた。明日は一日、この部屋の窓から、会議場と、その周辺を眺めて暮らすことになりそうである。

洋服を脱ぎすてると、湯の中に体を沈めた。眠っただけではとれない疲労が全身によどんでいるのを、この数日間、感じていた。何もかもが終わるまで、この疲れはとれそうにない。目をつぶると、浴槽《よくそう》のふちに頭をのせ、成毛のことを心から追い出そうとつとめた。私は警護側の人間ではないのだ。何かあってから行動を起こしても遅くはない。ただ、その場合、警察とぶつかり行動範囲が狭くなることも確かでは、ある。

目をつぶっていると、山下公園通りですれちがった若い男の顔がうかんできた。成毛にしては、彼は若く見えた。陽《ひ》にやけたスポーツマンタイプである。髪はさっぱりと短めに揃《そろ》え、たくましい。女の方も背は高いが、それほど若くはなかった。男の年齢を三十前後とするなら、白人の女も同じぐらいか、やや上である。化粧気もあまりなかったし、白人女性に多い、香水の強い匂《にお》いもなかった。

私は目を瞠《みひら》いた。

男の、顔はやけていたが、腕は白かった。半袖《はんそで》のポロシャツからのぞく肘《ひじ》や、その内側が白く目についたことを思い出したのだ。つまり長袖をずっと着用していたことを表わしている。顔があれだけ陽やけしていて、両腕が白いのはおかしい。スキーであれば、目元にゴーグルの跡が残っている筈だ。

外国に陽やけをするほど長く居て、しかも両腕は長袖で隠している。それには色々な理由が考えられるが、熱帯にいて、あのようなやけ方はありえない。昼と夜の気温差の激しい土地では、人々は長袖を着る。たとえば砂漠である。

砂漠と考えて、今の私に思いつくのはひとつしかない――アラブだ。

五月三十一日は、底抜けの青空が広がる好天となった。私は一日の大半をライフルの調整と窓からの観察で費やした。ライフルは口径三〇—〇六のボルトアクションで手入れを良くされたものだった。照準の調整は実射によって行わなくてはならない。やむなく私はすべてのドアを開け放して、直線で最も距離をおいた、部屋の端から端でおこなった。

一番奥の部屋の壁に、ベッドのスプリングマットをたてかけ、シーツの上に小さなマークをつけると、それを反対側の部屋の奥から撃つのだ。まったく癖のない銃というのはありえない。同じタイプの同じ工場で生産された銃でも不思議と、銃にはそれぞれちがった癖があるものだ。

蔡が手配してくれた銃は、弾丸がやや右上に飛ぶ傾向があった。しかしこれはほんの十数メートルの距離においてである。二百、三百メートルの距離をおいた場合、どの程度ずれてくるかは、今の状況で知る術《すべ》もない。

スコープを使って微調整を行い、再び双眼鏡を手に窓の前に戻った。

早朝からぞくぞくと、この山手に警察官が集合しつつあった。沿道には、幾つもの検問所が設けられ、会議場を中心とした半径百メートル以内は、警官の目をくぐって入ることは不可能となっていた。

機動隊のバスも五台に増え、ジュラルミンの盾《たて》と戦闘服に身を固めた隊員が、壁のように会議場を固めている。

警備本部が、会議場の向かいのインターナショナルスクールに設けられたことも、私は自分の目で知った。山手の会議場周辺だけで二千名以上の警察官が動員されているにちがいない。バス、パトカーの他に、装甲車、放水車までが待機しているのだ。

その上に通行人の約半数近くが私服の刑事である。普通のテロリストであれば、襲撃はまず不可能とあきらめるにちがいない。たとえ自動小銃や手榴弾《てりゅうだん》で武装していたとしても、このような包囲陣に飛びこむのは自殺行為に等しい。

元町から山手に向かうすべての道には検問所のテントをはる準備が行われていた。明日といわず、会議団が羽田入りする今夜から検問が始まるにちがいない。

私は双眼鏡で警備陣と通行人を観察しつづけていた。警備陣が最も手を焼いたのが、「港の見える丘公園」と外国人墓地などを訪れる観光客たちのようだった。特に、「港の見える丘公園」は、東西、及び北の方角からすっぽりと会議場を囲むような作りになっており、最も神経を尖《とが》らして、警戒にあたっている。

午後三時になると「港の見える丘公園」の夜でも閉じられたことのなかったゲートが、ついに閉ざされた。反対側の出入り口である「大佛次郎記念館」の方も同様であった。閉鎖された公園内にはすぐ警察犬を連れた警備隊が投入され、隅から隅までを調査して回っている。

双眼鏡を通して見る無言劇の中でも徐々に警備陣の緊張が高まるのが、手にとるようにわかった。今夜、午後八時に会議団は羽田に到着するのだ。

これだけの超厳戒体制に入るには、新聞発表もやむをえなかったにちがいない。マンションの部屋から見る限り、住民や警戒区域内の学校に通っている女子学生に、動揺は見られなかった。

五時になると、さすがに軽い空腹を覚えた。冷蔵庫からチーズとサラミソーセージを出し、窓ぎわまでひきよせたベッドの上に腰をおろして、ミネラルウォーターで呑《の》み下した。

そして、午後六時過ぎ、うっすらと陽がかげり始めたとき、私は「丘公園」とは反対側、元町公園をはさんでフェリス女学院の方角から東に近づいてくる一台のワゴンに気づいた。ワゴンは南に折れ、人通りのまばらな地点で停止した。会議場からは距離にして五百メートル以上離れている。だが、スポットスコープを使うことによってナンバーまで確認することができた。しかも車を駐め、降りてきた男に私は興味をかきたてられた。

昨夜、山下公園通りで出会った男だった。

16

男が降り立った地点は、会議場には遠すぎて、警備陣も足を向けぬあたりである。ワゴンは横浜ナンバーで自家用プレートをつけていた。降りたのは彼一人だった。

男はその車をロックすると、もと来た方角に戻り始めた。そのとき私は彼が、両手から薄い手袋を外すのを見ていた。男のいでたちは、昨夜見たポロシャツにスラックス、そして作業衣のような白のジャンパーを羽織ったものだった。

あたりはちょうどアメリカンスクールと女子高校の間で、最も人通りの少ない場所であった。彼がその車を止め、降り立つのを見た者はなかったにちがいない。

だが、男は女子高校のグラウンドをまがろうとしたとき、不意に足を止めた。私はスポットスコープの視点を転回させ、つるべ落としに暗くなりはじめた夕闇《ゆうやみ》の中で彼の発見したものを追った。

それはのろのろと走ってくるパトカーだった。男はグラウンドの壁のかげに身を移した。その場でパトカーをやりすごすつもりのようだ。

パトカーはゆっくりと、ワゴンの駐《と》まった小路の前を通りすぎた。そのまま遠ざかってゆく。

そのとき、私は新たな人間を見つけていた。それは腕を組んだ若いカップルである。フェリス女学院の方角から、男の隠れているグラウンドの横手へとゆっくりと歩いてくる。

おそらく「丘公園」が閉鎖されたので、行き場を失い、あたりを歩き回っているのだろう。二人の姿を、昼間私は「丘公園」のあたりで見かけたような記憶があった。どち

ら も 十代の後半か、二十を出たばかりという学生のようであった。おそろいの黄色のポロに、女の子はゴルフウエアのような短いスカート、男の子は白のコットンパンツをはき、二人とも小脇《こわき》に教科書をはさんでいる。

男は二人組に気づいてはいなかった。彼がグラウンドから出てきたとき、三人は鉢合わせをする恰好《かっこう》になった。

男はそのままやりすごし歩き出した。だが十メートルほど離れると立ち止まり、振り返るのが見えた。男の顔にわずかだが苛立《いらだ》ちの色を見たような気がした。

男の子の方が女の子に何かをいい、女の子が男の子の背をぶつような真似《まね》をした。彼が何をいったのかは無論わからなかったが、次に男の子がとった行動は、男を狼狽《ろうばい》させるに充分なものだった。教科書を女の子に預け、ワゴンが駐車された小路に走りこんでいったのだ。

彼が何をしようとしているかは明白だった。おそらく昼間、喫茶店のはしごをした結果、近くに手頃の場所を発見する前に、自然の欲求に迫られたのだろう。

残された女の子は所在なげに、グラウンドの壁によりかかり連れを待っている。男の子は壁と向かいあって、あたりを気にしながら放尿を始めた。男の子とワゴンは数メートルと離れていない。

男が行動を開始したのはそのときだった。立ち止まってふりかえっている自分の存在に、女の子が気づいたのだ。男は女の子の方に歩み寄ると、白い歯を見せて笑い、話しかけた。女の子が答えようとするより早く、グラウンドの壁のかげにその身をひきずり込む。

一瞬の間に、男の手がヒップポケットからひき抜いたナイフを女の子の胸に刺し通していた。つづいて、はねるようにして戻ってくる男の子の背後に男の手がのびた。背中からナイフをつき通し、男は少年の口元を押さえた。

二人の死体を重ねておいて、男は周りを見回すとワゴンに戻った。手早く車を後退させ、ワゴンの後の扉を開いた。

私は必死になってそこまでを見つめていた。だがワゴンの内側に何が積まれているか、どうしても暗闇《くらやみ》で見てとることはできなかった。もう男の顔すらはっきりしないほど暗くなっていたのである。

男はワゴンの後部に二人の死体を積み込み、運転席に回った。ワゴンはそのまま、もとの方角に走り去った。

私はスポットスコープから顔を上げた。自分の面から血がひいているのがわかった。ゆっくりとスコープを転回させたが、既にワゴンは家並みと闇にのまれていた。

奴が成毛泰男だ。でなくて、どうしてあんなに簡単に二人の若者を殺すことができよう。あれほど大胆に、そして残酷に。

少年があそこで尿意をもよおさなければ二人は死なずにすんだろう。いや、たとえ放尿した際にワゴンを気に止めていたとしても、通りすぎていったジャンパーの男と、そして近いうちに起こるかもしれないテロ事件とを結びつけて考えたであろうか。

成毛は確かに保身において完璧《かんぺき》である。自分の足跡を残すまいと、無関係な若いアベックをもあっさり殺すのだ。

私は大きく吐息をついて、ベッドに横たわった。今はっきりと、彼がメカニズムであることを知った。映画の中ならいざ知らず、現実に、自分とは何の利害関係ももたぬ人間を殺せるのは、狂信者か、精神の安定を欠いた者でしかない。まして、その相手が、何ら自分に悪意を抱くいわれのないことがわかっていて、それをやりおおせるのは、並み外《はず》れた精神力の持ち主か、さもなければ狂人に等しい人物である。成毛が狂人でないことは、はっきりしている。

問題を切りかえるのはかなり難しかった。今、自分が見たことから、これから自分がするべきことに、考えを絞った。

成毛はワゴンを何のためにあそこに置こうとしたのか。

理由はひとつしか考えられない。あのワゴンを近いうちに、会議団に対してとる何らかのテロ行為に利用するためだ。そのテロ行為の内容は、ワゴンの積み荷と関係があるにちがいない。あるいは、成毛お得意の自分専用の逃走手段か。

彼があらかじめ調べた上で、あの場所を選んだのは明白である。とすれば、あそこをあっさりと放擲《ほうてき》するとは思えない。死体を運び去ったことから考えても、その死体を人目につかぬところに処分した上で、もう一度、あそこを使うつもりではないだろうか。

待ち伏せて仕止めるには、絶好の場所を私は得たわけである。喜びがあろう筈はなかった。私がその地点を得るためには、二人の若者が、害虫のように無惨に殺されるのを目撃せねばならなかったのだ。

もし、あのときすぐライフルを使えば二人の——せめて一人の生命は救えたのではなかっただろうか。だが、それには風と暗闇という二重の危険があった。もし失敗すれば、私は二度と成毛泰男を殺すチャンスを手に入れられなくなったろう。

私は自問自答をくり返しながら、手早く着替えた。黒っぽく、闇に目立たぬ服装を選んだ。黒のポロシャツに濃紺のスラックス、裏地が紺のリバーシブルのスイングトップを着こみ、ゴム底の靴をはいた。スラックスのベルトにホルスターを差し、全弾装塡《そうてん》した三十八口径を入れると、スイングトップのポケットにはカートリッジを十発ほど詰めた。

ナイフをより抜きやすいふくらはぎに留めると、エレベーターを使って階下に降りた。ポルシェを逃走用に使うことも考え、五百万の現金をダッシュボードに入れた。残りの五百万は、車に戻れなかった場合に備え、部屋においてある。

車を出すと、ワゴンが駐《と》められた小路の五十メートルほど先を目ざした。車の中に乗っていては、違法駐車の疑いでパトロールに訊問《じんもん》される可能性がある。ボディチェックを受ければ一巻の終わりだ。彼らが守ろうとしている人物を殺そうとしている人間を、殺すための銃なのだ、というややこしい説明を信じてくれる筈がない。

ポルシェを停止させると、通行人、車が途切れる瞬間を待って、車を抜け出した。

成毛がワゴンを隠そうとした小路は、奥行きが十メートル足らずの袋小路であった。正面と右側がグラウンドの壁、左側が濃い植え込みの木立ちによっておおわれている。周囲に街灯はなく、木立ちの陰にひそんでしまえば、人目を惹《ひ》くことはない。奥の木立ちに隠れていれば、かなり近くにやって来ても気づかれないであろう。

私はまず、自分が身をおく場所に大体の見当をつけた。それから、壁の死角に歩み寄った。ライターを点《とも》すと、しゃがんだ。数滴の小さな黒い染《し》みしか、そこには残されていなかった。効果的なひと突きは、人体からほとんど返り血を浴びることなく生命を奪う。

黒い染みの上に手ですくった砂をかぶせた。ぱらぱらと振りかけ、その染みが見えなくなり、ライターを持つ手が火傷をしそうになるまで、しゃがんでいた。

それから木立ちの陰に隠れた。


かつてこれほどまでに人を殺すことに意欲を抱いたことがあっただろうか。湿った土と濃い緑の匂《にお》いをかぎながら、そこで待ちうけた時間は、私にとって実に長いようで、短かった。何台もの車が通りすぎ、小路の前で減速するたびに、私は緊張し息を殺した。

そしてとうとう、午後十一時を回ったときに、待ちうけていた相手が現われた。

ふたつのヘッドライトから放たれる光芒《こうぼう》が正面の灰色の壁に反射し、すぐに消された。

私は体を低くしながら目を閉じ、すぐに開いた。ライトに眩惑《げんわく》されて、視力を失わぬためである。周囲で合唱していた虫の音がやんだ。

ワゴンはベージュの車体を横に見せ、私の体から二メートルと離れていない地点で停止した。サイドブレーキを引く音が聞こえ、私は体を浮かせながら、拳銃《けんじゅう》に手をのばした。

ワゴンの右側、私とは反対側の扉が開き、人間が降り立つ足音が聞こえた。ドアをロックして遠ざかろうとしている。

私は銃を抜き、立ち上がった。次の瞬間、ヘッドライトの光に全身を照らし出されていた。

迂闊《うかつ》であった。昼間ならいざ知らず、深夜に車を放置しに来た人間が、帰りの手段を用意しておかなかった筈はないのだ。もう一台、車が尾いてきたのだ。

後から小路に侵入した車は乗用車だった。急停止すると、助手席の扉が開き、逆光で人影が飛び出すのがぼんやり見えた。

「……………」

ドイツ語の叫びが聞こえ、続いて低い破裂音が二度した。私はそのときには身を投げ出していた。拳銃を持ち上げると破裂音のしたあたりに二発撃った。無理な姿勢で撃ったため、右手首に強烈な反動がきた。

ふり仰ぐと、ジーンズの上下を着た白人が呆然《ぼうぜん》とした表情で立ちすくんでいた。瞳孔《どうこう》の収縮したブルーの目に見覚えがあった。成毛ではない、名古屋の駐車場で出会ったバーダーマインホフの片割れだ。

男は何ごとかわめくと、ジーンズのヒップポケットからナイフを抜いた。かわす暇はなかった。体ごと男に組みついた。地面に倒れた男の汗の匂《にお》いをかぎ、次いで右腹に熱い痛みを感じた。

銃を握り直すと、男の顎《あご》に銃口を押しつけ、撃った。こもった銃声がして、頭頂部に射出孔が弾《はじ》けた。

自動小銃が軽快な銃声をたてたのはその瞬間であった。私は身をすくませた。

この距離でウージーの連射をくらえばひとたまりもない。

だが撃たれたのは私ではなかった。男の死体の上から転がり落ち、濃い血の匂いをかぎながらふり返ると、乗用車の左右の人影が小路の入り口に向けて銃弾をばらまいていた。もう一組のヘッドライトが反対側から彼らを射ている。その相手に向けて撃っているのだ。

事態を把握《はあく》できぬままに、片膝《かたひざ》をつき右側の人影に向け、二発撃ちこんだ。人影は体を泳がせ、反対側からの銃弾を一発浴びた。

体を開いた扉にぶつけると、ずるずる倒れた。助手席の人影がふり向き、私はその男が成毛であることを知った。ワゴンの下に転げこんだ。

ウージーの銃弾が、ワゴンと私が殺した男につき刺さった。銃声がやみ、乗用車の扉がバタンと閉まった。エンジンが唸《うな》ると、乗用車は後退した。小路の入り口で、塞《ふさ》いでいた車につきあたり、金属がひき裂ける悲鳴をたてた。

次の瞬間、走り去った。

私はワゴンの下から転がり出た。衝突の衝撃で、小路の入り口に止まった車のヘッドライトは粉々《こなごな》に叩《たた》き潰《つぶ》されていた。

その車は白のセダンだった。車体といわずフロントグラスといわず蜂《はち》の巣のようになっている。内部で拳銃を手にした若い男が絶命していた。私は車の反対側に回った。白人に刺された脇腹《わきばら》がひどく痛んでいた。

ボンネットの向こう側に、血まみれの橋本がよりかかっていた。

橋本は私の足音に気づくと反射的に右手に持ったニューナンブを持ち上げた。だが気づいたようだ。右手をおろし、激しく咳《せき》こんだ。

「大丈夫か」

私はかがみこみ、彼の生命がそう長くないことを知った。胸と腹に一発ずつ被弾していた。橋本は弱い笑みを見せた。

「あんたも、早く逃げた方が、良い。無線を使う暇は、なかったが、銃声は誰か、に聞こえた筈……」

喘《あえ》いだ。

「どうしてここがわかった？」

私は訊《たず》ねた。

「加瀬さんこそ、どうして……？　さすがだな。わた、私は、昼間、巡回のときにワゴンを見て、臭《くさ》いと思った。だから、来て、みた。そしたら、あんたが、先に、ドンパチやっていた」

あのとき通りすぎたパトカーに乗っていたのだ。直感で怪しいとにらんで戻ってきたのだろう。優秀な警官である。ただ、相手が悪すぎた。

「見たか、成毛を……」

私のスイングトップを血まみれの指でつかんだ。

「ああ、見たとも」

私は頷《うなず》いた。

「はっきりと……？」

絞り出すような声だった。

「はっきり見た」

橋本は咳《せき》こみ、血を吐いた。

「あんた、出雲が死んでも手をひかなかったんだな」

微笑して、手を離した。

「喋《しゃべ》るな、もうすぐ助けが来る」

「行くんだろ、行って成毛を地獄につき落とすんだろうな」

そういって、不意に気づいたように、自分の車をふり仰いだ。

「多田《ただ》、が……」

若い部下のことだろうか、そう訊《たず》ねると頷いた。

「た、多田は……？」

「駄目だ」

「畜生」

呻《うめ》いて身をよじり、再び血を吐いた。

私は彼から離れた。もうぐずぐずしているわけにはいかなかった。

「待て、加瀬さん」

低い声で橋本は叫んだ。

「何だ」

「あんたに、任すよ。奴《やつ》を、奴をやってくれ……」

蒼白《そうはく》の顔になっていた。出血がひどすぎる。病院に運ばれるまでもつまい、そう思った。

「わかった、警視。やってやる」

私が答えると、橋本はニヤッと笑った。

「また、まちがえたな。今度は私は警視長になるんだよ、か、せ、さん……」

目が光を失った。

サイレンが近づきつつあった。だが私にはまだしておかなくてはならないことがあった。小路の奥に戻った。小路には、私が殺した男の他に、やはりジーンズをつけた金髪の女が転がっていた。背中に私の撃った銃弾を二発、胸に橋本の撃った銃弾を一発、くらっている。

最初に殺した男の死体を探り、ワゴンのキイを手にした。ワゴンの扉を開き、車内に入った。車内灯をつけ中を見回した。失望がどっと身を重くした。あるのは、逃走に使う、着替え、変装用のウィッグの類《たぐい》である。もう一刻の猶予もない。私はワゴンの反対側の扉から飛び降りた。そのとき、助手席の隅に落ちていた筒に気づいた。正確にいえば、それは銃弾である。しかし彼らの使っていたウージーの九ミリ口径の拳銃弾ではない。それは途方もなく大きい弾丸だった。それをつかむと、私は小路を走り出た。

パトカーのライトが、百メートルも離れていない位置に見えた。ポルシェに乗りこむと、全速力でそこを遠ざかった。ルームミラーの中で、ようやく附近の住民が、滅茶苦茶になった橋本の覆面パトカーに走りよるのが見えた。

ヘッドライトがルームミラーから消え、道なりに本牧《ほんもく》の方角まで近づくと窓をおろし片手で拳銃のラッチを押した。シリンダーを横にふり出して五発の空薬莢《からやっきょう》を落とした。薬莢に指紋はついていない。窓をしめ、銃口を膝の間にはさんだ。ポケットからカートリッジをとり出し装塡《そうてん》した。骨の折れる作業だったがやりおおせた。

それから人通りの絶えた所で赤信号に止められるのを待った。脇腹《わきばら》の傷がどの程度のものか知る必要があった。

スイングトップが幅三センチほど裂けている。ポケットのわき、肋骨《ろっこつ》の真下だった。ポロシャツが血を吸い、じっとりと濡《ぬ》れていた。ハンケチをとり出すと、胸から手を入れそっと押しあてた。全身に貫くような痛みが走ったが、吐き気や異常な不快感はない。内臓までは達していないだろうと、楽観的に決めこんだ。医者に見せるのは望むべくもないが、消毒さえしておけばそれほどひどいことにはならないだろう。何とかマンションに辿《たど》りつき、熱い湯で洗うのが一番だ。

煙草《たばこ》を取り出し、火をつけた。気持ちが少し落ちつき、考える余裕が生まれた。バーダーマインホフの二人組を仕止めたところで、成毛を片づけられなかった以上、私にとって今夜は最悪の晩である。成毛は橋本を撃ち、逃げ出してしまった。今頃はラファエル大佐の暗殺計画など露ほどの未練も残さず放擲《ほうてき》しているだろう。とっさに放った私の銃弾は、彼を傷つけることさえかなわなかった。

昼間と同様、成毛が一人で来てさえいれば――私は口惜《くや》しさにはらわたがよじれるような思いを味わった。

ポルシェを南と西に、二度にわたって右折させると山手の方角をとった。現場を迂回《うかい》する形で、山手のマンションに戻るつもりであった。長時間走り回れば、警察が張りめぐらす非常線にひっかかりかねない。

フェリス女学院と元町公園を回りこむような形で山手に帰りついた。幸いにこのあたりの検問は、元町方向から上って来る車に対してのみ行われている、会議場警備の検問所によるものだった。

マンションの地下駐車場に下る、急勾配《きゅうこうばい》の進入路に車首を入れながら、最後まで運に見放されていたわけではなかったのだな、と思った。

駐車場に入り、何げなく見渡したときにその考えを捨てた。見覚えのない白のステーションワゴンが駐車場のつきあたりに止まっていた。ポルシェのライトが当たる直前、車内に人影をふたつ見たような気がした。

ブレーキから足を離し、シフトダウンするとアクセルを目一杯踏みこんだ。タイヤが悲鳴を上げ、ハンドルを大きく切った。ポルシェは一回転して、車首を出口に向けた。ステーションワゴンがヘッドライトを点灯した。乗っているのは三人だった。運転手の他に、二人後ろにすわっている。一人の顔が一瞬だが、蔡の若いボディガード、張に見えた。

あの車が蔡のさしむけたものである筈はない。ポルシェは後輪を鳴らしながら再び山手に飛び出した。

「研修所」が蔡を見つけ出し、張に私のアジトを吐かせたのだ。

背後にステーションワゴンの目玉が追いすがった。気づかれたことを知り、追跡に移ったようだ。会議場の方角に向けて、猛烈なスピードで突っ走った。速度計は瞬く間に百四十キロをさしている。会議場の正面に出る道の手前で、私はシフトダウンした。エンジンが唸《うな》りを上げ、回転計の針がはね上がった。八十キロまでスピードを落とすとハンドルを左に切った。ミシュランのテスト主任が見れば大口を開きそうな負担にタイヤは耐えた。車一台がぎりぎりの、細い、住宅と住宅の間にポルシェはつっこんだ。ルームミラーの中でブレーキランプを点滅させながら、ステーションワゴンが尻《しり》をふるのが見えた。後退し、切り返すと、後を追ってくる。

左にわずかにカーブした道をスピードを上げながら走り抜けた。正面は外国人墓地である。

一瞬で、金属柵《さく》で囲まれた外国人墓地の正面に出た。ブレーキを踏み、減速すると一《いっ》旦《たん》停止を無視して右折した。

反対側は検問所である。警官が気づけば追ってくるにちがいない。

右折して入ったのは、元町に下る急坂だった。道路幅が狭く、曲がりくねった嫌な坂だ。散歩にはうってつけだが、高速の車でつき下るのは、左側に並ぶ死者の世界への最短コースを辿《たど》ることになる。

カーブの連続でミラーの中からライトが消えた。サイレンは聞こえない。私の減速が、さほど警官たちの注意を惹《ひ》かずにすんだのか、パトカーは追ってこなかったようだ。

左側は墓地から崖《がけ》に変わり、反対側の斜面には住宅が建ち並び始めた。

行く手の右側に、右に上る袋小路《ふくろこうじ》をガレージがわりにした住宅が見えた。ただし袋小路はこちらからは鋭角で、つまり坂を上ってきた車が、左に車を寄せるような形での駐車法をとらざるをえない地形だ。

いつまでも隠れん坊をやっているわけにはゆかない。私は決心した。体をハンドルに叩《たた》きつけるようにしてポルシェは急停車した。ギアをバックに叩きこむと、ハンドルを右にきりアクセルを踏んだ。四、五メートルの坂をポルシェは後退で上った。上り終えると同時にハンドブレーキをひき、エンジンとライトを切った。

坂の左側のガードレールにライトが反射すると、猛スピードでステーションワゴンが下ってきた。柔らかい車体を左右にふり、タイヤを鳴らして小さなカーブを曲がってくる。

あっという間にテールランプが目前から消えた。下りきれば元町、交通量の多い幹線道路にぶつかる。そうなれば彼らは、私を見失ったと思う。

数分待って、ステーションワゴンが上ってこないのを確かめると、イグニションを回した。時刻は午前一時を回っている。行く先は決まっていた。

17

伊勢佐木町のネオン街の中心、違法駐車とタクシーの空車が並ぶ一角に車を捨てた。

ジャンパーの内ポケットに現金を移し、ナイフの裂け目が目立たぬよう、右のポケットに手を入れて歩き出した。出血のせいか、わずかにふらつく。だが人は酔客だと思うだろう。

回りこむようにブロックを大きくとりながら、「エンジェルアイズ」のビルに近づいていった。人通りが絶え、駐車の列が減った。

ビルの陰から顔だけをつき出して「エンジェルアイズ」の正面を眺めた。数台の車がこちらに車首を向けて止まっている。一方通行なのだ。

街にはアルコールの匂いが強く漂《ただよ》っていた。深呼吸して、それを気つけがわりに吸いこんだが、危うく咳《せき》こみそうになった。

一本右の通りを進んだ。駐車している車の後ろに出るつもりだった。思惑通り進むと、拳銃を左手に持ち、スイングトップのポケットに入れた。右のポケットだと傷口を押しつけることになり、ひどく痛むのだ。だが中腰で、車群の後ろに近づくと、そんなことが問題ではなかったことに気づかされた。しゃがんで進む姿勢はひどく腹部に圧迫を加え、脂汗《あぶらあせ》が額にふき出した。歯をくいしばり、一台一台の車を後ろからのぞいた。

「エンジェルアイズ」の入り口の真正面に止まった黒塗りのベンツがそうだった。濃紺のスーツを着けた男が一人運転席にかけ、間断のない目配りを前方に向けている。お抱え運転手ならばシートを倒しているか、ラジオでも聞いているところだ。

車の左側を這《は》ってやりすごし、ボンネットに片手をついて立ち上がった。運転手はいきなり目前に立った人影に体を起こし、次いでフロントグラスごしに自分をにらむ銃口に目を瞠《みひら》いた。

見覚えのない顔だ。「研修所」は私の知らない人材をだいぶ抱えているようだ。

首を傾け、車を降りるよう命じた。深夜とはいえ繁華街の外れだ。いつ人が来るかもしれない。

男は両手を挙げて車を降りた。

「撃《う》つな……」

あとは言葉にならなかった。

「手をおろせ、撃ちはしない。もしお前がいうことを聞くなら」

頷《うなず》いた。

「トランクを開くんだ」

男は運転席に手をのばした。私は三十八口径のハンマーを起こした。男の顔がひきつる。

「変なものは出すなよ」

おとなしく私の言葉に従った。車のシートにすわっている姿勢で銃を腰から抜くのは難しい。従って車上にいることが多い人間は銃を車にとりつけている。その男もそうだった。ダッシュボードの下をのぞくと、クリップでオートマティックが吊《つ》ってあるのがわかった。

トランクの蓋《ふた》を上げると、向かいあって立ち、私は男に訊ねた。

「中に何人いる？」

「………」

銃口で腰を突ついてやった。男の口元が震え出すのが背後からでもわかった。

「さ、三人」

右手の拳《こぶし》をハンマーのように男の首すじに叩《たた》きつけた。男の膝が折れ、トランクの中に転げこんだ。狙いを外さなければ難しくはない。上衣がまくれあがり、ベルトに留めた黒い装置が見えた。

一見するとポケットベルに似た箱である。すぐそれが何であるかわかった。「研修所」の人間が作業中に身につけるきまりの、緊急発信装置である。万一の場合、二百メートル半径内の相棒に自分の危機を知らせるものだ。無論私は男にそれを使う暇は与えなかったが。

男の上衣を脱がせ、装置を取り外した。スイングトップのポケットから現金、拳銃の弾丸、ワゴン内で拾ったカートリッジを取り出し、上衣に移しかえるとそれに袖《そで》を通した。

いくら暗い店でも、スイングトップ姿は目につく。男の上衣は安物で、私には少し窮屈であったが仕立て直しの暇はない。スイングトップを丸め、男の体の上に放ると、トランクの蓋《ふた》をしめた。

「安物の背広でよかったな。まさか追剝《おいはぎ》に会うとは思ってもみなかったろうが」

　蓋をポンと叩いていってやった。

「エンジェルアイズ」の階段を降りてゆくと、クロークの二人組が私を迎えた。驚いたように彼らが顔を見合わすのを、見逃さなかった。

「蔡さんはどこにいる？」

　傷あとの方がいった。

「奥の事務室でお客さんと御一緒です」

「どんなお客さんだい」

　相棒と顔を見合わせ、答えなかった。私はいった。

「いいか、ボスの命を失《な》くしたくなかったら何も、何もするなよ。これから私が会ってくる。私は蔡さんの友達だ」

　クロークの内側にいた男が冷ややかな一瞥《いちべつ》をくれた。

「社長がそうおっしゃったので」

「そうだ」

　彼の目を捉《とら》えていうと、そのひと言は魔法のようなききめを表わした。男の背すじがのび、目が下に向けられた。

「事務室はどこだ？」

「ステージの左横の通路の奥です。御案内を……」

「いやいい。それより上のベンツのトランクで男が一人寝ている。寝相を悪くして、通りがかりの人を驚かさぬよう注意してやってくれ。それから、フロアのマネージャーにそこから電話して、誰《だれ》にも私の邪魔をさせぬよう伝えてくれ」

「わかりました」

男は下を向いたまま答えた。

「お客は白人がひとりと、日本人の方二人です。一人はすごく太られています」

傷あとがいった。彼らにも、自分たちのボスがおかれた状況が芳《かんば》しいものではないことがわかっているようだ。

クロークの中の男が内線電話をかけ終えるのを待って、私は下に降りていった。店内はあい変わらず暗く、ステージではシミーが歌っていた。

『嘘《うそ》は罪』――泣かせる歌だ。彼女は樫《かし》の扉を押して入ってきた私をじっと見つめているように思えた。あれだけのライトを浴びていて、暗闇《くらやみ》の中にいる私の姿が見えるわけはない。

ステージの横を歩いてゆくと、カーテンの奥にスティールの重い扉があった。カーテンをはぐり、ドアをくぐった。後ろ手に扉をしめると、シミーの歌声が遠ざかった。

コンクリートの壁、コンクリートの天井がむき出しの殺風景な通路だった。左手前に手洗いがあり、右奥に事務室と記されたドアがあった。

通路は蛍光灯《けいこうとう》の照明で明るい。手洗いの中にまず入ると、ベンツの運転手から取り上げた緊急発信装置のスイッチを入れた。スイッチを入れた方は何の変化も起きないが、二百メートル以内の他の装置は一斉にピイッという信号音を立てる。果たせるかな、一分も待たぬうちに、事務室の扉が開いて、一人の足音が聞こえた。ドアのノブに手をかけやりすごすと、足音の主の背後に出た。背の高い、ベージュのスーツを着た男がふり向きかけた。側頭部を三十八口径で殴りつけた。ふらついたところで、首すじにもう一発。倒れるときにひどい音をたてぬよう、抱きとめて通路に寝かせた。

事務室の扉に足音をたてぬよう歩みより、耳をすませた。

「ミヤザキ、君は見くびっていたのだ、カセを。ノイローゼの男にしては、彼はタフで抜け目ない。本当にナルモを殺すかもしれない」

ゆっくりと英語で喋《しゃべ》る言葉が聞こえた。宮崎の固い発音がそれに応じた。

「私のミスだった。エイブ。大佐は契約を破棄するだろうか」

「それは大佐に訊いてみることだな。だが私の勘では、モサドはお宅とは契約を結ばないだろう。もし結ぶとしても、条件はひどく厳しいものになるだろうな」

私はドアを押し開いた。正面にどっしりとした紫檀《したん》のデスクがあり、白人の大男がかけていた。手前のソファに蔡と、拳銃を手にした宮崎がいた。

白人は私を見て眉《まゆ》を吊《つ》り上げた。

「話題の中心人物だ。宮崎、銃を蔡に渡すんだ」

宮崎は目を瞠《みひら》き、何かをいいかけたが口を閉じた。蔡がゆっくりと私を仰いだ。

「あなた馬鹿ね、なぜここに来たの」

「友達を訪ねてきたんだ」

蔡の口元に微笑が宿った。宮崎の手から拳銃を奪うとつきつける。

「撃つな。彼らは私をつかまえればあんたには手出しをしないつもりだった筈だ」

「でも私、恥をかかされた。償いはさせたい」

「耳を削《そ》ぐなり、目玉を潰《つぶ》すなり、それはあんたに任せる。だが今はやらないでくれ」

蔡の微笑が舌なめずりせんばかりになった。宮崎が蒼《あお》ざめた。

私は白人に近づいた。大男はじろりと私を見上げた。

「成程、君がミスター・カセか」

「察するところモサドのエージェントとお見受けしたが？」

「極東作戦部、責任者のエイブ・スタイガーだ」

「申しわけないが武装解除させてもらう」

スタイガーは肩をすくめた。服の下からSIG・ザウエルの九ミリオートマティックを取り上げた。スタイガーは銀髪を短く刈《か》り上げ、白の麻のスーツを着こんでいる。五十前後と年齢の見当をつけた。

「あっちでくつろいで貰《もら》おう」

宮崎と蔡のすわるソファを指した。交替で私がデスクの前に腰をおろした。おろした瞬間、疲労がひどく二度と立てなくなりそうな気がした。脇腹の傷は、火傷のように熱く疼いていた。

「部下に知らせて良いか」

蔡が訊ねた。私は頷いた。

「いとも。通路にもう一人、彼らの仲間がのびている」

蔡は立ち上がると、デスクのインタフォンを取った。早口の中国語でまくしたてて、受話器をおろした。

「加瀬、やりすぎじゃないのか」

宮崎が低い声でいった。顔色が元に戻っている。

「昔の仲間に対して、これでは」

「その昔の仲間を待ち伏せて消そうとしたのはどっちだ、宮崎」

宮崎は黙りこんだ。

「ミスター・スタイガー、今夜私は、あなたがミヤザキを通じてウージーを売りつけたバーダーマインホフの二人に会いましたよ」

スタイガーは私を見つめた。

「それでは君は、イズモとの契約を果たしたというのか？」

「いや。ナルモには逃げられてしまった。おそらく彼は二度と私の手の届くところには現われないでしょう。バーダーマインホフの二人は死にましたがね」

「君がやったのか」

「一人は私、もう一人はハシモトという勇敢な警官がやりました。彼と彼の部下は、あなた方が売りつけたウージーで撃たれて死にました」

スタイガーは瞬きもしなかった。

「残念ながら、ナルモをめぐる私たちの三角関係もこれでお終《しま》いだ。それを伝えたかったので、ここに来たんですよ」

「ナルモは簡単にあきらめる男じゃない。大佐を弟の仇《かたき》とつけ狙《ねら》っているんだ。雑魚《ざこ》が二人殺《や》られたぐらいではびくともせんさ」

「成程《なるほど》」

私は借り物の上衣から、ワゴンで拾った化け物カートリッジをとり出した。それは全長が十五センチはあろうかという長さで、目に見える弾頭部分だけで五センチ近くある。最強といわれる四六〇のウェザビイマグナムライフル弾が全長十センチであることを考えれば、それは途方もない大きさといえた。弾頭は濃紺、薬莢《やっきょう》は真鍮《しんちゅう》色をしている。弾頭の首すじに白いラインがひかれていた。

「ところでこれは何だと思いますか」

スタイガーは目を細めた。

「見たところ、機関銃や大砲の弾丸ではないようだが、ライフルカートリッジにしては大きすぎるようだ」

「これを、ナルモが使っていた車の中で見つけたのです」

「なに⁉」

スタイガーの顔色が変わった。

「どうやら御存知のようですな。一体、こんな化け物のような弾を何から発射するんです」

スタイガーは答えなかった。目を瞠き、沈痛な表情になっていた。

「ナルモに関する手掛かりは今これだけです。明日――いやもう数時間で会議団はこの横浜に到着する。もしあなたがいわれるようにナルモがあきらめていなければ、彼はこいつを会議団に向けてぶっ放すでしょう」

モサドは絶対に仲間を見捨てない情報機関として知られている。あるいは明日の会議団は単なる囮《おとり》にすぎないのだろうか。

「明日の会議団にラファエル大佐は入っていないのですか」

私は訊《たず》ねた。スタイガーは首をふり、陰鬱《いんうつ》な声で答えた。

「ラファエル大佐は自分の身代わりをたてるような、そんな人物ではない。万一のことがあっても、それは標的である自分でなくてはならない、と身代わりを断わられたのだ」

「では教えた方が良い。こいつは何です？」

「私もその銃弾を実際にこの目で見るのは二度目なのだ。最初に見たのは、今から三十年も前だった」

スタイガーはいった。私は蔡を見た。中国人は無表情に白人のスパイを見つめていた。

「それはもう、前世紀の遺物といっても過言ではない弾丸だ。ミサイルやバズーカ砲の発達によって消えていく運命となった、対戦車ライフルのカートリッジなのだ」

「対戦車ライフル？」

「そうだ。ナルモがどこからそれを手に入れたかは知らんが、それはラティ二十ミリカートリッジだ。第二次大戦初期、フィンランドで作られ制式化された銃だ。当時ソビエト軍の戦車の装甲をつき破り仕止められる銃は、唯一、ラティ対戦車ライフルのみだった」

対戦車ライフル――戦車の分厚い装甲をつき破り、中の乗員を死亡させるには確かにこの化け物のようなカートリッジはふさわしい。これならば、どんなに防弾処理を施した車の装甲でもあっさりとつき破るにちがいない。

「そんなに威力のある銃がなぜ姿を消したのです？」

「ひとつには銃自体が大きいという欠陥があった。全長二メートル、重量が五十キロ以上にも達するようでは、迅速な戦闘には向かなかった。そして、戦車も、大戦が長びくにつれ、装甲のより厚く、簡単には撃ち抜かれぬものへと改良されていったのだ。やがてバズーカ砲が開発され、対戦車ライフルは戦場から姿を消した。しかし、せいぜい三百メートルの射程が限界のバズーカに比べると、実に一千メートルを越える命中精度を誇っていたのだ」

それだ。成毛にとって最高の道具たりうる銃である。一千メートルの距離をおいても、悠々《ゆうゆう》と防弾車の装甲を射貫《いぬ》けるだけの銃——成毛はその対戦車ライフルをもって、ベン・ラファエル大佐を屠《ほふ》るつもりにちがいない。

「カセ！」

スタイガーの声で我に返った。

「私に連絡をさせてくれ。このままではラファエル大佐や副首相の命が危ない。まさかナルモが対戦車ライフルを用意しているなどとは思いもよらなかった」

「あなた方は承知の上でこの作戦を組んだ筈だ。失敗すれば、副首相や自分たちの幹部を失う覚悟で」

「その通りだ。しかしシャミール副首相は何も知らされていない。作戦の総括責任者はベン・ラファエル大佐なのだ」

私は眉《まゆ》を上げた。それすら苦痛になり始めていた。

「では大佐は自分の命を標的にしてまで、ナルモを手に入れようというのか」

「ナルモはアラブ国家にとっては危険で気を許せない人間だが、ゲリラグループにとっては英雄だ。特に十代初めの、これから戦士として教育を受けてゆくパレスチナの子供達にとっては、スーパーヒーローなのだよ。彼を殺せば英雄としての名が残るだけだ。しかし捕《と》らえて、彼を裏切らせることができれば、情報を得ると同時に、大きなショックをベイルートに与えることになる。我々《われわれ》はそれを狙《ねら》ったのだ」

スタイガーの声は悲痛だった。

「あんた達の作戦は失敗したのだ。今となっては祈るのだな、ミスター・スタイガー」

私はいった。自分の声が遠くから、虚《うつ》ろに響いていた。

「何をだ？」

「私が成功することをだ。私がナルモを見つけ出し、確実に殺すことを……」

手にした三十八口径が異様に重かった。言葉を最後までいいおえたかどうか、わからなかった。体が前にのめり、闇《やみ》に呑《の》まれた。

柔らかい手が、むき出しの私の胸に触れていた。暖かく、乾いていて、掌《てのひら》を押しつけるようにマッサージをしている。その掌が額に移り、目蓋《まぶた》を軽く圧した。神経の緊張が解け、ゆったりと体が弛緩《しかん》している。

今までかいだことのない不思議な香りがその掌から漂っている。薬品のような、それでいて香水のような嫌味のない匂いだ。

掌が顔から離れ、私は目を開いた。アーモンド型のブルーの瞳《ひとみ》が真上にあった。

「ハイ」

シミーが唇をほころばせて囁《ささや》いた。

「やあ……」

私は身体を起こした。絹の感触のする柔らかなベッドに横たわっていたのだ。自分のいる部屋が、大きなダブルベッドとドレッサーのある、なまめかしい雰囲気であることを知った。シミーは紫の絹の部屋着をつけ、私の足元にうずくまって見上げていた。

「今何時だ」

私は自分が何ひとつ身につけていないことに気づき、訊ねた。

「もうすぐお昼ね」

シミーは立ち上がり、ベッドサイドのカーテンを開いた。埠頭《ふとう》と野球場が眼下に見えた。陽がすでに高い。

「ここは？」

「シミーの部屋」

私は脇腹の痛みが消えていることに気づいた。傷口に薬品を塗ったガーゼが留められている。

「蔡はどこに……？」

「あなたが気づいたら呼べ、といわれました」

私は頷《うなず》いた。

「彼に会いたい。どこにいる？」

シミーは微笑して、私に身体をすりよせた。部屋着の前が割れ、白く形の良いふたつの隆起が目の前に現われた。

私の耳たぶをシミーの舌が撫《な》でた。

「と・な・りの部屋」

シミーは囁いた。私は息を詰まらせた。

私を見て悪戯《いたずら》っぽく笑うと、彼女は体を離した。ベッドからすべりおり、ドアの方に歩みよった。まったく猫のような娘だ。

シミーがドアをノックすると、人の気配があり、ガウンを着こんだ蔡が押しあけた。

「気づいたのか、加瀬さん」

「そんなことより、私の服はどこだ」

「新しいのを用意させてある。金と銃だけはそのままだ」

蔡は框《かまち》にもたれていった。

「今の正確な時間を教えてくれ」

「正午にあと二十分ある」

私は溜息《ためいき》をついた。貴重な時間を無駄にしてしまったのだ。会議は既に始まっている。そして成毛も動き始めたにちがいない。もし彼がラファエルを殺す意志を捨てていないのなら。

「ここは……？」

「横浜公園に面したホテルの最上階だ。年間契約で、私、借りている」

「あんたが私をかついできたのか」

蔡は微笑した。

「あなた信じないかもしれないが、シミーがした。彼女、私のナンバー・ワン・ボディガードよ」

猫娘をふり返った。アーモンドの笑みが浮かんでいた。

「宮崎とスタイガーは？」

「夕方、べろべろに酔って見つかる筈」

「あんたへの償いか？」

頷いた。

「漏斗《じょうご》で老酒《ラオチュウ》でも飲ましているのか」

「まさか。もっと簡単、注射する。ダブルのジンかウォッカで充分よ。べろべろになるね」

「成程ね」

私は首をふった。厳戒中の大通りをぼろの洋服を着て、大声で喚《わめ》きたてる二人の酔っぱらいがもつれ歩いている様を想像した。身分証も金も剝《は》ぎとられていて、警官に何をいっても信じて貰《もら》えない、という筋書きなのだろう。

「恨まれるぜ」

微笑して答えなかった。

「シミー、もう少し加瀬さんを休ませてあげなさい」

「待ってくれ。あんたに訊《き》きたいことがあるんだ」

「あんたは横浜のことなら何でもわかるといった。知恵を借りたい」

「何か?」

「成毛を殺す?」

「そうだ」

「こちらに来なさい――いや、その前に洋服を着て……」


十分後、私はシミーの淹《い》れたまともなコーヒーにありつき、地図を前に蔡と話していた。眠らなかったのか、と訊《たず》ねた私に蔡は微笑して、自分は一日二時間しか眠らないのだと答えた。

「いいか、よく聞いてくれ。あんたもスタイガーのいった言葉を聞いたと思うが、ラティ対戦車ライフルは千メートルの射程がある。ということは、千メートル離れた地点から、会議団の車を狙《ねら》えるというわけだ。通常、警察は三百メートル半径を警戒するのがせいぜいだ。とすると、成毛はその三倍以上の地点で狙うことができる。私の考えでは、成毛はこの山下公園通りを会議団の車が進行中に狙う筈《はず》だ。しかし、この公園通り自体はせいぜい八百メートルだ。しかも会議団通行中は通り自体が封鎖されるにちがいない。とすると、Kホテルを起点にして、元町に入るまでコースから直線で千メートル、障害物なしの場所があるかね」

蔡はサングラスの奥から地図を見つめ、私の言葉を聞いていた。私の頭の中には既《すで》にひとつの答えがあった。しかし、それを確かめるには、地勢に明るい蔡の言葉が必要だったのだ。

やがて蔡は地図から面を上げ、私を見つめた。

「私、加瀬さんが何を考えているかわかる。でも、それは多分、できない」

「…………？」

「あなた海を考えているでしょう。海の上から狙う——でも不可能ね」

「なぜだ」

驚いて私は訊《き》き返した。蔡の言葉は、私の考えをずばりいい当てたのだ。

「理由はふたつ。山下公園が邪魔になる。山下公園、公園通りより高い。だから撃つなら、もっと高い位置から狙わなきゃ駄目。海の上にそんなものない。それと波」

「では山下公園通りでなければ、どうだ」

「公園通りでなくて、海の上でなく狙えるところ……？」

「一か所だけある」

私は指さした。

山下橋である。全長五十メートルほどの、山下町と新山下町を結ぶこの橋は、運河の上、建設中の高速道路と交差するようにかかっている。しかも橋の東側がすべて海というわけではないのだ。千メートルの半円を描けばそこには山下埠頭《ふとう》、本牧《ほんもく》埠頭A突堤が入っている。架設中の高速道路、あるいは埠頭の建物と、山下橋を狙えるポイントはいくらでもある。

会議団が山手の丘を下り、最短距離で、山下公園通りに入るには、どうしても通らねばならぬ橋なのだ。あと十時間もたたぬうちに、会議団はこの橋を、宿舎のKホテルに向けて通過する。

今夜しかない。

昨夜の出来事を考えれば、成毛が暗殺をしかけるのは今夜しかない筈だ。私は確信していた。そして、私に与えられたチャンスも今夜だけである。今夜中に彼を仕止めなければ、私はモサドや宮崎に追われることになるのだ。

私は蔡にそういった。

蔡は私と地図を見比べた。そしていった。

「あなたのいう通り、加瀬さん。ここなら狙える、今夜」

18

一時間と待たせずに、蔡は船の手配をした。ホテルの駐車場に降りると、私と蔡は彼のロールスに乗りこんだ。

中国語で行く先を命じる。

「新港埠頭に向かえといったのだ」

「新港埠頭？」

「大桟橋の西の埠頭。大桟橋から東は、水上署が厳しく出入りする者をチェックしてるね。おそらく会議団のせいよ」

だが水上署も、まさか千メートル離れた海上まではチェックしなかったにちがいない。ロールスは海岸通りを抜け万国橋を渡った。蔡のロールスはどこでも知られているようだった。何者にも咎《とが》められることなく、埠頭に到着した。

運転席のわきにとりつけられた自動車電話が鳴り、蔡は素早く手をのばして受話器をとった。

「………」

中国語で短い受け応えをすると受話器をおろした。

「部下の話だと、山下橋からほぼ東に千メートルの海上、山下埠頭第三突堤と、本牧埠頭A突堤の中間に、一隻の艀《はしけ》が停泊している」

「それにちがいない」

私は静かに答えた。成毛がどちらの埠頭に近づくにしても海上からの手段を用いると私は考えていた。襲撃を終えたあとの逃走路を確保するのは、彼の常套《じょうとう》手段である。蔡の用意した着替えは、私にぴったりのサイズの麻のスーツだった。銃のホルスターは傷口にあたらぬように左の腰に吊《つ》ってあった。

「あなた乗せる船、待っている。私の貿易公司《コンス》で使っているバージ」

「バージ？」

「艀のこと。船長は中国人で汪《おう》という口の固い男。何見ても忘れることできる」

艀は平底の木造船だった。さほど大きくない割りにはスピードの出るエンジンを積んでいるという。

色の浅黒い、染《し》みだらけの半袖《はんそで》シャツを着た船長に、ロールスの窓から蔡は中国語で指示を与えた。潮やけした船長の年齢は、見当もつかなかった。むっつりと幾度か頷《うなず》き、蔡の言葉に返事もしない。

だが蔡はこの男を信頼しているようだった。船長の愛想が悪いといって、文句をつける理由にはならない。横浜港の観光に来たわけではないのだ。

ロールスを離れ、汪は艀《はしけ》に乗りうつった。無言で私を待っている。私は蔡の窓ごしの顔を見つめた。

「礼聞くのは帰ってからね。私、筈見先生に連絡しておく」

「わかった」

私は答え、艀に飛びうつった。汪はすぐ発船させた。光を乱反射する紺色の海面を叩《たた》きながら、艀は埠頭全体を回り始めた。地図で見ると約三千メートルほど東に、問題の艀は停泊している。

近づくにつれ私は双眼鏡で艀を観察した。クレーンを備えたかなり大きな艀である。私と汪の乗っているものの数倍はありそうだった。ふたつの埠頭《ふとう》にはさまれているためか、山下埠頭を回りこんだあたりから、波が穏やかになった。

どちらの埠頭を使う気であるかは、その時点ではっきりした。

本牧《ほんもく》埠頭は使えない。架設された高速道路が邪魔になるのだ。艀に載せたラティ対戦車ライフルを、夜を待って山下埠頭に上げるつもりにちがいない。

船上に人影はなかった。それらしい荷もない。しかし私はあの艀にちがいないと確信していた。

二百メートルほど手前で、私は汪に停船させた。あたりに他の船影はない。これ以上近づいては気づかれかねない。おそらく今でも双眼鏡でこちらを観察している筈だ。小さな操舵《そうだ》室《しつ》に身を隠して考えた。

蔡にアクアラングの用意を頼むべきであった。しかしもう遅い。

船上にいるのは成毛一人であろうか。おそらくそうではない。金で買収したか、銃で脅《おど》かしたのか、操船する人間があと一人はいる筈である。どちらにしても用が済めば、成毛に殺されることになる。成毛が消音器のついた拳銃も持っていることを、昨夜私は身をもって体験していた。

夜間、艀を使えば成毛はかなり遠くまで逃げのびることができる。もしかするとアクアラングと高速艇をどこかに用意させているかもしれない。山手のワゴンだけではなく、二重三重の逃走手段を用意せずにはおかない男だ。

バーダーマインホフの二人組の役割にも思いあたった。彼らは五十メートルの山下橋に、会議団の公用車を釘付《くぎづ》けにする役割を負っていたにちがいない。消耗部隊として最初から死ぬ覚悟であったのだ。橋の両側から挟撃《きょうげき》すれば、彼らが死ぬか捕らえられるまで公用車は移動することが不可能になる。

成毛にとって長い時間は必要ではない。橋の上に合わせた照準をわずかにずらせばよいのだ。対戦車ライフルの弾丸ならば、徹甲弾の他に炸裂《さくれつ》弾もある筈だ。ガソリンタンクに命中させれば、公用車は瞬く間に爆発、炎上する。一キロの距離をおいて成毛は悠々《ゆうゆう》と逃亡できるわけだ。

暗くなるのを待った。明るいうちに近づき、気づかれてはどうにもならない。成毛が暗くなるのを待っているならば、こちらもそうしようと決めた。汪《おう》に告げると、潮やけした中国人は頷《うなず》き、甲板の隅で丸くなった。

陽ざしがかなりきつく、悪臭の漂《ただよ》う操舵室は蒸し風呂《ぶろ》のようになったが、甲板に出るわけにはいかない。

成毛を目前にして待つということが、しかし私には苦痛ではなかった。船室で脚をのばし、木のベンチで煙草を吸いながら、もし自分が生きて帰れたら、この後をどう生きてゆこうかと考えた。自分の未来について、「研修所」をやめてからは、一度も考えたことなどなかった。考えまい、とつとめてきたのだ。

生き続ける――呼吸をし、食べ、眠り、人を愛する、ことが、自分が殺した人間たちに対する冒瀆《ぼうとく》であるかのような気がしていたのだ。それでも自らの手で命を断たぬ限り、私は生きてゆく。だから尚更《なおさら》、生きるということを考えぬようしむけてきた。生き続けていて、考えない。本能的で原始的な最低限の欲望にのみ従う。食べて眠るだけの生活、を自分に許してきた。

しかしそれが今では無意味なことであるように思えた。そう思うようになった原因は、はっきりしている。

三津子だ。

彼女は私が戻ってくることを信じていなかった。確かに、私が生きて帰れる確率は、あのときよりわずかに増えたに過ぎない。最も危険で、しかも倒さねばならぬ相手は、目前にいるのだ。

甘い期待で胸が躍るわけではなかった。死を恐れる気持ちが強まったのでもない。しかし、何か確かなもの、生きるための理由のようなものが、手をのばせば届く距離にあるような気がしていた。それが錯覚だとしても、手をのばすぐらいはしてみるべきではないだろうか。

午後六時四十分に日が落ちた。空の赤味が水平線に埋もれると、私は汪にエンジンをかけるよう命じた。成毛も動き出す頃である。会議団は一、二時間のうちに山下橋を通過する筈だ。艀《はしけ》の右舷《うげん》を、成毛の艀に向けさせると、三メートルほどに切っておいたロープを柱に結び、左舷から海上に垂らした。

一度限りの勝負である。失敗すれば私は海上の標的と化す。汪にいって捜し出させたビニールの袋に銃を入れ、口を縛った。それを手首に細紐《ほそひも》でゆわえた。泳ぎやすいように靴と靴下を脱ぎ、シャツとスラックスだけになると、ロープにつかまって海上に身を浮かべる。

汪は艀を、成毛の乗る艀の左舷に向ける手筈であった。成毛の艀は右舷を山下橋の方角に向けている。成毛は確実に、船室の右舷よりにいる筈だ。

およそ五メートルの近距離で、汪の操る艀が成毛の艀とすれちがう。そのときに私はロープから手を離して、海中にもぐるのだ。成毛の注意は、当然、艀にひきつけられる。その間に、私が成毛の艀に泳ぎつき乗船する。

薄闇《うすやみ》の中で私が頷《うなず》くのを確認し、汪は艀を出した。私の体が海中にあることは、艀が盾《たて》になって成毛には見えない。

海水は思ったほど暖かくはなかった。ロープにつかまり、流されているのも楽ではない。頭を海上に出しておくのが難しいのだ。

呼吸をつかむと楽になった。頭をそらさず、わずかにうつむけるようにすれば口や鼻に汚れた海水を吸いこまずにすむ。

成毛の艀に近づくまでずいぶん時間がかかるような気がした。成毛が怪しみ、いきなり撃ってくれば一巻の終わりである。

合図の汽笛が鳴った。艀の船首と船首が交差し始めたのだ。

私は大きく息を吸うと、スクリューに巻きこまれぬよう思いきり深く沈んだ。

海水は表面だけではなく、三メートルほど潜ってもかなり濁っていた。見当をつけておいた方角に、ひたすら泳ぐほかはない。艀の影も見あたらぬうちに、息が続かなくなり苦しくなった。目を瞠《みひら》いても何も見えない。

不意に黒く巨大な影が左側のすぐ二メートルと離れていない海中に出現した。艀だ。

船体が手に触れるまで近づくと、ゆっくり浮上した。汪の艀から受けた横波で、わずかに揺れている。

音を立てぬよう水をかいた。手か足をかける場所を見つけねばならない。汪の艀が充分離れたことを知れば、成毛は艀を出させるだろう。そうなれば、まったく馬鹿げたことだが、私は海に独り、とり残されることになる。

固く、ぬるついた柱が腕にぶつかった。それがアンカーの鎖であることに気づいたときは心底、ほっとした。デッキまでの高さはそうはない。足の指をひっかけると、体を苦心して持ち上げた。海上に出ると、ひどく寒さを感じる。

息を殺して舷側《げんそく》に体を引き上げ、甲板に足を乗せた。注意を惹《ひ》くことを嫌ってか、視力を奪われぬためか、成毛が船の明かりをつけさせなかったことが幸いした。

私が這《は》い上がったのは、右舷船首からやや中央に寄った位置であった。三メートルほど離れたところに白塗りの操舵室がある。左手から拳銃を入れたビニール袋をほどいた。

突然、船の明かりがともり、エンジンが始動した。私は凍りついた。自分の姿が、操舵室から丸見えなのだ。

甲板のクレーン柱のすぐ根元に、キャンバスシートをかけた包みが置かれている。大きさは、長さ二メートル、高さが五十センチほどだ。

ラティ対戦車ライフルに違いない。そう思い近づきかけたとき、撃たれた。

左肩に衝撃をうけ、私は甲板に転がった。弾丸は肩甲骨のすぐ下にあたった。激痛が全身を麻痺《まひ》させ、指一本動かすことができない。海水で冷えた体の表面を暖かいものが伝わっている。自分の流す血だと、すぐに気づいた。

ゆっくりと首だけを回した。右肩を下にした恰好《かっこう》で、私は対戦車ライフルのすぐそばの甲板に横たわっていた。

黒人が近づいてくる。ほんの数歩の距離まで来たとき、それが顔を塗った成毛であることに気づいた。濃い紺の戦闘服をつけ、頭に毛糸の帽子をかぶっている。右手に私を撃った、消音器をとりつけたオートマティックを下げていた。

立ちどまると不思議そうに私を見つめ、黙っていた。何もいわない。

「成毛泰男だな」

私はいった。囁《ささや》くような声しか出なかった。対して答えた成毛の声は、低くて美声ともいえる滑《なめ》らかさがあった。

「どうしてわかった」

「昨日、アベックを刺し殺したろう。見ていて、おまえだと思った」

「なぜだ」

表情は全く変わらなかった。

「磯がいった。お前は殺すメカニズムだと。昨日、十一階から見ていて、それを知ったのだ」

「名古屋で邪魔をしたのは、お前か」

「そういうことだ」

彼の表情が能面のように変化しない理由がわかった。整形手術のせいである。

「どうしてそんなことをする」

「訊《き》いてどうする？　今後の教訓にするか？」

笑いもしなかった。

「馬鹿だな。お前は」

そう答えただけだった。

「弟の仇討《かたきう》ちに、のこのこ罠《わな》に飛びこむお前も悧口《りこう》とはいえないようだ」

「計画が完全なら失敗の可能性は常に低い。失敗の可能性そのものは、どのような作戦にもついて回る。低い可能性ならば、行動力でカバーすることができるのだ」

「どこで覚えた？　レバノンか」

黙りこみ、私を見つめていた。いつ殺そうか迷っているわけではない。どこを撃って殺そうか考えているような目だった。

「訓練はどこで受けたんだ、お前は。自衛隊か？」

「忘れたよ」

私は答えた。

「人を殺すごとに忘れることに決めたんだ。お前が最後だ、それですべて忘れる」

銃口が私の額に向けられた。今度は成毛の目が笑っているのを認めた。

「もうすぐ埠頭《ふとう》だな」

私は静かにいった。成毛の目が一瞬、私から離れた。その胸に二発撃ちこんだ。

艀には成毛の他に、六十を過ぎた年寄りが一人乗っているだけだった。その老人が艀を操っていたのだ。怯《おび》えて口もきけなくなっているのをなだめすかし、短声三発の汽笛を鳴らさせた。汪の艀を呼び戻す合図でもあり、山下埠頭で待機する蔡の部下にも知らせたものだった。

老人に停船させると、私は甲板に胡坐《あぐら》をかき舷側にもたれた。傷の痛みがひどかった。

ほんの十数メートル先に、成毛の復讐《ふくしゅう》の舞台となる筈であった、山下埠頭第三突堤が広がっていた。

エンジン音を聞き、私は痛みをこらえて首をねじった。汪の艀が近づきつつあった。その向こうに、山下町の光が見えた。きれいだ、と思った。陸地から海を見るよりも、海から陸地を見る方がずっと美しい。マリンタワーやニューグランドも見える。いつだってそうなのだ。自分が反対側に身を移すまでは、新しい世界は見えてこない。顎《あご》をひきつけると、自分の血が強く匂った。そして、その夜初めて、潮の香りもかいだ。

〈付記〉

改めて述べるまでもないことだが、現実は物語の世界より遥かに大胆な動きを示すものである。僕が、幾人かの人間の生死を紙上に描いている間に、数えきれぬ人々が実際には命を落としたのだ。

主人公がひとりの命を奪うことに捉われる物語ができあがってみると、既にひとつの国家が崩壊し、そこにあった機構は所在地を変える結果になっていた。この問題に、たやすく意見を述べることはできない。しかし物語における興奮と、現実の死が、まったく別のものであることは確かだ。

作中、銃については「別冊 Gun Part2」(国際出版)を、またスイス銀行については「スイス銀行　城山三郎」(月刊プレイボーイ'76年三月号記事)を参考にさせていただいた。

お断わりするとともに、お礼を申しあげます。

著者

解説

田中光二

わたしはフランスのギャング映画、いわゆるフィルム・ノワールが大好きである。とくにジャン・ピエール・メルビル監督のものが好きだ。〝サムライ〟もいいが〝仁義〟もいい。非情なタッチの中にいうにいわれぬ情感がある。

この小説を読み終わってまず感じたのは、この作品はフィルム・ノワールの雰囲気を持っているなということだった。

これはもちろん賞賛のことばである。

日本の作家はアウトローを書くのが下手だ。日本でアウトローというとやくざになってしまうが、ほんもののアウトローとはやくざではない。……自分の行動規律と倫理を持ち、それにあくまで忠実に生きる男だ。そのためには法と抵触することもいとわない。勿論戦うこともだ。

もうひとつ、いわゆる殺し屋……プロフェショナル・キラーというものを書くことに慣れていない。

日本のウェットな風土では、殺人の風景といえども義理人情がからんでしまう。もしくは、犯罪者としての殺人者をその心象風景を追って描くことになる。冷徹なキラー・マシンとしての殺し屋というものは、日本には存在しえないし、作家も書きにくいだろう。

だが世界にはこの種の人間が厳然として存在するのだ。国際的なエスピォナージュの世界、あるいはテロリストの世界では、いわゆるキラー・インスティクト（殺しの本能）を持ち、いっさいの感情をまじえずに人間を〝排除〟出来る人間が存在する。

フォーサイスが書いたジャッカルは、その影にすぎない。

この作品は、その殺しの本能を持つふたりの男を登場させて、きちんと成功している日本では珍しい作品である。

メカニックなテロリストを追う、やはりキリング・マシン上がりのハンター・キラー。それにヒット（暗殺）のサスペンスがからむというプロットは、イギリスの冒険小説界でいうと、マクリーンやバグリイといったところよりもジャック・ヒギンスが得意とするところである。

ヒギンスはみじかいシークェンスの積み重ねと簡潔な心理描写によって、そういった男達の心情をたくみに描き出している。非情なタッチのなかにいうにいわれぬ余韻と香気がある。

しかし大沢作品では、心理描写の比重がかなり重い。主人公の心理的モノローグにかなりなページを割《さ》いている。

作家のモチーフは、キリング・マシンから足を洗った男の自己回復にもあるわけだから、その心理面を書き込みたくなるのは当然だが、同時にストーリーのテンポをやや阻害している感はいなめない。

べつないいかたをすれば、作家がいささか主人公に感情移入しすぎて、酔ってしまっている面があるのだ。

しかしそこが、この大沢在昌という若い作家の〝優しさ〟なのだろう。

この小説はいいかえると〝優しい〟小説である。大いそぎで断っておくが、軟弱な小説だといっているのではない。

冒頭に書いたように、日本製ハードボイルド・アクション・ノベルとしては珍しく成功している作品なのだ。

わたしがいいたいのは、テロリストと殺し屋の戦いといった血なまぐさい物語でありながら、すみずみにまで作者が人間を見る優しさがみなぎっているということだ。

これは作家大沢在昌の資質であり、とても大切なことなのだ。

作者がひとりひとり人物を描き出す目はたしかなものだ。その若さからいえば達者すぎるといってもいいほどだ。とくにふたりの女性に向ける目が緻密《ちみつ》で行き届いている。脇役たちの個性も簡潔にあざやかに描出され、リアリティを与えられている。もちろんこの小説世界におけるリアリティだ。

この種の小説の重要な要素は、会話だが、同時に日本製ハードボイルドのウィークポイントでもある。

つまり、しゃべりかたというのは民族それぞれに固有性があり、たとえばイギリス人のようにいつもウィットを効かせたすこし持って回ったしゃべりかたを日本人がするわけはない。

アメリカ人のようにやはりジョーク好きであけっぴろげないいかたをするわけもない。日本人には日本人なりの会話のスタイルというものがあって、儒教的な礼節とあいまいさにみちたそれはほんらいハードボイルドの世界にはそぐわないものなのである。

しかしこの作品ではそれがいや味にならないでいどにうまくスタイリッシュになっており、オトナの味を出すことに成功している。

もっとはっきりいってしまえば、大沢在昌のこの若さで、これだけ成熟した作品が書けたということにわたしはおどろいている。

すこし心理描写を刈り込み、テンポ・アップすれは、外国に翻訳して出してもじゅうぶん通用するだろう。

およそこの種の小説には、作者が頭をひねったキー・ファクターというものがいくつかある。

歌でいえば〝サビ〟というような部分だ。

この小説の場合は、テロリストの成毛が、個人的な国家としての論理で動いているという解釈と、暗殺に対戦車ライフルを使うということだろう。

前者は、テロリストの行動倫理の新解釈といえようし、後者は、プロットのひねりとしてあざやかに決まっている。

読者と作者は、すきあらば相手をしのごうといつも勝負しあっているようなものだが、ここでわたしは一本取られたと感じた。

しかし気持ちよく負けた感じがあった。……それもまた、この種の小説を読んだ後味としては、大切なことなのである。

本書は、一九八三年一月にカドカワノベルズとして、一九八七年十一月に角川文庫として出版された作品の新装版です。なお、本作品はフィクションであり、実在の個人・団体等とはいっさい関係ありません。

（編集部）

標的《ひようてき》はひとり

新装版

大沢在昌《おおさわありまさ》

平成28年 9月25日　初版発行
令和7年 1月15日　8版発行

発行者●山下直久

発行●株式会社KADOKAWA
〒102-8177　東京都千代田区富士見2-13-3
電話　0570-002-301(ナビダイヤル)

角川文庫 19967

印刷所●株式会社KADOKAWA
製本所●株式会社KADOKAWA

表紙画●和田三造

ISBN978-4-04-104916-7　C0193

◆◇◇

角川文庫発刊に際して

角川源義

第二次世界大戦の敗北は、軍事力の敗北であった以上に、私たちの若い文化力の敗退であった。私たちの文化が戦争に対して如何に無力であり、単なるあだ花に過ぎなかったかを、私たちは身を以て体験し痛感した。西洋近代文化の摂取にとって、明治以後八十年の歳月は決して短かすぎたとは言えない。にもかかわらず、近代文化の伝統を確立し、自由な批判と柔軟な良識に富む文化層として自らを形成することに私たちは失敗して来た。そしてこれは、各層への文化の普及滲透を任務とする出版人の責任でもあった。

一九四五年以来、私たちは再び振出しに戻り、第一歩から踏み出すことを余儀なくされた。これは大きな不幸ではあるが、反面、これまでの混沌・未熟・歪曲の中にあった我が国の文化に秩序と確たる基礎を齎らすためには絶好の機会でもある。角川書店は、このような祖国の文化的危機にあたり、微力をも顧みず再建の礎石たるべき抱負と決意とをもって出発したが、ここに創立以来の念願を果すべく角川文庫を発刊する。これまで刊行されたあらゆる全集叢書文庫類の長所と短所とを検討し、古今東西の不朽の典籍を、良心的編集のもとに、廉価に、そして書架にふさわしい美本として、多くのひとびとに提供しようとする。しかし私たちは徒らに百科全書的な知識のジレッタントを作ることを目的とせず、あくまで祖国の文化に秩序と再建への道を示し、この文庫を角川書店の栄ある事業として、今後永久に継続発展せしめ、学芸と教養との殿堂として大成せんことを期したい。多くの読書子の愛情ある忠言と支持とによって、この希望と抱負とを完遂せしめられんことを願う。

一九四九年五月三日

角川文庫ベストセラー

感傷の街角　大沢在昌

早川法律事務所に所属する失踪人調査のプロ佐久間公がボトル一本の報酬で引き受けた仕事は、かつて横浜で遊んでいた〝元少女〟を捜すことだった。著者23歳のデビューを飾った、青春ハードボイルド。

漂泊の街角　大沢在昌

佐久間公は芸能プロからの依頼で、失踪した17歳の新人タレントを追ううち、一匹狼のもめごと処理屋・岡江から奇妙な警告を受ける。大沢作品のなかでも屈指の人気を誇る佐久間公シリーズ第2弾。

追跡者の血統　大沢在昌

六本木の帝王の異名を持つ悪友沢辺が、突然失跡した。沢辺の妹から依頼を受けた佐久間公は、彼の不可解な行動に疑問を持ちつつ、プロのプライドをかけて解明を急ぐ。佐久間公シリーズ初の長編小説。

シャドウゲーム　大沢在昌

シンガーの優美は、首都高で死亡した恋人の遺品の中から〈シャドウゲーム〉という楽譜を発見した。事故から恋人の足跡を遡りはじめた優美は、彼に楽譜を渡した人物もまた謎の死を遂げていたことを知る。

六本木を1ダース　大沢在昌

日曜日の深夜0時近く。人もまばらな六本木で私を呼び止めた女がいた。そして行きつけの店で酒を飲むうちに、どこかに置いてきた時間が苦く解きほぐされていく。六本木の夜から生まれた大人の恋愛小説集。

角川文庫ベストセラー

眠りの家　大沢在昌

学生時代からの友人潤木と吉沢は、千葉・外房で奇妙な円筒形の建物を発見し、釣人を装い調査を始めたが……表題作のほか、不朽の名作「ゆきどまりの女」を含む全六編を収録。短編ハードボイルドの金字塔。

一年分、冷えている　大沢在昌

人生には一杯の酒で語りつくせぬものなど何もない。それぞれの酒、それぞれの時間、そしてそれぞれの人生。街で、旅先で聞こえてくる大人の囁きをリリカルに綴ったとっておきの掌編小説集。

烙印の森　大沢在昌

私は犯罪現場専門のカメラマン。特に殺人現場にこだわるのは、〝フクロウ〟と呼ばれる殺人者に会うためだ。その姿を見た生存者はいない。何者かの襲撃を受けた私は、本当の目的を果たすため、戦いに臨む。

ウォームハート　コールドボディ　大沢在昌

ひき逃げに遭った長生太郎は死の淵から帰還した。実験台として全身の血液を新薬に置き換えられ「生きている死体」として蘇ったのだ。それでもなお、愛する女性を思う気持ちが太郎をさらなる危険に向かわせる。

未来形J　大沢在昌

その日、四人の人間がメッセージを受け取った。四人はイタズラかもしれないと思いながらも、指定された公園に集まった。そこでまた新たなメッセージが……差出人「J」とはいったい何者なのか？

角川文庫ベストセラー

秋に墓標を（上）（下）　大沢在昌

都会のしがらみから離れ、海辺の街で愛犬と静かな生活を送っていた松原龍。ある日、龍は浜辺で一人の見知らぬ女と出会う。しかしこの出会いが、龍の静かな生活を激変させた……！

ブラックチェンバー　大沢在昌

警視庁の河合は〈ブラックチェンバー〉と名乗る組織にスカウトされた。この組織は国際犯罪を取り締まり奪ったブラックマネーを資金源にしている。その河合たちの前に、人類を崩壊に導く犯罪計画が姿を現す。

アルバイト・アイ
命で払え　大沢在昌

冴木隆は適度な不良高校生。父親の涼介はずぼらで女好きの私立探偵で凄腕らしい。そんな父に頼まれて隆はアルバイト探偵として軍事機密を狙う美人局事件や戦後最大の強請屋の遺産を巡る誘拐事件に挑む！

アルバイト・アイ
毒を解け　大沢在昌

「最強」の親子探偵、冴木隆と涼介親父が活躍する大人気シリーズ！　毒を盛られた涼介親父を救うべく、東京を駆ける隆。残された時間は48時間。調毒師はどこだ？　隆は涼介を救えるのか？

アルバイト・アイ
王女を守れ　大沢在昌

冴木涼介、隆の親子が今回受けたのは、東南アジアの島国ライールの17歳の王女の護衛。王位を巡り命を狙われる王女を守るべく二人はある作戦を立てるが、王女をさらわれてしまい…隆は王女を救えるのか？

角川文庫ベストセラー

悪夢狩り　新装版　　大沢在昌

試作段階の生物兵器が過激派環境保護団体に奪取され、その一部がドラッグとして日本の若者に渡ってしまった。フリーの軍事顧問・牧原は、秘密裏に事態を収拾するべく当局に依頼され、調査を開始する。

B・D・T［掟の街］　新装版　　大沢在昌

不法滞在外国人問題が深刻化する近未来東京。急増する身寄りのない混血児「ホープレス・チャイルド」が犯罪者となり無法地帯となった街で、失踪人を捜す私立探偵ヨヨギ・ケンの前に巨大な敵が立ちはだかる！

影絵の騎士　　大沢在昌

ネットワークと呼ばれるテレビ産業が人々の生活を支配する近未来、新東京。私立探偵のヨヨギ・ケンは、ネットワークで横行する「殺人予告」の調査を進めるうち、巨大な陰謀に巻き込まれていく――。

深夜曲馬団《ミッドナイト・サーカス》　新装版　　大沢在昌

作品への手応えを失いつつあるフォトライターが出会ったのは、廃業寸前の殺し屋だった――。「鏡の顔」他、4編を収録した、初期大沢ハードボイルドの金字塔。日本冒険小説協会最優秀短編賞受賞作品集。

天使の牙（上）　新装版　　大沢在昌

麻薬組織の独裁者の愛人・はつみが警察に保護を求めてきた。極秘指令を受けた女性刑事・明日香がはつみと接触するが、2人は銃撃を受け瀕死の重体に。しかし、奇跡は起こった――。冒険小説の新たな地平！

角川文庫ベストセラー

天使の牙（下） 新装版
大沢在昌

脳移植により、組織の秘密を握る女・はつみの身体を得た女性刑事・明日香。組織が仕掛ける殺戮の罠から彼女を守るのは元恋人の仁王ただ1人。しかし彼ははつみの体に宿るのが明日香であることを知らない——。

天使の爪（上） 新装版
大沢在昌

麻薬密売組織「クライン」のボス・君国の愛人の身体に脳を移植された女性刑事・アスカ。過去を捨て、麻薬取締官として活躍するアスカの前に、もうひとりの脳移植者が敵として立ちはだかる。

天使の爪（下） 新装版
大沢在昌

最重要軍事機密である、脳移植の稀有な成功例、アスカ。彼女の前に突如現れた、脳移植が生んだロシアの怪物との戦いの行方は⁉ エンターテインメント最高傑作がここに！

かくカク遊ブ、書く遊ぶ
大沢在昌

物心ついたときから本が好きで、ハードボイルド作家になろうと志した。しかし、六本木に住み始め、遊びを覚え、大学を除籍になってしまった。そんな時に大沢在昌に残っていたものは、小説家になる夢だけだった。

小説講座 売れる作家の全技術 デビューだけで満足してはいけない
大沢在昌

エンタメ小説界のトップを走り続ける著者が、作家になるために必要な技術と生き方のすべてを惜しげもなく公開する小説講座の決定版。文庫版特別講義「いまデビューができ、生き残っていける新人とは」収録。

角川文庫ベストセラー

新宿のありふれた夜　佐々木　譲

新宿で十年間任された酒場を畳む夜、郷田は血染めのシャツを着た女性を匿う。監禁された女は、地回りの組長を撃っていた。一方、事件を追う新宿署の軍司は、新宿に包囲網を築くが。著者の初期代表作。

鷲と虎　佐々木　譲

一九三七年七月、北京郊外で発生した軍事衝突。日中両国は全面戦争に。帝国海軍航空隊の麻生は中国へ出兵、アメリカ人飛行士・デニスは中国義勇航空隊として出撃。戦闘機乗りの熱き戦いを描く航空冒険小説。

くろふね　佐々木　譲

黒船来る！　嘉永六年六月、奉行の代役として、ペリーと最初に交渉にあたった日本人・中島三郎助。西洋の新しい技術に触れ、新しい日本の未来を夢見たラスト・サムライの生涯を描いた維新歴史小説！

北帰行　佐々木　譲

旅行代理店を営む卓也は、ヤクザへの報復を目的に来日したターニャの逃亡に巻き込まれる。組長を殺された舎弟・藤倉は、2人に執拗な追い込みをかけ……東京、新潟、そして北海道へ極限の逃避行が始まる！

ライオンの冬　沢木冬吾

伊沢吾郎、82歳。旧日本陸軍狙撃手。現在は軍人恩給で暮らしながら、狩猟解禁期間には猟をし、静かに暮らしていたが、ある少年の失踪事件をきっかけに再び立ち上がることを決心する……。

角川文庫ベストセラー

握りしめた欠片　沢木冬吾

正平が10歳のとき、高校2年だった姉の美花が行方不明に。7年後、ある遊戯施設で従業員の死体が見つかる。男の所有していた小型船から出てきたのは、いなくなった姉の携帯電話だった……。

約束の森　沢木冬吾

妻を亡くした元刑事の奥野は、かつての上司から指示を受け北の僻地にあるモウテルの管理人を務めることになる。やがて明らかになる謎の組織の存在。一度は死んだ男が、愛犬マクナイトと共に再び立ち上がる。

黒い紙　堂場瞬一

大手総合商社に届いた、謎の脅迫状。犯人の要求は現金10億円。巨大企業の命運はたった1枚の紙に委ねられた。警察小説の旗手が放つ、企業謀略ミステリ！

十字の記憶　堂場瞬一

新聞社の支局長として20年ぶりに地元に戻ってきた記者の福良孝嗣は、着任早々、殺人事件を取材することになる。だが、その事件は福良の同級生2人との辛い過去をあぶり出すことになる――。

約束の河　堂場瞬一

幼馴染で作家となった今川が謎の死を遂げた。法律事務所所長の北見貴秋は、薬物による記憶障害に苦しみながら、真相を確かめようとする。一方、刑事の藤代は、親友の息子である北見の動向を探っていた――。

角川文庫ベストセラー

砂の家　堂場瞬一

「お父さんが出所しました」大手企業で働く健人に、弁護士から突然の電話が。20年前、母と妹を刺し殺して逮捕された父。「殺人犯の子」として絶望的な日々を送ってきた健人の前に、現れた父は——。

さまよう刃　東野圭吾

長峰重樹の娘、絵摩の死体が荒川の下流で発見される。犯人を告げる一本の密告電話が長峰の元に入った。それを聞いた長峰は半信半疑のまま、娘の復讐に動き出す——。遺族の復讐と少年犯罪をテーマにした問題作。

使命と魂のリミット　東野圭吾

あの日なくしたものを取り戻すため、私は命を賭ける——。心臓外科医を目指す夕紀は、誰にも言えないある目的を胸に秘めていた。それを果たすべき日に、手術室を前代未聞の危機が襲う。大傑作長編サスペンス。

ラプラスの魔女　東野圭吾

遠く離れた2つの温泉地で硫化水素中毒による死亡事故が起きた。調査に赴いた地球化学研究者・青江は、双方の現場で謎の娘を目撃する——。東野圭吾が小説の常識をくつがえして挑んだ、空想科学ミステリ！

魔力の胎動　東野圭吾

彼女には、物理現象を見事に言い当てる、不思議な〝力〟があった。彼女によって、悩める人たちが救われていく……東野圭吾が小説の常識を覆した衝撃のミステリ『ラプラスの魔女』につながる希望の物語。